矮大紧指北

2

闲情偶寄

高晓松
{著}

长江出版传媒
长江文艺出版社

北京长江新世纪文化传媒有限公司
www.cjxinshiji.com
出品

目 录

活色生香的三次旅行 _001

五台山惊魂记 _005

玫瑰之城波特兰 _009

好莱坞与中国（上） _016

好莱坞与中国（下） _022

童年与自行车 _028

低效率的美国 _035

浪费的美国 _041

夏日沙滩之旅 _048

犹太人的家宴 _053

南亚次大陆 _060

雕像之罪 _066

“9·11”特辑 _073
AI 畅想 _080
伦敦日记 _087
钱塘江大桥 _093
华人选举（上） _099
华人选举（下） _107
拉斯维加斯枪击案 _113
满汉全席 _119
世界青年节 _125
“二战”老飞机 _133
买　菜 140
北京饭馆（上） _145

北京饭馆（下） _151

感恩节 _156

北京美食往事 _161

两次负伤 _167

北京四中（上） _172

北京四中（下） _176

跨年演讲 _181

加州大火（上） _186

加州大火（下） _191

拉斯维加斯 CES _196

乡村教师 _202

爱荷华州与美式婚礼 _206

春　节 _211
女权主义 _215
女性朋友（上） _221
女性朋友（下） _226
与卡卡游俄罗斯 _232
网上点餐 _237
书　馆 _243
再访欧洲 _248
亚美尼亚 _253
三里屯 _259
华人抗议（上） _265
华人抗议（下） _270
写在最后 _276

活色生香的三次旅行

> 未来不管世界变成什么样，我们到火星去也好，躺在胶囊里也好，希望我们还能记住当年滚滚红尘中的俗世生活。

有一年的五一假期，我跑到某一个山里面，和包括马化腾在内的一帮朋友，一起 hiking（徒步）、钓鱼、射击、打猎……当然都是合法的，玩了几天，挺有意思。

我觉得小马非常有趣，他是一个非常自律而且有洁癖的可爱的人。每天早晨，我都是到九点多才爬起来，跟大家一起继续去徒步。他是六点半就准时起来了，自己先出去跑步、锻炼一圈儿，然后回来跟大家说："第一天 hiking 10 公里！"像我这种身材的人，只好咬着牙说"走"，但其实人家早晨起来都锻炼一圈儿了。9 点钟我们出发，小马居然还能走在最前面，身轻似燕。我在后边喘得跟驴似的，咬着牙说："不能给阿里丢了人！"玩了命在后边跟着，最后差点儿吐血。

晚上吃饭很有意思。我们吃四川火锅，摆着一堆生的食材。小马是广东人，很讲究，盘子里的东西是生的，从锅里夹出来的东西是熟的，所以筷子要分用。他说："大家要用公筷，不要混到一起。"刚开始大家还努力地用一下公筷，但是吃着吃着吃美了，就不管了，其中有一半都是像我一样的北方人，一双筷子只管乱七八糟一通连夹带捞。小马特别有意思，他看不下去了，但是他也不好意思说，毕竟已经说过一次了。于是他干脆站起来用公筷给大家往碗里夹菜，那意思就是说，大家还是讲点儿卫生吧。其实在四川吃火锅，通常大家也是把夹过生食的筷子在锅里面涮一涮、烫一烫，以防把生的东西黏在筷子上。小马为了清洁、卫生，就站在那儿给大家夹菜。

大家一起干了很多有意思的事，偶尔吃饭的时候也小小地辩论一下，聊两句阿里文娱跟腾讯文娱的战略，但是不深聊。因为度假就是度假，就是为了玩，刚聊两句，大家就岔开说，咱们还是讲段子吧，聊点儿高兴的事，别聊工作。就这样，大家愉快地度过了几天假期。

回来以后，我便开始了各种工作，先去录了两期《奇葩说》，到了《奇葩说》第四季的时候，我实在是时间上腾不开，因为我代表阿里文娱集团负责海外的事，所以常驻海外，很难回国录音，只好遗憾地缺席了大部分，但还是答应马东，只要回国有时间，我还是愿意来当“男神”，哪怕“女神”都行。正好最后半决赛，倒数第二期了，于是我就去了。我非常感动，说实在的，除了自己聊天的节目能做好几年，在别的节目中我都没有过做好几季的经历。好比我以前只是拍过电影，但是没拍过很长的电视剧，而且一连拍好几季。我还没有很深地体会过那种友谊，因为拍电影都是几十天后大家就散了，尽管杀青饭、杀青酒大家还是吃喝得乱七八糟，互相抱着乱哭一通，发誓继续合作，但其实很多人可能一辈子都不会有合作了。

然而，《奇葩说》做了这么长时间，对我而言还是有很深的感情。当我描眉画眼、戴上耳麦、走进场看见大家的时候，看见肖骁、薇薇、执中、宝贝如晶，还是感到非常幸福，看见康永常常热泪拥抱。总之，卖卖力气做了两期节目，非常幸福。

那一次我跟罗振宇以及张泉灵一起录制《奇葩说》。我和老罗之前就一起做过《奇葩说》，还一起吃饭、聊天过，聊过不少行业相关的事情，所以挺熟的。跟泉灵是第一次坐下来做节目，所以各种美好的、熟悉的感觉，加上一点儿新鲜感，让我觉得发挥得还不错。虽然跟康永辩论输了，但是我跟康永辩论好像就没怎么赢过，老输，也没事，是非常愉快地输了。

以后有机会的话可能还是会多参与一些录制，因为这有点儿像一个家庭，或者是我的一个窝儿，还是有很深的感情。

之后就开始东奔西跑，到广州去，但是天天开阿里的会，不过我在阿里工作得还是很愉快，因为有一个强大的平台，还有强大的友商，这样才有意思嘛。做起事情来，大家你追我赶。

除此之外，又跑出去两趟，一趟去广州给赞助商录节目。很有意思的是，因为让我录有关“未来”的话题，所以我前一天到了以后就先不着急去干吗，带着剧组先到纯本地人生活的那种老城区转一转，感受一下生活。希望未来当大家都躺在胶囊里，头上戴满了传感器的时候，还能想起今天的感觉。我带着大家漫步在广州老城区，听着好听的粤语，看着各种各样的杂货铺、菜市场、海鲜场；看着各种鳄鱼脚、鳄鱼头、蛇、龟；看着广州的人们细致地买菜，细致地处理所有食材。大家面带笑容，闻了一下午阳光下暖暖的广州最好的春天的气息，到居民区里看人家打麻将、打羽毛球等等，这样度过了一下午。我觉得在特别繁忙的工作中，大家都特别放松，而且我也非常感动，就是未来不管世界变成什么样，我们到火星去也好，躺在胶囊里也好，希望我们还能记住当年滚滚红尘中的俗世生活。

然后又跑到成都，在建川博物馆大开眼界。那里有 28 所博物馆，像我这种热爱博物馆的人居然那么晚才去，很羞愧。看了各种各样的博物馆，跟建川兄一见如故，倾盖如旧，两个人特别投缘。之后又吃了四川火锅，喝酒聊天，录了节目，非常感动。

我觉得像现在这个时代，大家都觉得诗和远方是扯淡，没有房子哪来的那些东西等等。大家不再相信理想，恨不能杜甫得有了八间房才能写诗，在茅屋里就写不出来。但是在这样的环境中，还能看到有人倾其所有为了国家，为了民族，为了历史，当然也为了自己，做这些东西，很是欣慰。而且樊建川将他的全部都捐献给了国家，自己十几年地在那里耕耘，讲起每一样东西时都有很多感悟，一会儿热泪盈眶，一会儿充满激情，让我深受感动和鼓舞。也让大家看到，原来这个时代还是有充满理想的人，还是有诗和远方。

成都本身也是一个美好的地方。每次去成都、广州，都是我最开心的时候，因为无论进去街边的小摊还是任何一家饭馆都幸福极了。我觉得一个人如果愿意过懒散的幸福的一生，年轻的时候就该在成都待着，而非“少不入川”，毕竟“老了入川”就没用了。年轻的时候在成都幸福地混着，老了就去广州幸福地待着，吃着美味的、细致的东西，何其美好！

广州有一家我热爱的吃癞蛤蟆的店，有十几种做癞蛤蟆的方法，我每次到广州吃第一顿饭必去那儿。成都就更多了。那次在成都的安仁小镇上，随便在一条古老的小街上找了一个小饭馆进去，吃一碗面，吃一个猪蹄子，都觉得很幸福。

五台山惊魂记

> 从今天开始，我什么都不怕了。

偶记一件很多年前的事。这个往事要倒退到我十八九岁的时候，那时候刚刚考上清华，家里奖励我一次旅行，于是我就先到上海、杭州、老家等地方转了一圈儿，最后我决定自己坐一次海轮。

那时候我还从来没有在大海上坐过轮船，于是就买了一张船票，一个人从上海坐船到了青岛。到了青岛一下船，碰见一个很好看的青岛姑娘，大概跟我差不多年纪，比我稍小一点。然后我就问她，怎么找旅馆。那时候我刚高中毕业，也没有独立出过门，她就带我找旅馆，最后找了一间很小的旅馆住下。从第二天开始，她就带我在青岛到处玩。

让我永生难忘的是,有一天她带我在街上转来转去,看见一个算命先生。那个时候我刚考上大学，对未来充满了憧憬，心想那就算算命吧。算命先生也不知道是真瞎还是假瞎，不知道是因为看见我身边有一个好看的姑娘生气了，还是真的是大仙，因为其他几件事算得都很准，所以我挺信他的。最后我就问他："我啥时候死啊？"我这种人，一直以为自己无所畏惧，所以就问了他这么一个问题。他说："你 35 岁死。"我一听吓坏了，我还是第一次见到算命的人跟人说你多大岁数死，虽然算不上夭折，但是 35 岁也算英年早逝了。

这个事从此就一直盘踞在我脑子里，时常蹦出来回旋一下。以至于我越来越觉得自己得跟这件事比画一下，不能这么束手就擒，坐以待毙。我的生日是 11 月 14 日，临 35 岁前一天，就是 13 日那天，我实在是坐立不安，干脆就自己开车去了五台山，到五台山去拜拜佛，看看我是怎么死的。

五台山是华北地区海拔很高的山峰，差不多 10 月初就封山了，特别冷。所以 11 月中旬我到那儿的时候，荒凉极了。我还是第一次去没什么人的五台山，无比萧瑟。那天大清早，我看见一个小青年蹲在街边角落里，他大概也就 16 岁。

我说："你在这儿干吗？"

他说："我等着当导游。"

我说："你当什么导游？这都没有游客，你怎么当导游？"

他说："你不是来了吗？"

世界上确实有像我这样有点病的。我说："那行吧，你帮我找一辆越野车，我的车开不上山顶。"五台山上大部分山顶的路都是土路，得找一辆越野吉普才能开上去。他就帮我找来一辆很破很破的国产吉普。

于是，我们就开着那辆破吉普上山了。上山的时候，我坐在副驾驶，他坐在后座，我就跟他说，你千万不要跟我讲任何事情，我最怕的就是导游跟我讲说，你看这块石头像什么，那棵树像什么。尤其不要跟我讲佛法，这些事都不要讲。我说我就想安静安静，于是他真的一整天也没说话。

我先是去了五爷庙。我以前每次去五台山的时候，通常都不怎么拜佛，因为我不是特别想向佛求东西，总是站到佛边上说："佛你还挺年轻，我都老了"，或者说"佛你好就好了，我也没什么要求的"。但是我每次去五台山都会去一个叫"五爷庙"的地方。跟五爷聊聊天，汇报一下我当年的生活，是谈恋爱了，还是换了份工作等等，通常说完以后还给五爷唱两句戏。五爷特别逗，他就喜欢听戏，所以许过愿的人最后愿望实现了的时候，就会到山下五台县，甚至到太原去请个戏班子来，给五爷唱戏。香火盛的时候，经常看到有一两台戏同时在院里唱给五爷。我那天去的时候，五爷庙里一个人都没有，特别冷清，我就跟五爷说，今天是我最后一次来看你，如果我能过了今天，我就勇敢地向前走了，再也不来看你了，今天来跟你告个别。因为周围也没人，于是我就扯开破锣嗓子，高亢地给五爷唱了一段戏，唱完上了车，继续上台顶。随后我们就到东台、西台、北台、中台等转了一大圈儿，走到哪儿都拜两下。

到了晚上差不多10点钟，特别冷，尤其山顶上朔风呼啸，我猜得有零下10摄氏度。刚走下车，跑到南台一小庙里，整个就吹一“透心凉”。来不及仔细拜，我就赶快跑出来，准备上车暖和暖和。上车一看，司机没在，车就停在悬崖边上，他站在离车不远的地方，就在悬崖边上撒尿。山上有雪，我冷得不行，就想赶紧把车打着，好有暖气。我坐在副驾驶拧了一下车钥匙，结果这车呼地往前走了一下。我一看车挡挂在一挡，当时也没有仔细想他为什么挂在一挡。后来我才知道其实是车的手刹坏了，没法拉手刹。手排挡的车如果没有手刹，当车停在坡上的时候，挂一挡就能将车别住，车就不会往下溜。但是如果摘了挡，车可就溜起来了，而且停在一个斜坡上，前面就是万丈悬崖。千不该万不该，一打火，车就往前走了一下，其实我如果不动的话，它大概还会停下来，但我当时一害怕，一下就把挡给摘了。这下坏了，那车直接就向着悬崖溜过去了，大概离悬崖边就两米的样子。我一看前面，完了，万丈悬崖，再一看旁边司机，撒了一半尿，目瞪口呆。

我一想，原来我是这么死的呀！这算命的也算得忒准了点儿。当时我的脑子里闪出3个大字——完蛋了。我曾经想过死前要吟诗一首，我曾经想过死前要高歌一曲，结果到那时候全忘了。不管平时怎样自诩才子或者什么，到那时候就只有仨大字——完蛋了。我都忘了后座还坐一人，突然间，旁边黑影一闪，后座这小伙子一下子恨不能是跳过去的，跳到驾驶座上，使劲一踩刹车。那车刹住的时候大概离悬崖边不到半米，再往前溜两秒钟就下去了。那是华北的最高峰之一，万丈悬崖。司机连裤子都没提，冲回来的时候，我们大家全傻了。

下山的时候，我就一直在想，这个算命的还真有点意思。而且我因此来五台山，还来对了，我还拜了佛，而且可怜了一个没有客人的小导游，带着他走了一天。最后我给了他 3000 块钱，十几年前的时候，3000 块钱也是一笔不小的数目了。

后来，我们几个在山下敲开了一个也不知道是饭馆还是人家的门，那时候已经很晚很晚了，大概夜里 11 点多将近 12 点，大家一起在那儿喝了一斤白酒。然后我给他们讲我为什么来五台山，他们也都听傻了，说："哇！这个人生简直太有意思了！"也不知道是我怜悯人怜悯对了，还是那位小导游就是佛本人，总而言之，他在关键时刻救了我的命。

第二天睡了半天，起来开车回北京的时候，一路上收到了大家"暴风雨式"的生日祝福，让我特别感动。我就想，从今天开始，我什么都不怕了。

玫瑰之城波特兰

> 我发现全世界的老太太都很警惕，不光是朝阳群众，不光是北京的“小脚侦缉队”，美国也一样。

有一回去了一趟美国西岸一座明珠一样的城市——Portland，就是波特兰。不是特别著名，它所在的 Oregon（俄勒冈州）也不是很著名。其实美国西岸那么大一海岸一共只有 3 个州，不像东岸有那么多州。西岸因为发展得晚，一大块一大块儿地加入美国，从南到北一共就只有加州、俄勒冈州以及华盛顿州。加州跟华盛顿州都很著名，加州有洛杉矶、旧金山、圣地亚哥那么多大城市，华盛顿州有著名的西雅图，俄勒冈州最大的城市就是波特兰，但其实也没多大，因为整个俄勒冈州的人口大概只有加州的 1/10，不过面积差不了多少，也是美国一个面积很大的州，排全美第 9 名。总之，俄勒冈州是一个不太受重视的州，不过也因此保留了很多特别美好的、自由的东西。

那次是我第二次去波特兰。第一次是几年前，我开车从洛杉矶去西雅图，主要在 101 公路沿着海岸线往北开，路过波特兰。因为我的目的地是西雅图，所以只在波特兰待了一天，住了一晚上，吃了一顿饭，逛了一会儿街，而且逛街的时候已经是黄昏，那个时候就感觉我好喜欢这城市，特别干净，特别漂亮，特别有风格。可能因为洛杉矶是全世界长得最难看的城市吧，就算不是，至少也是美国的大城市里长得最难看的。所有国内的朋友来洛杉矶，都说："哎哟妈呀，怎么来了一个大农村啊？"没办法，洛杉矶是人类城市发展实验的一个大的失败，本来想做成一个大比萨饼式的城市，有好多好多 downtown（商业区）像比萨饼上面那些 pepperoni（意大利辣香肠）式的元素，结果失败了。导致洛杉矶没有一个漂亮的中心，分了一百多个市，开车去各处都很遥远。所以来到波特兰，或者来到美国其他有点历史、有点山川、有点风景的城市，都让人觉得很美好，仿佛农村人进了城。

几年前那次去波特兰给我留下了很好的印象，而且当地的人长得很漂亮。在洛杉矶见惯了好几百磅重的人，到了波特兰一看，人们都瘦瘦高高，金发碧眼。后来一研究一聊天儿，才知道整个俄勒冈州，德国后裔特别多，所以有很多长得好看的人。但是因为第一次也没多研究就走了，所以心里一直在想，什么时候再去一趟波特兰呢？这一次因为两个好朋友邀请我来度个周末，所以就去待了 3 天，好好地把这座可爱的小城仔细看了一遍，感受颇深。

好的地方有很多，首先就是干净，漂亮，有风格，到处都是花。空气简直太好了。俄勒冈州就是林海和雪山，到处是森林，在它的包围下，又有河湾进来，于是波特兰成为被河流和湖泊掩映的一座城市。对比一下洛杉矶，洛杉矶是北美第一大污染城市，经常有雾霾，空气很脏。结果到波特兰一看，格外清秀，花儿都漂亮得不可思议，波特兰就叫"玫瑰之城"，有着著名的玫瑰园，位于更著名的日本花园对面。波特兰有个特别著名的日本花园，设计得非常漂亮，而且后来可能又新修了一些东西，整个花园沿山而建。玫瑰园里面的玫瑰，经常长得比我脸还大，令人吃惊。总之，这里到处都是鲜花树林。

俄勒冈州长时间以来一个主要的工业就是伐木业。所以看到那些漂亮的火车上装的全都是长长的，粗细差不多的，笔直的原木，都让人觉得好美！在那种特别田园的地方生活，地也便宜，往往花一百多万美元就能买一块好几英亩的大地方（1 英亩约等于 6 亩），房子也很漂亮。我到人家里去，总忍不住赞叹道：“哇，你们家太舒服了！”

那里有一条很宽的河，叫作 Columbia River（哥伦比亚河）。河两边都有长长的那种……都不叫栈桥了，因为绵延几英里长，上面全是 water house（水屋）。我以前觉得这些人好可怜，住在河上，住在船上，其实它们不是船，而是漂在河上的，固定在河上的长长的栈桥，一栋一栋漂亮的房子，紧密相连，绵延几英里。我找来找去，不知道怎么下去，因为那地方两边都是河，得找一个特别小的地方过桥。我找了半天，先找到一座小码头，旁边就开始是长长的水屋，看了十几分钟，一个人都没有，我都不敢进去，我想这是不是已经成鬼屋了？怎么一个人都没有？心想不行，我得找个有人的地儿，要不然走到水中间去要是房子里一个人都没有，会很害怕。后来转来转去，终于看到人了，我便通过一座小桥到那上面去，问人家：“我怎么能租一条船？”确实我本来就很想在河上租一条船，沿着两岸去观赏观赏那些水屋，结果人说：“这儿没地儿租船。要租船你得从波特兰市中心租，然后用车拉过来。”又说：“那有一个 ramp（斜坡，装车或上下飞机的活动梯），你从那儿可以把船放下去，但是我们这儿不租船。”我因为觉得这地方太美，我太喜欢了，就说：“我愿意出好几百块钱。”结果大家都冲我笑。那帮人都是老头儿、老太太，估计都是美国各地退休的有钱人，在那儿养老，特别高兴地坐在水屋里，看着流逝的河水，喝茶，喝咖啡，聊天儿。他们说：“谢谢你小伙子，你出几千块钱也不行，我们的船是我们自己的，我们不出租。”接着开始警惕地看着我。我本来想沿着长长的栈桥，把那些水屋都看一遍，结果刚走了没几步，我发现全世界的老太太都很警惕，不光是朝阳群众，不光是北京的“小脚侦缉队”，美国也一样。警惕的俩老太太在后边跟着我，后来她们说，我们这儿是很 private property（很私人的领地），你侵犯了我们，你最好离开这儿。我解释了半天我喜欢这儿。人家说："不行，我们这里不欢迎外人。"我只好悻悻离去。

我在街上开车，看到大的广告牌一个接一个的，都写着"Weed Map（大麻地图）"。俄勒冈州是最自由的州之一，是最早同性婚姻合法化和大麻合法化的州之一，比加州要早很多。"weed"就是大麻，我就好奇"Weed Map"是干吗的呀？看着那些路牌，后来我拿手机下载了这个 App（应用程序），一看吓一跳，它就是告诉人们这城市里在哪儿有卖大麻的 App！不但到处都有店，而且密密麻麻，点进每一家店，居然都能有上百种不同的货品，我只能用"货品"来命名，因为我自己不抽这些东西，不懂到底有什么区别，但是我估计喜欢的人会疯掉，而且还可以送货上门。这地方不但是"玫瑰之城"，也是"大麻之城"。以至于在公园的洗手间里就充斥着大麻的味道，大人带着小孩儿进进出出，仿佛大家还都见怪不怪。我觉得大麻抽多了肯定是没那么好吧，因为除了玩儿摇滚的人抽完了可能促进生产力，大部分人抽完就躺下了，肯定是没什么生产力的。不过人家也无所谓，那本来也不是很受重视的地方，去那儿的人也都是准备自由地生活。

我还有一个在洛杉矶的朋友，是忘年交，比我大不少。他们那天跟我倾诉说："哎呀，我的大儿子爱上一个波特兰的姑娘，想娶她，但是这姑娘老是拖着不结婚。"问："为什么呀？"姑娘说："因为我爸妈都抽这些东西，抽得都找不着人了，我觉得好丢人，我如果办一个婚礼的话，爸爸妈妈都来不了。"美国人办婚礼，是由父亲搀着闺女，把她送到她的老公手里。但是因为她被爸妈都抛弃了，婚礼上就没有父亲搀着她。她是跟着爷爷奶奶或者是外公外婆长大的，因为英文里都叫"grand parents"，我不确定是爷爷奶奶还是外公外婆。而且美国办婚礼通常都是女方家里出钱，她爷爷奶奶也没什么钱办这个婚礼，就说不办了吧。搞得我那哥们儿还挺郁闷，说他要去波特兰跟她谈谈，婚礼他来出钱，他儿子那么喜欢她，为什么不结婚？说明太过自由了，也有问题。

波特兰是个超级自由之城，这种城市通常都是激烈地反特朗普，激烈地反共和党的，整个美国西岸都是民主党的铁票仓大本营，以至于特朗普上任的时候，波特兰还发生了暴乱，人们都拼了，走上街头，又烧又砸。

有一天晚上，我去他们那里最大的书店，也是美国最大的书店叫Powell's City of Books，就是鲍威尔书城。整个街区都是一个大书店，有三四层，确实是我在美国看到的最大的书店。那书店我很喜欢，因为它里面有大量的旧书。我做杂书馆，所以对旧书、对历史特别热爱，就进去买了两筐各种各样的旧书。结账的时候，我问服务员："这是美国最大的书店吧？"那服务员特别骄傲地说："So far（迄今为止）！据我所知，这是世界上最大的书店。"我当时就用我的小眼睛看着他说："好像我们北京的西单图书大厦比这大好多。"美国人特别可爱，尤其是在这种不大的城市里生活的美国人，通常都没有出过国，或者没有去过很多地方，他想象不出来，中国什么东西都巨大。美国人民对自己的国家又充满了自豪感，老觉得美国冠军就是世界冠军，美国最大的就是世界最大的。所以服务员说得特别骄傲，但是被我泼了一点冷水。

那天晚上特别逗，那个书店一直开到十一点。所以我去的时候就看到parade（游行），在整个市中心。我去的时候还算早春，因为那地方比较北，站在那就能看见三四座大雪山，特别冷。游行队伍中有从美国各地来的高中生军乐队、管乐队，还有从特别特别北的密尔沃基来的，有各种各样的杂耍团、魔术团，在中间还看到了一个华人团。咱们华人不管进步到什么程度，只要一到传统的游行，就是舞狮舞龙，就像美国人游行也是得穿上传统的美国高帽子服装，打传统的鼓，我们也是，依然"听听趟，听听趟"

舞龙舞狮，但是我走近了一听，华人队伍里的人全都在说英语，可能已经是第二代、第三代华裔，都不太会说汉语了，但还在那儿舞龙舞狮，在寒冷的天气里进行了一场特别可爱的游行。这也说明这个城市充满了娱乐的、愉快的、自由的精神。

波特兰以及整个俄勒冈州还有一个特别好的地方，就是它没有消费税，所以东西比其他地儿都便宜。在加州，买个东西得加上差不多9%的消费税，所以在加州结账的时候一刷卡会发现比标价贵了差不多10%，多出来的就是消费税。俄勒冈州没有消费税，所以我在那儿买东西特高兴，买了一大堆东西背回来。大家开玩笑说："最幸福的人就住在俄勒冈州跟华盛顿州的交界处。"其实波特兰就在那个交界处，河对面就是华盛顿州。

华盛顿州很有意思，它没有州税，美国有一些州都是没有州税的。不像加州，在加州纳税的时候就特别痛苦，因为个人所得税里面，除了纳联邦税还要纳州税，而且加州州税相当高。在加州工作赚的钱比其他地方都多，但是真正拿到手里的其实也差不多。所以华盛顿州没有州税这个事儿就让人好高兴，纳完联邦的个人所得税就结束了，不用再纳州税，所以说最幸福的人是应该住在俄勒冈州跟华盛顿州的边境，然后在华盛顿州工作，这样一来不必缴州税，在俄勒冈州买东西也没有消费税。

有美好的地方，当然也有不太美好的地方。上帝很公平，上帝从来不赌博，任何事物都是两面的。波特兰有一个严重的问题就是自杀率非常高。美国抑郁症发病率并列第一的两个城市就是波特兰跟Vancouver（温哥华）。Vancouver不是加拿大的温哥华，是美国的温哥华。美国和加拿大大量的地名都一样，因为都是英国人或者法国人起的。美国的温哥华是在波特兰对面，就是哥伦比亚河对岸的一个小城市，其实就在华盛顿州的最南边，华盛顿州最北边从西雅图过去就是加拿大的大温哥华。

过去的十几年中，波特兰的中年人自杀率增加了50%之多，这风景如画、好山好水的地方，为什么这么多人抑郁呢？我觉得一是因为气候，那里一年中有一半多的时间阴雨绵绵，人晒不到太阳就很容易抑郁。据科学研究，晒太阳能补充维生素 D，维生素 D 就对抑郁症有治疗作用，包括对暴躁等各种症状都有疗效。二呢，从地理原因来看，美国农村地区的自杀率比城市要高，整个俄勒冈州就是一个大农村，所以自杀率也就比大城市要高。美国农村自杀率在 20 年里近乎翻了一倍之多。波特兰周围地广人稀，尤其在农场里，经常一天到晚见不着一个活人。美国的农村基本都是飞机撒种，大机器下去扫。我在美国各处开车，除了果园之类的，极少看见地里有一堆人。所以他们一整天也说不了一句话，遇见事情也不习惯求助，人在很孤独的情况下就容易走极端，再加上农村地区的持枪率也非常高。美国那么多著名的人，从 Nirvana（涅槃乐队）主唱到海明威等等，大家都用枪轻易地结束了自己的生命。波特兰最著名的歌手 Elliott Smith（艾略特·史密斯）最后也自杀了，比用枪还要残酷，他是拿刀捅死了自己，但是他的歌特别有 Simon & Garfunkel（西蒙和加芬克尔）当年那种优美极了的旋律。

第三呢，就是不信教。最不信教的三个大城市波特兰、西雅图、旧金山，全在西岸的北部，都在阴雨连绵的地方。波特兰遥遥领先，不信教的人数占到 40% 之多，比西雅图还要高十几个百分点。西雅图也是阴雨绵绵，易导致人抑郁，所以才诞生了 alternative music（另类音乐）。按理说不信教就应该信科学，可是也非如此。从数据来看，整个俄勒冈州的心理医生、自杀热线也很少，在美国排倒数第二名。非常令人惋惜，这么美好的地方，却有这么多人在苦苦地挣扎！人活到这个年纪，越发觉得心理疾病越来越值得关注起来。

好莱坞与中国（上）

> 中国资本大举进入好莱坞的时候，一天到晚想的事，就是首先我来玩，你带我一起玩，但是总有一天从你带我玩，变成咱一起玩，从咱一起玩，最后变成我带你玩。

传统意义上的文艺青年有一个重要的标志，就是看不上好莱坞。不光是中国的文青，欧洲的文青更加看不上好莱坞，就连美国的文青，名校生们，也通常标榜自己不喜欢好莱坞那些“KSS Movie”，就是 keep simple stupid movie（保持简单愚蠢的电影），指那些 6 岁小孩都能看懂的电影。文青通常标榜不看那种电影，只看法国电影，看伊朗电影，看中国的第五代、第六代导演的作品，看各种各样的文艺片。所以看不上好莱坞，是全世界文青的一个接头暗号，大家坐一起先骂一通好莱坞电影 stupid，这部电影多傻，那部电影多傻，包括美国自己觉得比较严肃的媒体上的影评，《纽约时报》上的影评，对那些系列大片都是嗤之以鼻，反而捧各种各样的小电影。圣丹斯就不说了，戛纳、柏林、威尼斯就更不说了，包括奥斯卡这些年来的最佳影片奖，通常也都是给到比较文艺的片子，《国王的演讲》《艺术家》，包括 2017 年的 *Moonlight*（《月光男孩》），2016 年获奖的快成纪录片的揭露教会腐败的电影《聚焦》等等。大家仿佛都有这么一个趋势。但是我觉得作为一个武装到牙齿的文艺青年，也不能不了解好莱坞，你可以看不上，但是总要了解好莱坞为什么大量地生产那种电影，而且为什么雄霸着全世界的，几乎最大多数的票房都来自好莱坞。不光是在美国，在中国也是。中国还是有配额制度的情况下，不能全部引进，一年就那么几十部配额，一看票房排行榜吓一跳，包括2017年的票房排行榜更加明显，更加集中到好莱坞的超级大片上，从《速度与激情8》20多亿元票房开始往下排，基本上看到前10名的电影，甚至前20名电影绝大多数都是好莱坞大片。所以还是要了解一下好莱坞是什么样的，今天是什么样子，明天又会是什么样子。

无论是与时俱进，还是“与时俱退”，反正是“与时俱变化”，不一定是进步，但是变化总是越来越快的，尤其在今天的世界，今天的格局，今天的科技的迅猛发展，带来的变量是前所未有的，所以好莱坞也面临着非常大的变化。

首先就是未来几年的趋势。好莱坞电影跟中国之间的联系会越来越紧密，而且进到中国市场的份额会越来越大。有这么几个原因：第一，我们的市场保护措施无论如何是要做大的调整，因为我们在2001年的时候，加入了WTO（World Trade Organization，世界贸易组织），世贸组织的协议里有关电影行业是说保护15年。有很多种保护方法，配额是一种，征税是一种，非国民待遇也是一种。配额大家都明白，一年是三四十部也好，还是再增加一点也好，配额本身就是贸易保护主义。征税当然也是一种贸易保护主义，就进口的征税。再有就是非国民待遇，就是进口片跟国产片待遇不一样。比如说国产片包括合拍片，它是能拿到票房的40%多，但是进口片就只能拿到25%，而且进口片只能由中影集团或者跟中影有非常重要关联的华夏这两家来发行。这些其实都是保护，就叫贸易保护主义，但是因为签署WTO的时候，我们在一些产业里很弱小。2011年的中国电影全年的票房都不一定有现在俩礼拜多，所以那个时候说我们要保护，这个产业太弱小。但过了15年后，实际上到2016年就已经到期了，按说就应该开放市场，比如说取消配额，比如说国民待遇，大家都拿百分之四十几的票房，而不是进口片 25%。那各种各样的保护措施都需要取消，虽然现在在谈判，但是在激烈的谈判中，人家说你该取消了，你签了 WTO，你要求我们开放市场，给你钢铁、衣服、鞋，给你各种各样东西，但是你该向我们开放市场的你还是不开放，所以才有了后来我们自己另起炉灶改个 TPP（Trans-Pacific Partnership Agreement，跨太平洋伙伴关系协定，也被称作“经济北约”），我们当然是想遵守国际规则的，当然是想成为世界上一股主要力量的。我们也在说逐渐开放，当然还有意识形态的问题，但是无论怎么开放，都要开放。其实大家明显能看出来，2016 年大家真正看到的好莱坞电影在银幕上是绝不止那三四十部配额片的。

这里面牵扯到另一个有意思的事情，开放当然是一个需求，但是我们还是对国产片有保护措施，比如“国产片月”等等，还有一个有意思的压力，就是我们的电影主管部门，比如说电影局，它还有一个保增长的压力，这是咱们国家的特色。当然一要政治上、口径上、意识形态上没问题，第二还是要保增长，不能让整个电影票房的增长率掉下去。

2016 年一个最有意思的事，就是到了下半年开始明显地看到增长乏力，相比 2015 年的票房，甚至之前连续很多年，每年增长百分之好几十，2016 年增长的远没有之前那些年那么多，2016 年下半年结尾的时候，发现好多个月同比 2015 年还有所下降，因此等到 2016 年 11 月、12 月的时候，突然进来一大堆好莱坞电影，开始实行各种各样的方法促进增长。合拍当然是一种方法，但是合拍要很长时间，通常来不及，比如说购买 P 片的方式，就是我买断了发行权，然后我申请在这儿发行的就不一定通过中影，还有一个很具特色的方法，叫“文化交流”。就是我给你一些电影，你给我一些电影，咱们交流电影，你给我电影当然就又让中国电影总票房增长了很多，我给你电影，你就随便在哪儿放吧。总而言之，用了各种各样的方法，进口了更加多的电影。

2017 年开始，因为谈判越来越深入，肯定会开放很多，既然是我们十几年前就答应了的事情，那这些事情都是要做到的，所以大家未来会看到越来越多的好莱坞电影进来，这些事情当然会让普通的观众高兴，但越来越多的大成本、大制作的电影，不一定是更好的电影。可能很多文青会深恶痛绝地说，越来越多这样的电影进来，给好电影的空间挤得越来越小。但是如果大家从另一个角度来想一想这问题，中国这些年的票房增长，其实并不是真的依赖于电影越拍越好，是大家伙儿越来越喜欢看电影，而不是看这些电影。大家越来越喜欢去电影院，而不是越来越喜欢银幕上这些电影。

中国电影票房这些年飞快地增长，第一个重要的动力当然就来自银幕数的飞快增长。每年增加那么多银幕，十年前中国的银幕只有美国几分之一，现在中国的银幕数已经超过美国。当然了，人均银幕数还没有超过美国，但是正在继续大踏步前进。因为电影院越来越多，越来越漂亮，去电影院看电影成为大家的一种生活方式，而不是仅仅因为这些电影质量的提高。其实这些年的电影，无论是中国还是美国，质量也并没有提高多少，甚至还有很多退步。所以文艺青年首先不要担心，即便更多的好莱坞电影进来，可是银幕数也在大幅度增长，所以电影院能容纳的电影还是越来越多。未来，当银幕数增长到一定程度的时候，一定会出现专门为文青服务的艺术院线，一定会出现不同类型的院线，一定不是像现在一样，一部大片发到每一块银幕上去。未来会越来越多样化。等到银幕数再多一些的时候，中国的电影市场就赶上美国或者欧洲了，就倒过来了。现在还是银幕少、电影多，未来变成电影少、银幕多的时候，大家的选择和品味就更加个性化了，而不是都想看的电影排片排到百分之七八十，只能从众地看那个电影。这样的时代会很快过去。所以这是一个好消息。

再有一个就是国内几大互联网平台的激烈竞争，也导致中国整个的电影市场领先全世界，进入了线上推广、线上售票的时代，大家拿手机就把前半拉都干完了，最后就直接进电影院看电影，极大地刺激了电影市场。这是中国特别引以为傲的地方，在整个电影产业里，甚至娱乐产业里，中国最引以为傲的，就是我们的互联网平台是一点不落后全世界，甚至在很多地方遥遥领先。就比如线上买票这个事，在中国差不多已经到了百分之八九十的电影票都是在线上卖的，甚至还有票补，在阿里旗下的淘票票买票会便宜，还有另外两家大平台的竞争对手，也是在补贴票务。当然了，不光是纯补贴，实际上谁也不是“雷锋”，都有自己的商业模式。在这方面中国是走在世界前面，遥遥领先的，这极大地刺激了大家去看电影的欲望。在美国这是无法想象到的，首先美国没有中国的支付宝这么先进的支付方式。在美国，线上卖票的销售份额只占到整个电影票务市场的 20%。这里有这么几个大问题，美国互联网发展也不弱于中国，也有苹果、谷歌、亚马逊、Facebook（脸书）等等这些大公司，但是它们跟好莱坞之间的关联远远没有中国强。中国的几个大互联网公司是无所不在，几乎渗入所有的领域，而且能够和大家形成利益共同体。美国比较难以实现，因为美国发展的时间太长，每一个“山头”都太坚固。那些坚固的“大山头”之间，要做好利益协调是非常难的。举个例子：为什么美国的线上卖票比例那么低？美国的院线首映周大概只拿到整个票房收入的百分之十几，每卖一张票，比如说 10 美元，美国院线只能拿 1 美元；不像中国，中国的院线能拿到 52.27%。所以美国只拿 10% 的情况下，第二周它可能拿到 15%，最终可能拿到 20%、30%，但是那时候票房已经要下去了，票房主要靠第一周和第二周周末。

所以美国的院线靠什么挣钱呢？主要是靠卖爆米花和可乐。它一张票只挣 8 毛、1 块，就 10%，但是它卖一份爆米花加可乐，可能就挣 5 块钱。所以这对它来说是很重要的。所以它特别特别痛恨线上售票，因为一个人只要在线上买了票，他就会准时到。谁也不会在线上买张票，然后提前 20

分钟、半小时就到了，甚至还会迟到一点儿，把电影前的广告时间都给算出来，停好车以后就飞奔进电影院看电影去了，没时间逛，没时间买爆米花、可乐，玩电子游戏等等。所以美国的院线痛恨线上购票服务，它要求美国的线上票务公司要加一块钱卖。现在有中国的这种线上票务公司来到美国谈合作，我也听说院线居然让他们加两块钱，在中国线上买票会便宜好几块，在美国线上买票反而会贵一两块，一两块也很重要，那是百分之十几，所以美国的线上票务始终就没发展起来。

线上票务不光是一个买票的途径，也是一个入口，如果大家都在线上买票，网络就会变成电影推广的最重要阵地，就像今天中国电影的推广已经走在世界前列，拍摄没走在世界前列，剧本甚至走在世界后列，还不如很多印度电影，但是我们在市场方面已经走在世界前列，几乎所有的电影都集中在线上推广，因为票也在线上卖，所以进入了崭新的电影市场格局。

现在的美国和 80 年前没什么区别。电影上映之前，那个推广几乎全部集中在地面，在洛杉矶开车时看到的所有路牌都是各种大电影的广告，尤其是暑期档跟冬季档的时候。春秋两季，在洛杉矶那更可笑了，都是电视剧的广告。打开报纸，连封面都恨不能整个大全版都是广告，打开杂志也是这些广告，甚至打开电视、电影也看到这些电影广告，几乎绝大部分的市场经费依然还是投在传统渠道里，用非常传统的方式发行，导致成本极为高昂。

美国做一部电影，拍摄花好多钱，最后市场上推广宣发甚至要加一倍，用这么贵的方式去推广电影，而且这么传统落后，一点也不精准。在路上开车的什么人都有，路牌的推广效率是非常低的，报纸、杂志稍微好一点，但是性价比还是很低的。总之，中国在这方面已经走在前面，这也是为什么中国资本大举进入好莱坞的时候，一天到晚想的事，就是首先我来玩，你带我一起玩，但是总有一天从你带我玩，变成咱一起玩，从咱一起玩儿，最后变成我带你玩。

好莱坞与中国（下）

> 大部分好的作品都不是在肥沃的土壤里长出来的，都是在石头缝里风吹雨打来的。

中国资本大举进入好莱坞，现在是“我们拿钱，大哥带我玩吧”，所以从 2016 年开始，大批的好莱坞电影里面，一看片头蹦出一个中国电影公司的 logo（商标）来，也是转转圈儿，也是开开门，然后出现几个中国大字。越来越多的好莱坞电影里出现中国资本、中国演员、中国的场景，而且中国的牛奶等各种产品的广告都植入进去。但是这些都还是“人家带我们玩”，我们只是提供了两样东西，一个叫市场，一个叫钱。所以人家欢迎，我们提供市场和钱还不好吗？但是我们得按照人家的规则来玩，人家还是那套老规则，就是用很高昂的成本制作电影。浪费大量资源，浪费大量金钱、时间地去做推广，人家就这么玩，我们要不然就别玩。中国资本用各种方式渗入，从动脉血管渗入——直接入股人家的公司，或者从毛细血管渗入——投资单片。当然了，现在动脉血管还没到主动脉。好莱坞的主动脉是由 6 个大电影公司组成，这 6 大公司组成 MPA（Motion Picture Association），就是电影的联盟，分别是迪斯尼、环球、索尼、华纳兄弟、派拉蒙、索尼哥伦比亚。今天中国还没有资本入股到这“六大”里去，但是中国资本已经在这“六大”里面的绝大部分，参与了各种各样的投资方式。首先参与了大量的 slave finance 模式，“闭眼投”，就是未来 5 年或者 8 年你不管出多少部电影，我都每部投百分之二三十，甚至有投到百分之五十的，闭着眼睛不看就投了。这仅次于投股权，每部电影都投，有挑片投的，有各种各样的方式投进去的。在“六大”以外的中小电影公司，中国资本已经投入了大量的股权，包括我们阿里影业投入的 Amblin（Amblin Entertainmen，安培林娱乐），这是斯皮尔伯格的电影公司，包括很多中国公司一起投入的 STX，包括复兴集团投入的 studio 8（第八电影制片厂），它拍了李安的《比利・林恩的中场战事》等等，中国资本只差一步就能走到最高层面，投入“六大”的股权里去，甚至收购“六大”了。

在各种各样资本进入的时候，首先就是“我来玩，你先带我玩”。“你先带我玩”当然会很贵了，中国的钱汹涌地进来，互相之间还竞争，因此成本是很高的。大家都很了解一件事，初来乍到多放点血没关系，但是总有一天从“你带我玩”变成“咱一起玩”，从“咱一起玩”最后变成“我带你玩”，这不就像咱们中国从改革开放开始那样，先求大家来设个场，给你免税，给你黑牌车，给你各种各样待遇，你先带我玩吧，然后咱们再一起玩吧，最后变成我带你玩吧。电影业起步比较晚，但是发展速度比之前几十年的改革开放的其他产业还要快。所以在这个层面上，中国资本大举进入好莱坞是一件非常好的事情，大家先学习，然后马上进入一起玩的阶段。从前两年开始，我看到大量的东西都是一起玩，甚至中国资本主导。比如说吕克・贝松的科幻电影《星际特工：千星之城》，两亿美元的大片，就由中国资本主导。今后看到的越来越多大项目，都会是由中国资本主导。

未来中国资本的走向有可能出现这么几个有意思的事，一是也许会收购这“六大”里面的一两家，也许会走得更极端，就是我们自己另起炉灶，不陪你玩了，因为你太传统落伍了，你那些制片厂头儿们都已经六七十岁了，我们来的这些资本大佬们都三四十岁，最多也就五十多岁，所以不跟你玩，我们玩我们这一套，我们有已经实验好了的模式，线上售票、线上推广以及各种各样的补贴等等。这一套东西中国已经玩到世界最前列了。所以未来有意思的时代就要来了，看中国资本在这儿，也包括我们阿里在内会怎么玩，什么时候进入一起玩的时代，什么时候进入“我带你玩”的时代。

美国对中国的态度是非常矛盾的，从媒体就能特别清楚地看到。美国的主流媒体非常能妖魔化中国。我有一次接受 NBC 的采访，特别不高兴，问的问题都是：你觉得中国资本来了会如何影响好莱坞？你们中国的审查制度如何？你们的配额制度如何？……最后我说：“那么多钱从全世界流进好莱坞，你怎么不问人家那些事儿？怎么中国的钱来的时候你就这么多事儿？”可是美国的产业媒体又把中国吹得我看了都不好意思。美国媒体因为是私营的，为了卖报纸，卖收视率，经常搞得很极端。妖魔化中国的时候特别能妖魔化，神化中国的时候又把中国吹得夸张，只要一有中国票房比美国票房高的好莱坞电影，比如《速度与激情 8》《魔兽》《加勒比海盗》之类的，就大肆报道说中国太厉害了，中国票房如何如何……可其实大部分的好莱坞电影，在中国的票房是没有美国本土多的，但他不提，他觉得这正常。可是普通人看到那样的信息，心里就觉得中国太吓人了！中国线上售票又厉害，电影市场也厉害，宣发又精准，大数据也强大……其实也没到那地步，我自己身在这一行业心里当然清楚。

好莱坞电影产业当然是又想要你的钱，又不想要你发表意见，习惯了嘛，每次都说：“你说什么话？你投什么票？你给我钱不就因为我干了 100 年吗？”他们的态度就是这么直截了当。中国人的钱都是自己骑着自行车挣出来的，当然要发表意见，所以这里面就出现了很多很多矛盾。人家还不停地在几个中国大公司中间来回来去地跑，说：“你阿里不给我这么多钱我就去找 ×××。”我经常说：“门就在那开着，你需要我介绍你去那公司吗？”因为我们大家其实都是朋友，尤其是在海外的这些，虽然在国内有些可能是竞争对手，但是在海外大家关系都非常好，因为我们都是初来乍到嘛。谁都不愿意让这些美国人，一会儿来敲我的门，一会去敲他的门，在这中间来回来去涨价。也出现过几次中国公司之间自相残杀，然后涨价涨得让老美乐死了。所以后来我也提议，我说："要不咱们这么着吧，人家 6 个 studio 有一个大的组织 MPA，咱也弄一个中国俱乐部，别让外国人在咱们中间胡乱地涨价。"已经出现过很多次了，有一回涨了五六倍上去，非常可怕，就因为中国几家公司之间互相竞争。我其实早些时候就开始谋划这个事儿，然后跟大家都来聊，因为我跟大家都是好朋友，即使阿里在国内跟一些公司战斗过，但是我自己还好，至少手上没沾别人的血，再加上我自己本身又是行业资深的从业人员，所以跟大家底下关系都很好。但是到现在为止，这事还没有正式落实。我说："干吧。"大家都说："好好好，肯定干，听你的，咱们大家把这中国俱乐部干起来。可是，我不想让 ×× 公司进来。"然后另外一家公司说："我不想让那两家公司进来，我想让这家公司进来。"

……

后来我说我也别强行地 push（推进）这个事了，等大家什么时候都觉得我们大公司，小公司，线上的公司，线下的公司，都是中国来的，我们能够在一起的时候我们再说吧。不然的话，现在我去做这种说服工作，又有公司喜欢这个不喜欢那个的。但好像大家都挺喜欢阿里，大家都说，阿里肯定在里面，但是 ××× 如何如何……再过一些年，把这些小故事解解密也挺有意思的，那时候就水落石出了。现在只能说我们都是初来乍到，我们最好能团结起来，最好能向国际展示出中国来的这些大型的私营公司之间，还是有一种文化上的认同感，还是有一种共同的精神，就像当年日本人出海似的，日本人当年出海的时候那可团结极了，大家团结起来一块儿跟外部打，大家一起把电视机降价，把外部的电视都打死，然后内部再竞争。路还长，我们只是刚刚开始。

这几年，好莱坞电影的技术能力明显越来越高，但是原创能力越来越低。我觉得除了咱们经常说的“大师成波来，成波走，会有下一波大师”——仿佛观天象似的这种时代原因以外，另一个重要的原因就是，资本在说话。收别人的钱，就得听人家的话，最开始可能说“你只给我钱好了，你少废话，都听我的”，但是这种时代肯定是持续不久的，资本永远要说更多的话。而且中国资本进来以后，跟之前其他的资本还有一个大区别，中国资本有两个意义，其中最大的意义是市场意义，中国的票房越来越大，你要在中国卖得更多，你就得听中国的，我们来投资，用的不是阿拉伯的石油钱，不是当年日本、德国或者是俄罗斯来的钱，那只是钱，市场没那么大，好莱坞掌握着最大市场的时候，你拿钱就好了，我们不废话。但是我们现在又有市场又有钱，你无论如何得听我们的。所以，当好莱坞电影听了市场的，你要迁就中国的市场，要迁就中东的市场、俄罗斯的市场，要迁就全世界的市场迎合，那你就是被捆绑住了，导致这个也不能说，那个也不能讲。美国自己国内“政治正确”也越来越厉害，包括美国国内资本，也带着“政治正确”的色彩，说我投资你，你给我拍了一部种族题材的电影，那肯定是不行的，你股价就崩盘了。你拍歧视妇女的电影更不行，你拍这些“政治不正确”的都不行，所以美国国内也越来越受束缚。而国际市场呢，每一块市场还有不同的需求，有的市场有宗教需求，于是对宗教要淡化，有的市场有意识形态的需求，有的市场有纯商业的需求，就是要你大量地植入广告，要你在电梯里喝牛奶，要你干各种各样的事情，你也得去干哪！当然不像前两年大家批评的《深夜食堂》，我看了以后很心酸的，我的最好的朋友之一黄磊被各种人批评成那样。

但是应该这样说，好莱坞其实本来就是世界上最商业化的地方，中国又是世界上目前市场经济最飞速发展的地方，所以当二者往一起结合的时候，对电影艺术，对原创内容的伤害，是显而易见的。为什么好莱坞本来拍的电影就不受文艺青年的喜欢呢？因为它受资本的影响，它要卖到更多地方去，它要给 6 岁小孩也看，所以它就不能像法国电影那么艺术，它不可能像伊朗电影那么深刻，它本来就已经很商业化了。但是好莱坞的商业化基本上还是体系的商业化，在整个制作内容细节上还没有那么商业化，说要植入成那样，每个情节、每个镜头恨不能都得有植入。目前已经往前走了一步，也只到拍摄地退税的方式，还没到你拍摄地出钱，我就得把你这儿拍成啥样，变成一大广告的阶段。但是中国的商业化是一步就走到环节商业化去了。所以体系商业化的好莱坞，就怎么弄钱，怎么发行，和每个环节都要商业化的中国，这俩往一起结合的时候，我的天哪！可能未来会出现一段时间，电影变成了广告，甚至可能出现由于电影的广告因素太多，于是免费让大家看的情况。您这一两小时的广告还要卖票吗？但是你能把产品卖出去，也许就好了，你能把流量卖出去，可能就好了，这两个世界上最聪明的商业化市场结合在一起的时候，最终是不是会走到这么一条奇怪的路上去？电影变成卖商品跟卖流量的广告，然后票价免费？有可能，因为过度商业化的时候，什么都敢试一试。

但是我相信好的电影还是会在所有这些夹缝里成长起来。应该这么说，这世界到现在为止，大部分好的电影，大部分好的作品都不是在肥沃的土壤上长出来的，都是在石头缝里风吹雨打来的。《红楼梦》肯定不是曹雪芹在锦衣玉食时候写的，很多伟大的文学或电影作品，都不是肥沃土地里养育出来的，都是在石头缝里，在艰难困苦里出来的。所以我觉得当这些石头越坚硬，当这些夹缝越残酷，风吹雨打，大家都向那个方向去的时候，可能会有更多的艺术家反思，可能会有更多的导演们，更多的编剧、创作者们厌恶了那些东西，说："我还是少拿点钱吧，我还是愿意把我心中的梦想拍出来。"所以我觉得会向这两个方向走去。

童年与自行车

> 其实还挺怀念那个时候，怀念那个年少的自己戴着眼镜、骑着自行车、双手撒把，在路上不停地回头看漂亮的女生的日子。

这两年自行车又火了，只要回国，不管到哪个城市，大城市还是小城市，满街都是黄的、绿的、蓝的自行车，能想出来的颜色全给使上了，估计接下来就是各种花的自行车。总之，已经从生活中远离了很多年的自行车又彻底火起来了。当然这代表了人类的进步，不光是健身、代步，而且还环保，保护人类有限的能源。实际上自行车现在在全世界都火起来了，但是在中国最火，突然间就超过了提倡环保很多年的欧洲国家，以及加拿大等等这些所谓的环保国家，他们玩了好多年，却在一年之内就被中国彻底超过去了。现在中国还跑到全世界去弄这些车，弄得还挺好，成为我们给世界的又一个大贡献。

中国差不多是在欧洲有了自行车没几年后，也有了自行车。据记载，大概 1868 年开始中国有了自行车，我们的杂书馆那里有大量的旧上海的报纸、画报等等，从中都可以看到，当年从西洋传进来一种神奇的车，骑着有点像哪吒。所以后来大家开玩笑说，各行各业拜祖师爷，自行车拜的祖师爷应该是哪吒，俩轮子。那时候中国人充满了好奇，说这东西俩轮子就能站住？蹬两下行走如飞？还有当时中国的老农特别惊奇地说，我们以前也有脚踏车，脚踏的是水车。我小的时候到处都还能看到那种水车，就是好几个人上去脚踏着。现在上海话里还依然管自行车叫脚踏车。老农说："我们脚踏了那么多年的车，这车从来也没走过一步，怎么洋人踏起来它就行走如飞呢？"

后来就有了关于自行车的各种各样的活动，比如自行车比赛。原来是赛马，后来赛马场上赛起自行车，中国人觉得好神奇，都上去围观。1897年的时候，还有一件大事，有几个英国人从伦敦出发，骑车环游世界。当时骑车在全世界都非常时髦，是偏上流社会的运动，因为那时候自行车很贵。几个英国人从伦敦出发，经过印度，最后骑到中国，一共大概骑了一年半的工夫，一万四千多公里，最后骑到上海的时候，上海所有骑自行车的人，当然都是洋人，骑了几百辆自行车蜂拥出城迎接他们。许多中国人都围观，说这洋人们太会玩了，太会生活了。

从此自行车在上海大放异彩。不但上海的上流社会开始学习洋人骑自行车，上海的青楼女还带起了女生骑自行车的热潮。实际上在清末民初的租界时代，上海的青楼女们引发了很多时尚，包括穿着、化妆、骑车等等。青楼女们去拍照片都得弄一自行车拍，觉得自己很高级，很时髦。她们又不像那些传统妇女躲到家里，经常就三五成群骑着自行车，招蜂引蝶，一路笑声穿街过巷，蔚为壮观。各种女学生也开始觉得骑自行车时髦，于是都学起来。著名的"宋氏三姐妹"中的大姐宋霭龄，1899年10岁的时候，还跟一辆自行车在一起拍过一张照片。总之，自行车是当年最时髦的东西。

后来自行车就开始在上海逐渐普及了，当然普及后的价格也是很贵的。最开始是给租界里的邮政、电报、电话公司、警察等等配自行车，那时候配自行车就相当于后来配汽车那么荣耀。

抗战的时候，全世界的华侨为了祖国慷慨解囊，日军攻进上海以后，一部分上海人跑到菲律宾，然后在菲律宾募款。菲律宾当地的华人非常多，发起各种轰轰烈烈的筹款大会。筹款大会上出现了一个叫朴兴桥的华人儿童，这个故事不是传奇，这个故事当时还进了课本，在各种地方都有报道，是非常著名的故事。

朴兴桥小同学当时是买了 1000 个面包，请筹款会的理事们帮忙寄到上海，他说："我虽然小，但是我也要支持祖国抗战。"他在学校里当童子军，需要一辆自行车，但是他爸妈不富裕，他就今天攒 5 分，明天攒 1 毛，最后攒了 35 美元，还差 5 美元就能买辆自行车了。结果听说日本人打自己祖国，他决定不买自行车了，用攒下的钱买了 1000 个面包，说希望筹款委员会帮他把这些面包送到中国给同胞吃，让他们吃得饱饱的，把日本人赶走。这让理事们犯了愁，因为那时候从菲律宾到中国走海运，路上那么热，面包还没送到就全馊了。可是孩子买了这么多面包，不能浪费啊。于是有一个工作人员出了个主意说："咱们搞一场义卖吧。"第二天义卖开始的时候，在菲律宾的华人、华商、华侨被孩子的拳拳之心感动，纷纷慷慨解囊买他的面包，5 美元一个、10 美元一个，一会儿工夫竟然卖了三四千美元，翻了一百倍，可谓是当年的超级"杠杆"！最后把这笔钱捐出去了。于是这个朴兴桥小朋友很快成了新闻人物。

但是这个故事还没完。有一位参加了义卖的美国贵妇，回到美国之后在一次妇女的座谈会上，把这件事讲给了当时汽车大王福特的夫人听。福特是当时全世界最大的汽车公司。福特夫人听了很受感动，马上给美国驻菲律宾的总督打了个电话，菲律宾当时是美国殖民地，她给菲律宾总督寄去 40 美元，说："请总督大人代为购买一辆最漂亮的自行车送给儿童朴兴桥。"于是朴兴桥得到了梦寐以求的自行车。可是这孩子特别有意思，他依然没有骑，他又请筹款委员会帮忙搞了一场为期三个月的义租活动，继续给祖国捐钱，让大家来租这辆自行车去骑。这辆自行车多有名呀，福特夫人出钱、菲律宾总督买后代为赠送，于是大家争相出高价租赁，继续捐献，三个月以后，他又筹到了三千多美元善款，结果这小孩儿一个人就给祖国捐了六七千美元。

这个故事同时也说明自行车确实很贵，美元当时跟国币汇率比是1：4，40美元也就是160块国币。在上海，自行车差不多也是这个价钱。当时一百五六十块钱，相当于一个壮劳力3年的工钱，相当于一个中学特级教师5个月的工资。买得起的人并不多，上海很长时间的自行车保有量都没有超过一万辆。那好多人追女人的时候、自己想炫耀的时候怎么办？所以就出现了“小黄车”这种东西，那个时候租金一毛钱一小时。

当时在上海的影星们也都以骑自行车为荣，虽然影星们也都买得起汽车，但是觉得骑自行车很拉风，包括周璇，周璇当时为了练自行车还把脚踝骨给摔骨折了。

一直到1949年的时候，上海大概已经有了十万辆自行车了，说明上海还挺富有的，几百万人口的城市有十万辆自行车，已经相当于改革开放早期上海刚刚富裕起来时的汽车保有量了。

当然旧上海的时候，上海虽然已经是中国很强的工业城市，但还是造不出那些轴承等等，包括到现在，前几年好像有领导人还说：“我们什么时候能造出圆珠笔芯？”就是那个轴承，那滚珠，都是非常难造的，所以那个时候其实主要都是三枪、飞利浦、兰令等等这些牌子。所谓的国产车也都是主要的部件是国产，轴承、链条这都进口，自己弄点管子组装的。中华人民共和国成立后我们有了上海的永久、天津的飞鸽，和我差不多年纪的人应该都记得特别清楚，而且价格非常地高，自行车、手表都卖150块钱，那跟中华人民共和国成立前的150块钱差不多，上海普通人的月收入才十多块钱的时候，就卖150。那个时候政府的政策就是用工业品的高价回笼货币。有点像这些年政府以高价的土地跟房子回收货币，路子差不多。反正就是大家现在攒好多年钱，买套房子，那个时候就是攒好多年钱买辆自行车，再买台缝纫机，再买块手表，有了这“三大件”就可以娶媳妇儿了。所以当时我的爸爸妈妈结婚的时候，也就是这“三大件”：自行车、缝纫机、手表。

我记得我小的时候，我爸爸想骑一辆新的自行车，最后也是他自己组装的，买点零件自己在家里吭哧吭哧，费了好大的劲组装好。当然了，我爸是清华大学土木工程系毕业的，不光懂土木建筑结构，还能组装自行车。那个时候我妈裁衣服，我爸组装自行车，我生出来的时候正好“文革”，家里什么也没有，全靠自己动手，以至于我们那一代人几乎没有骑过新自行车，所以我小的时候就觉得自行车特别珍贵。

我最开始骑车的时候就骑我爸自己组装的那辆，前面也写着“永久”，自己组装的永久牌自行车。我因为个子小，所以要“掏裆骑”，现在的小孩都不知道什么叫“掏裆”了，就是骑不上车座，从侧面一脚蹬着踏板，另一脚从自行车大梁底下伸到另一边，侧面骑。为了学“掏裆骑”，我摔得跟鬼似的。而且家长的心态都是，孩子们摔了不心疼，只心疼那自行车，说“哎呀，你看你把自行车脚蹬子摔歪了”，经常摔得都蹬不了了，都别进去了，自己敲半天把它敲直。

我还记得我第一次骑自行车出门，是我妈带我去积水潭游泳，骑到德胜门的时候，从那个坡上溜下去，越溜越快，我也刹不住车了，然后摔得自己头晕眼花。也有各种骑车的美好记忆。有一回我跟我爸去钓鱼，钓完了鱼，死活找不着车钥匙了，估计是掉冰窟窿里了，因为那时候冬天巨冷。我们又舍不得砸车锁，于是就把一辆带着锁的自行车后轮翘起来，绑在另一辆自行车上，爷儿俩一个人推着，一个人扶着就那么走回家去了，从冰天雪地的祁家豁子的冰河走回家去。

我小的时候每次从清华进城，或者回清华，就坐在我爸的这个车的前梁上，到现在我都记得，我爸一边骑车一边哼歌，永远就哼一首歌，“微风儿呀，吹动我的船帆”，这个旋律一直就在我脑子里很多年。

我的第一辆新的自行车，是我从四中的初中考上本校高中时候的奖励。四中是北京最好的中学，所以考上本校高中是一件值得奖励的事，于是我们家就奖了我一辆金鹿牌的自行车，蓝色的。我那个嘚瑟，天天骑着车在街上、学校里到处乱转。那个时候的所有的生活，包括初恋等等，都跟自行车有很大的关系。

大概 1996 年还是 1997 年的时候，北京刚刚有三里屯酒吧，我认识的一个法国哥们儿来北京，他好像是华纳唱片黎巴嫩的总经理。我们俩特别神奇地认识了，在一起聊天儿喝酒。他买了一堆盗版唱片，我当时还说：“你怎么买盗版唱片？”他说：“买不到别的呀，这多有意思呀。”其实他可能是觉得挺便宜的。他住在北海宾馆，自己还买了一辆破自行车，天天在北京骑着车倍儿高兴。那个时代有点文化的外国人，都特别喜欢来北京，做生意的外国人则都特别喜欢去上海，因为这是完全不一样的俩城市。这哥们儿特别逗，本来他说要走了，我说：“好，我给你送行。”突然第二天又跟我说：“我把机票改了。”我说：“你为什么改机票？”他说：“我买的唱片里有一张听不了，我很生气，我很愤怒，我要找他去换。”我说：“你买的盗版唱片啊，你要饭的还嫌馊啊。”他说：“不行，这个盗版唱片也不能放不出来，我得找他去换。”他就去找人理论去了，终于换了一张唱片，结果改机票的钱可能比买盗版唱片的钱多得多。临走之前他跟我说：“我把我的自行车存在了北海宾馆的停车场，把钥匙留在前台，我把自行车送给你了。”我觉得还挺感动，这哥们儿真有意思，虽然我那时候已经都开车了，我还专门跑到北海宾馆，把自行车给取来了，取回来以后从北海往家骑，骑到差不多一半儿的时候，我就骑不动了，因为那个时候每天在外头混，跟现在不一样，现在很健康，那时候身体还没现在好，骑了一半实在受不了了，把自行车扔路边上，然后打一车回家了。又过了几年，我再见到这哥们儿的时候他已经得癌症了。那时候我在法国见到他，坐在一条酒吧街的外面，喝着酒，聊着人生，看着巴黎夜景，他特别乐观，在那哈哈大笑说："活得也挺值的，也挺好的。"再后来我就没再见过他。

其实还挺怀念那个时候，怀念那个年少的自己戴着眼镜、骑着自行车、双手撒把，在路上不停地回头看漂亮的女生的日子。

扫码听高晓松
脑海中的旋律

低效率的美国

> 效率也是全社会的共同节奏，只要低就大家都低，单独一个地方、一个部门有效率是没用的。

几年前的时候我就吐槽过美国的医疗效率低下、成本高昂。我来美国这十多年，基本上跟大多数人一样，能不看病尽量不看病，发烧感冒，头疼脑热的自个儿多喝水就挺过去了。美国人也一样能不去看病尽量就不去看病，因为效率实在是太低了。通常去急诊等个几个小时都很正常。当然如果有生命危险就另说了。在生命危险面前，美国的医疗效率当然是高的，比如发生恐怖袭击了，或者哪里发生爆炸了之类的。但要是骨折或者发烧这种没什么生命危险的，且等呢，所以经常等着等着就走了，因为自己就好了。

我这次因为腮帮子大，又去医院了。现在偶像包袱越来越重了，不能光腿美，心想这腮帮子大也这么多年了，去看看吧。

约医生就约了好久。在美国约医生也得且等呢，尤其是好医生，等来等去终于有了。看完了以后说让我去照个 CT。因为美国是医药检分开，为了不腐败嘛。中国医疗长期以来的问题就是，医药检一把抓，导致病人只要去了医院就让检查一大堆，让照这片子，照那片子，即使没必要的也让照，然后给开一大堆药，因为都是医院的利润嘛。美国为了防止这种现象，就都分开了。分开就导致效率低，因为他只能给你看病，没法检查。所以那位医生就通知我去检查的地方照个 CT，给我联系了一个医院。

我在美国阿里工作，人事关系在这儿，阿里给我买保险，就比自己买要好很多，因为 Obamacare（奥巴马医疗法案）的实施，导致个人买保险保险费涨了一倍都不止。当然了，公司买保险你的负担也增加了，但大家不太能感觉到，其实也是从你的收入里扣，你会有损失，甚至是非常沉重的负担。公司的负担当然也加重了，但是像阿里这种公司是能承受的。所以我就跟我的秘书说："你去帮我联系一下照 CT 吧，把保险什么的都给人家。"好家伙，打了快一小时电话，终于约上了，约了第二天下午 1 点去，而且把我的出生年月日等等所有的信息全都给了人家。结果第二天下午 1 点我到了那儿，他们习惯性地给了我一大摞表要填，在美国到哪儿看病都一样，除非是常去看的医生，了解病人的病历，像这种检查照 CT 的地方，我从来没去过，所以就得重填。我说："之前电话预约的时候，不是已经给过你们所有信息了吗？"答说："那是预约部门的，我们这个部门还是得重填。"我只好开始填那一摞表儿，对什么过敏，有没有开过刀，等等。填完交上去后，又坐那等了半天，一会儿说："你来吧。"去了以后来了一个护士，拿起一个本儿，又开始问："你的出生年月日是什么？"我这 O 型血的人当时就急了，我说："都告诉您两回了，怎么还问呀？"说："那我没看见，你填的那表，是由我们一老太太输入电脑的，她可能慢，到现在我也没看见，所以你还得再告诉我一回。"好，我又跟他说一回，所有信息再次交代清楚后，又突然跟我说："你现在还照不了，你得等。"我说："为什么呀？"说："这个东西得要医生提前确认一次，这是保险公司要求的，照 CT 是很贵的，如果你有保险的话，大概得几千块钱。"于是就等着打电话给医生，医生正在做手术，问还要多久出来，说好几个小时。我说："这我等不了，我还得工作，我得上班，我得开会。"那怎么办呢？

我说："这样吧，保险公司不是要求这个吗？那我就不要保险了。"因为在美国做这些东西，如果不要保险的话，就便宜得多得多，不要保险照个CT就三百多块钱。那我不要保险了，我就自己付吧，因为时间就是金钱嘛，我不想再等几个小时了。结果人家又说："取消不了，你已经进入了使用保险的通道，退也退不出来，你必须等医生做完手术，等医生和保险公司确认之后才能做。"最后给我气得都快当医闹了，我说："那这样吧，我走了。"我就直接打电话给另外一个医院，上来直接说我自己付现金照个CT，没说我有保险。人家说："那来吧。"我到那儿付了310块钱，5分钟弄完了。这就是大家合谋拐着弯儿的，就不想让病人用保险，让人付现金。付现金医院当然高兴了，又不用纳税。一直以来就是这样，付现金受欢迎，用保险您就慢慢排去吧。

美国到处效率低下得令人发指。

大概十年前吧，有一两年之久，每次我进关到美国，就给我弄一小黑屋里，等半天，每次最快也得等40分钟吧，有时候甚至等一个半小时。关键过海关的时候把我弄小黑屋里，也不告诉我为什么。我是有绿卡的，按说没什么事儿，我要回来就回来。给我关小黑屋里，每一次都把我肺都要气炸了，都问我同一个问题："× 年 × 月你为什么带10万美元现金去明尼苏达州？"一开始我还想半天，我没去过明尼苏达，我这辈子也没去过那冰天雪地的地儿，而且我也从来没有过10万美元现金，我有什么毛病，非要带现金？我都炸了，说："不是我！不是我！不是我！"我简直说了有1万次，每次都耽误我一个多小时。最后我就求人家，我说："你帮我查查这人到底是谁呀？"后来一看，这哥们儿其实姓宋，只是生日和我一样，1969年10月14号。但是呢，这美国人一看last name（姓），因为我名字里有个"松"字，就认为我姓"宋"，总把那哥们儿识别成我。最后做了半天证，终于解除了误会。然而没多久，下一次回来的时候又把我关小黑屋了，问因为什么事儿呀，答说：“你带 10 万美元现金去明尼苏达干吗？”就像美国动画片《疯狂动物城》里边那个当公务员的树懒一样，动作巨缓慢，效率极低。

效率低就会导致成本高。美国人力成本这么高，纽约新建一地铁，才两英里多长，建了九十多年，花了好几十亿美元才建好。效率低下也导致了各种各样的法律问题，拆迁问题等等。洛杉矶建一所中学能花二十多年。在加州，在洛杉矶，想给家里装一个铁门，要申请一个 permit（许可证），需要得到市里的批准，花好几个月很正常。经常是每三个月才有一次听证会，然后排半大队，拿着铁门的设计资料去跟人说：“我想装一铁门。”人看了一眼说：“这铁门有点过高了。”然后再等仨月。在中国经常有人在医院闹炸，跟物业闹炸，觉得什么都效率低下，其实一比，美国那效率比中国低太多了。效率低还导致浪费，美国现在不光是地铁价钱扶摇直上，包括修路、修桥，建个最新的福特号航空母舰的成本已经从几十亿美元变成 130 亿美元了，战斗机已经从几千万美元涨到上亿美元甚至更高！整个政府效率空前低下。不光政府，整个体系都是这样。因为这个效率也是全社会的共同节奏，只要低就大家都低，单独一个地方、一个部门有效率是没用的。当然了，在这待久了，慢慢也习惯了，但是国内刚来的人完全难以接受，说：“怎么回事，这不是号称资本主义最发达的国家吗？这效率跟中国没法比啊！”在美国去饭馆儿吃顿饭，等点菜等个 10 分钟、20 分钟都很正常。

航空公司就不要提了。美联航不但效率低，而且还无法无天了，跟这个国家有很强大的工会也有很大的关系。这工会之强大，受法律保护之严重，加州法律可能是美国所有州中最保护劳工的，看完加州法律都不敢开公司，雇主跟孙子似的，员工可以诉雇主种族歧视，可以诉雇主不公正对待，而且每一种公司的法律还不一样，4 个人的公司一堆法律，只要多一个人——

5 个人的公司，就有更多的法律。好几百条法律规定雇主要怎么怎么样。雇员被开除以后，4 年之内都可以回来诉雇主。如果真的上庭打官司，一拖好几年，律师费就是一个天文数字，而且需要特别坚强的意志力，要一边打很多年官司一边正常生活。简直烦透了！加州的雇佣法基本上就是“劫富济贫”，所以很多雇主虽然没什么过错，但是为了不上庭、为了不打扰自己、为了少付点律师费，也就选择了庭前和解，付一笔钱算了。导致很多雇员钻法律空子碰瓷儿。美国有很多专门打这种“碰瓷儿官司”的律师，叫“有条件收费”。如果官司输了，不收钱；如果赢了就有很高比例地抽成，40% 甚至更高。但是被告的辩护律师就按小时收费了，好几百美元一小时，所以被告就怕官司拖下去，原告不怕，反正官司拖下去他也不花钱。我就听说过有美国人在中餐厅工作，没两天就声称自己被锅炉烫伤膝盖，最后查到是他自己有关节炎，但是餐厅老板也没办法，不想负担那么多上庭的费用，还是给了他赔偿金。还有人号称上班的时候摔倒了，只要一个不留神，他就在你看不见的地方摔一大跟头，然后就叫救护车送医院，拍 X 光、核磁共振，找不出任何问题，但是没办法，他就说动不了起不来，然后还有保险公司去偷拍他，看到他多次自己开车、提重物都没问题，但是一到医院就演技爆发，说痛得不行，不能开车，不能睡觉。最后人证物证都收集好了，被告律师还是建议雇主庭前和解，因为上班的地方没有摄像头，雇主有其他的证据但是没有办法证明他没摔跤。最后大家都选择息事宁人，付一笔钱了事。当然了，跟打天价官司比，付的这笔钱就算是小钱了。我说的都是身边真实的案例，所以这么一来呢，好多雇员基本上觉得没什么约束，我想干吗干吗，反正雇主来劲我就碰瓷儿，效率自然就越来越低。

但是也没办法，尤其是像航空公司、港口、码头工人、卡车司机、汽车工人这些工会，导致雇主绝不敢随便开除一个员工，甚至有些地方，像美联航工会都是第一大股东，雇主更不敢胡来。最后雇主还没开除员工，员工先把雇主开除了。包括好莱坞工会也是非常强大，导致拍电影成本巨高，因为效率低，香港导演到这来都不敢拍，说：“这哪儿受得了？这一天拍不了几个小时，大家就都收工了。”

因为工会选票多，想要参加竞选，没工会支持的话，选票就少很多，所以政客们也得给工会面子，立法的时候也得给工会面子，导致工会会费还可以冲抵税，那工会不就更厉害了吗？工会想干什么政客都得听。就像加州的护士工会，全力推进加州新的医保法案。加州如果通过新的医保法案，那更浪费了。

浪费的事儿罄竹难书……

浪费的美国

> 美国的生活方式叫什么？叫“美国梦”啊！

上一篇说了一些美国低效的例子，当然也可以说是效率第一的民主制度，工会好等等。要讲民主、平等、工人权利等的话，效率低点儿也就算了，但是浪费这个事儿，应该是不会有特别多的反对意见。

很多人来美国，尤其是注重环保的欧洲人、日本人，看到各种浪费现象，都是一天到晚摇头叹息。中国人还好，中国曾长期处于物质匮乏的阶段，特别是我们刚来美国的时候，到这儿可以敞开了浪费，简直太高兴了。但是中国现在也开始慢慢有了环保意识，很多人也开始皱眉头，认为美国人太浪费。我在美国碰见的欧洲人，聊不了三句话就开始聊美国的浪费，说你看你们住这么大的房子，开这么大的车，这排量如何如何，这房子如何如何，等等。

美国人人都追求大排量的汽车，汽车越大越好，越高越好，房子也是，大家都追求大房子。我刚到美国的时候，觉得可以敞开浪费真好，现在我也有很多特别不理解的地方，有些东西要说是为了美我还能理解，比如说草坪、游泳池之类的，但其实也真的是非常浪费。加州连年干旱，严重缺水，但是大家都没有节约用水的意识，政府也不敢过多干预人民的生活，只是提倡草坪一周浇 3 天水，以及天黑以后再浇，可根本没几个人听。走在美国加州的街上，经常被喷一腿水，家家户户都采用大规模的喷水系统，总有相当一部分喷到路上，效率低极了。大家照样该怎么浇还怎么浇。家家户户游泳池里的水满满的，其中大部分家庭就不怎么游泳，但是那水也永远都满着，负责清理游泳池的人也每两周来一趟，进行换水等等。这个我还算是能理解。可车库占地大，办公室夜里灯火通明，路灯白天开着，我是真的不能理解。中国不发达的时候看美国的照片中夜里灯火通明，觉得好棒，但是那时候就没多想一问题，夜里头美国的 down town（市区）为什么都灯火通明呢？等来了美国才发现根本就没人上班，也没人干吗，但空调永远都开着，整个大楼的灯永远都开着，你要是下了班想关灯，人家还提醒你说别关灯，你要是想关空调，负责打扫卫生的清洁工，一定给你开开，还很贴心地检查一遍，把空调都开开。美国的高楼大厦就都那么整夜整夜地亮着灯，白天也开着路灯，办公室大楼里的灯夜里开着，就这么浪费能源。

我最不理解的是车库。中国人习惯多置几间房，买房的时候要考虑能不能多几间卧室，以便朋友来时能住。美国人不这么想，美国人的房子哪怕只有仨卧室，也得有俩车库。在美国想找到只有一个车库的房子太难了，除非特别特别小的房子，大部分房子都有两三个车库。我有时候去朋友家里，看到他们的家其实都不大，甚至还挺挤，三间卧室两个客厅，但是居然有仨车库。俩车库算正常配置，我也不好意思问人家，干吗不把一个车库给改成一间屋，车库多浪费啊！但甭管多浪费，这就是美国人的生活方式，就是得有车库。美国人家里的儿子从小在车库里待着，使用各种工具，玩各种东西等等。

美国因为养狗的人多，到处都有那种狗狗的公园，到处都是那种喷泉似的一按就出水的，供狗喝水的设备。我还见过有的主人用狗绳子绑住那个按钮，水就一直流，好让狗随时可以喝水。你要是去把那个绳子解了，人家还瞪你一眼，觉得你找事儿。

美国的生活方式叫什么？叫“美国梦”啊！美国梦是什么？说白了，美国梦就是把自己卖个好价钱。把自己卖个好价钱后干什么？就是实现自己的那些 Dream（梦想）。那些 Dream 是什么？美国人最爱说“This is my dream car”——这是我的梦想车，梦想车就是一辆大车，“This is my dream house”，就是我梦想的大房子，你不能不让我实现梦想，我来美国干吗来了？我来环保来了？当然不是啊！我就是要实现我的美国梦！我就是要开大车，住大房子！

欧洲跟美国有一个特别有意思的区别就是，欧洲是教堂特别大，房子跟车都很小，说明欧洲进化了，原来是搞得很奢华，大宫殿、大教堂，穷人没法奢华，但是穷人可以去大教堂。美国正好相反。美国是教堂小，房子、车都特大。美国人到欧洲去，会嘲笑欧洲人说：“你看，你们欧洲，教堂那么大，穷人在教堂台阶上睡觉，你看我们美国多平等啊。”欧洲人到美国就说：“你们这房子、车子太不环保。”说明美国很多人都是由穷到富，欧洲是老富人，老有钱。美国为什么是穷人呢？刚来美国的人当然都是欧洲的穷人，要不是在欧洲活不下去了，欧洲人谁来呀？不能光说是信教徒所以才来到美国，欧洲也有很多信教徒，英国、德国都是信教国家，所以不光是宗教问题，更重要的是因为活不下去才冲到美国来的，所以美国盖不起来大教堂，除了极少数地方有西班牙人盖的大教堂，其余都是很小的教堂。但是穷人们逐渐富了，最后变成世界上最富的国家，那当然要把房子、车弄大点，所以教堂跟房子的比例，是欧洲和美国一个巨大的区别。

欧洲进化到现在，在欧洲人心目中，环保完全成了一种基本的生活方式。节约、不用塑料袋儿、垃圾分类等等，成了一种从小到大养成的生活方式。美国可真的没有，废除塑料袋难极了，美国现在仍旧到处都是塑料袋儿。

那垃圾之多，随随便便一个美国家庭都得配俩特大号的垃圾箱，稍微大一点的家庭得配四个。那种垃圾箱在日本、欧洲都见不着。每到收垃圾的时候，日本主妇会提几个小袋子，在那儿等垃圾车过去，小袋子里的垃圾还严格分类成瓶子、瓶子盖儿，以及其他类型的东西，最后才扔掉。美国沿街全是垃圾桶，总能看到每个社区收垃圾时候的壮观景象，每家呼呼地推出三四个巨大的比半人还高的垃圾桶，全是满的。美国的家庭垃圾，差不多得是欧洲人的十倍都不止。

大量的美国留学生，尤其是从前的穷留学生，像我爸来的时候，基本上就没买过东西，都是捡的，就从美国那些垃圾里捡，冰箱、电视、家具等各种各样的东西全是捡的。我爸外号是“One dollar·高”，One dollar（一美元）以上的东西从来不买。

美国政府也不愿意提倡环保，提倡环保就没有选票呀，大家说你提倡环保我不高兴，你限制我用水，限制我开大排量的车，你要收我税吗？那我不选你。当然是让大家生活得越高兴越好，选票才会来。

加州缺水严重，要从别的州调大量的水，可大家还是继续浪费水，政府也没办法，最后想了一个更浪费的办法，能让人笑死。政府做了一亿个黑气球，撒在水库上边。为什么撒黑气球？说是为了防止水库中的水蒸发，这样的话水库不直接暴露在太阳下。用一亿个黑气球，帮水库去吸热，把水库遮住，节约水的办法居然是浪费更多的钱。我每天回到家打开自家的信箱，都觉得好崩溃，首先崩溃的还不是环保问题，是找到那有用的信就很费劲，每天都塞得满满的，信箱里全是印刷特别精美的东西，一本一本的，用特漂亮的铜版纸印的，也不知道是什么广告，也懒得翻看，得从那里头刨半天，才能刨出一封自己的账单，剩下的怎么办呀？随手就扔了。所以垃圾箱为什么满得特快？每天光从信箱里把那些精美的铜版纸扔到垃圾箱就扔一大堆，拿回家干吗？也没地儿放，也不包书皮儿，包书皮儿是我小时候的事儿，不知道现在中国小学生还包不包书皮儿？总而言之就是全都扔掉，很浪费。

每次在美国看到超市里的食物，我都经常想，这能卖得掉吗？基本上过 3 天都得扔。大部分情况就像小时候学的政治经济学以及资本主义。当然了，那个有失偏颇，因为经济发展的规律不一样，但也确实浪费。

汽油也浪费，美国省油的东西越来越少。铁路拆得一塌糊涂，也不建高铁，第一段高铁预备从洛杉矶建到旧金山，一共才几百里地，到现在有十几年了，还没开工呢，已经花了无数钱去论证，联邦补贴多少，州又出多少，到现在还在吵这事儿，本来前几年说要开工了，2029 年建成，效率就是钱哪，低效导致为这条铁路浪费的钱，简直就是天文数字。后来大家说还是别建了，内河航运以及铁路这些节省能源的东西没人喜欢，各种废油的大卡车在高速公路上排成长队。人们一定要开车，在美国骑自行车的环保主义一律没有，中国的小黄车，到欧洲去绝对能干起来，千万别到美国来，美国人没这想法，他们一定要开车，不但要开车，出门到任何一地儿都要租车，美国的油也便宜，比欧洲、日本都便宜好多，差不多合一块多人民币一升，车也便宜。我在美国很不理解，租车租的大部分都是新车，旧一点的车最多就开了几千里，要能租到一台开过一两万英里的车，那都很奇怪。而且租车也便宜，随便到一地儿，下飞机租辆车，20 多美元一天，这么便宜，那就开呗。因此美国的高速公路经常全是十车道、八车道，即便如此，还是堵得要死。

加州有一种车道叫 carpool lane（拼车车道），通常是在最左边，就是俩人在同一车里，可以走这条车道，就是为了鼓励公民少开车，结果 carpool lane 上永远只有几辆车。我偶尔想着搭一人，一块儿到 carpool lane 上开，爽死了。但整体上，大量的车都是在右边车道上堵着，他们就得一人开一辆。

还有机场，美国大概有一万九千多个机场。中国这么拼命地建设，到现在大概也只有三百多个机场。当然，美国有很多都是私人的机场，但是向公众开放运营的机场也有五千多个。美国的面积跟中国的面积差不多大，要那么多机场干吗？就为了回家方便！所以几乎每个县都有机场，有的机场一天就俩航班。我就碰见过这样的机场，但是也得有一大堆工作人员在那待着，有塔台，有地勤，有管理，有加油维修的人员等等。我没有统计过美国加油站具体的数量，但是凭观感，我觉得全世界其他国家的加油站加一起都没美国的多，可见这国家消耗的能源之巨大。美国有着得天独厚的条件，面积虽然跟中国差不多大，但能用的面积比中国多得多。中国高原、沙漠面积大，人口群集东部。美国绝大部分地儿都是平原，地广人稀，导致浪费变成美国人的一个生活方式。所以美国坚决地退出了《巴黎协定》。

特朗普说："选我的人是底特律的那些人，不是巴黎那些人，你没投票选我，你爱环保不环保，我们美国人就要实现美国梦，美国梦就是要这么生活，这就是美国的生活方式。"为了维持这生活方式，美国还得继续做世界霸主，因为这样浪费的生活方式，必须要做世界霸主才能维持，必须要以低廉的价格从全世界把能源弄来，把中国生产的低价服装弄来，把中东的低价石油弄来才能继续。当然，美国的石油现在已经变成进出口了，那是它的选择，它可以选择用全世界各种各样廉价的东西，包括劳动力、能源等，可是一旦不行了呢？大英帝国曾经也很浪费，也是因为它曾经是掌控着全世界的日不落帝国，但是一旦美国衰落了，它将不再是现在的美国。"由俭入奢易，由奢入俭难"，欧洲花了很多年时间才习惯。所以现在去德国看看会很感动，人人都有环保的意识，垃圾特别少，人人都知道关灯，关空调。而美国，每个房子都是中央空调，夜里睡觉，整个大房子的空调都开着，这在欧洲尤其在德国这种地方简直不能想象。

加州这两年刚通过一个《加州新全民医保法案》，他们把所有的保险公司都轰走，不管是合法的居民还是非法移民，全都由州政府提供医保，而且保险很全面，牙科、眼科全给保了，看病不要钱，还在追欧洲几十年前的政策，追上以后那意味着所有的路都要重走一遍。加州一年因为新的医保法案又要浪费4000亿美元！当全世界都在提倡环保，连发展中国家——中国都在提倡环保的时候，美国依然在浪费的道路上大步前进，只是偶尔提个小口号，说少用塑料袋儿什么的。所以看一看这样浪费的一个国家，这个社会的未来，会怎么向前发展，怎么向前进化。

夏日沙滩之旅

> 长大一点，我就开始在全世界到处跑。第一轮选的地方其实都是海滩。

一入夏季，就特别热，整个南加州热浪滚滚，城里头经常四十来摄氏度。不过听说国内也是热浪滚滚，大家纷纷跳进各种有水的地方。洛杉矶倒有一个得天独厚的地方，就是有漫长的海岸线。其实美国整个东岸、西岸、南部都有漫长的海岸线，还有各种伸出去的大半岛。美国的面积跟中国差不多大，但海岸线比中国长太多，而且中国的海岸线比较嶙峋，少有那种特别好的海滩，再加上中国人多，所以大连、北戴河、青岛、海南全都堆满了人。中国大部分的海岸没有沙滩，没有海岸线，包括位于海边的上海也没有，天津也在海边，也没有，只有港口和滩涂，所以好的海滩资源比较少，也导致旅游就越来越贵。美国有大量的海滩，光洛杉矶海岸沿线就有无数个海滩，向西的、向南的等等，天一热，大家就纷纷跑到海边来。我也是，到海边来乘乘凉。

一说到海滩，首先想到的就是阳光、沙滩，各种美女。我小的时候中国很落后，所以只能看点西方的画片儿，看见那人穿那么点儿，甚至不穿，在海滩上跑来跑去。那个时候还有个著名的美剧叫作 *Baywatch*（《海滩救护队》），*Baywatch* 就是一堆花花公子里的男男女女，男的都是浑身肌肉、人鱼线，充当海滩守望者；女的都是那种一跑起来，“咣咣咣”，上下翻飞，看得我就觉得西方的海滩肯定无比美好。

长大一点，我就开始在全世界到处跑。第一轮选的地方其实都是海滩。因为那时候年轻，荷尔蒙旺盛，每到一个地方就先跑到海滩上去看看，企图看到画片上那种大美女，或者 *Baywatch* 里那种奔跑着的大美女。后来就发现一问题，并不能看到。

欧洲跟美国不太一样，美国没有那么开放，跟欧洲比还是比较保守，所以在美国几乎没有看到过裸体海滩，欧洲倒是到处都是裸体海滩，我去过西班牙的、葡萄牙的、法国（南法）的、意大利的，各种各样的裸体海滩。我在意大利的时候还曾经在长长的栈桥上有过“艳遇”。意大利的海滩其实不是很多，但是有很多那种长长的石头垒的栈桥，伸到海里去，上头趴满了各种裸体的姑娘。不知道是因为我年轻的时候颜值比现在高，还是因为她们看见亚洲人觉得挺有意思，其中一姑娘跟我说：“你帮我抹抹防晒油吧。”就这样，我就去给人姑娘背上抹防晒油，抹得我面红耳赤。不过这姑娘不是大美女，再加上西方人身上多毛，完全没有我们亚洲姑娘的皮肤那么美好，所以摸上去，倒感觉有点像摸砂纸。我还到各种海滩上偷偷摸摸去看，看来看去也没看见什么特好看的姑娘，我当时还想，好看的姑娘都去哪儿了呢？

有一天我在戛纳海边的沙滩上溜达，戛纳海边是欧洲富人最爱去的地方了，我在那转了半天，结果见到了一群赤身裸体的老太太。最后走到一个高级酒店的楼下时，突然看见一位阿拉伯大富翁，开着一辆敞篷的宾利跑车，后边坐俩大名模，不光是我，有一堆人在围观。大富翁和随行的人进了酒店后，直接从酒店楼顶开着直升机飞到对面海上的一艘大游艇上。那游艇巨大个儿，我前一天晚上看到的时候以为是一轮船呢，第二天才知道那是一艘巨大的私人游艇。后来我才明白一件事，原来不是海滩上没有美女，而是我的级别太低了，只能去那些老百姓们去的海滩上溜达，美女当然不去那里，美女都在对面那大游艇上，或者可能在海边某个豪宅的游泳池里，或者在富人聚居区的那块沙滩上。

后来我来洛杉矶，混得越来越好，在好莱坞也交到了很多大佬朋友，也有机会跑到人家里去，在人家的阳台上、泳池边开 party（派对），倒是见了不少漂亮的姑娘。尤其是往阳台外的海滩上一看，跟平时去旅游的海滩完全不一样，各种各样的美女在那儿嬉笑、打闹、奔跑、搔首弄姿。我没去过海天盛宴，但是我估计大概就是这样，这是人类自古以来的生存法则，尤其是到好莱坞，海边上住着一堆电影公司的大老板、大制片人等等，别说海边了，你就随便在一个酒吧里坐着，说说电影剧本，那服务员都会过来给你一张卡，说："We can hang out（我们可以一起逛一下吗）？"海边正是展示自己的好机会。所以他经常在那儿看半天，特有意思，底下的姑娘们成心说话声音特别大，发出阵阵青春的笑声。她们旁边还有小伙子走来走去。

后来我就跟大家开玩笑说，我发现一个在富人海滩上骗美女的好招儿，什么招儿呢？你就穿着一件 robe（浴衣），牵一条狗，在海滩上溜达，那些姑娘们跑来跑去，天天往阳台上看，突然看到一个真人下来了，穿着浴衣，溜着狗，肯定会冲上来说："你这狗好可爱，叫什么名字呀？"等等。然后你就可以非常矜持地开始"heat on girls"，就是勾引那些姑娘。我当然没这么试过，只是一个小玩笑，这玩笑每次都逗得大家哈哈大笑。我说不管你是什么人，哪怕你是一个特别穷特别穷的小伙子，但是你把你的破车停得老远，然后到这儿来穿件浴衣，溜条狗，还是会有姑娘过来主动找你说话。不是说来这儿的姑娘不好，但是来这儿搔首弄姿的姑娘本身就是 wannabes（超级崇拜者），本身就是想当演员，想当明星，因而来找机会的。

后来大家又引申了一段，那这么说，如果去纽约的话其实也可以。到纽约的话你就去中央公园，因为纽约最贵最贵的公寓都是围着中央公园建的，透过窗户就能看见中央公园。中央公园特别大，那是纽约的“肺”，在曼哈顿占了很大的比例，有一望无际的树林、草地，所以在纽约那种大厦林立的地方，如果能住在中央公园旁边很了不起，视野那么开阔，光酒店就特别贵，更别说公寓了，那都是几千万美元的公寓。你就下到中央公园去穿着件浴衣溜着条狗，姑娘们也会以为你可能就住在这中央公园的公寓里，然后主动来和你搭讪。

建议大家不要去洛杉矶那种人潮汹涌的海边，像 Santa Monica（圣莫尼卡）海边。袁惟仁那首歌在没填成《旋木》的词之前叫《恋曲 L.A.》，他写的就是洛杉矶。袁惟仁那时候写了一个系列的关于不同城市的歌，写洛杉矶的时候还专门写道：“Sunset Boulevard（日落大道）Santa Monica……” Sunset Boulevard 就是洛杉矶巨长的一条路，一直对着 sunset（日落），Santa Monica 就是圣莫尼卡海边，但是不要被迷惑，Santa Monica 跟北戴河没啥区别，人山人海，除了人，看不见什么东西，顶多还有点鸟。洛杉矶海岸特别长，可以去一些人少的海滩，会看见好多有意思的东西。我有时候在那种人少的海滩上溜达，连午饭、晚饭都解决了，海滩上还能捡到那种 moule，或者叫 mussel，在中国有的叫青口，有的叫海虹，南北方叫法可能不一样，特别好吃，那是法国海鲜里著名的一道菜。在巴黎的香榭丽舍大道上专门还有一家店，做 moule 的方法有十几种之多。洛杉矶的海滩上还有鲍鱼、海螺等等海鲜，海带遍地，连荤的带素的全有了。洛杉矶的外海有鲸鱼、海豚等各种各样的动物，我曾经还看到一只没有头的海豹，在 Long beach（长滩）出海还看到过几十上百只海豚围着船跳跃。洛杉矶有很多很多港口，有一年我妈过生日，我俩从 Newport（新港）出海，排队买票，跟很多人一起坐船，出去看夕阳，我妈特别高兴。

洛杉矶有很多渔港可以出海钓鱼，非常非常便宜，但是要注意，洛杉矶四周的海豹非常狡猾，网上有一个视频，记不清是在哪儿拍摄的了，视频中一个中国小女孩坐在海边一条长凳子还是什么地儿，突然有一只海豹就从后边跳出来把她揪到水里去了，幸亏小女孩的外公及时跳进去把她救出来。海豹是一种非常聪明的动物，大鱼劲大，通常都提不起来，海豹看人提溜了 20 分钟、30 分钟，差不多要把这鱼提溜出来，甚至刚要提溜出海面的时候，海豹来了，哐，一口将鱼夺走吃掉，我的朋友们碰到过很多次这种事。

如果想玩冲浪的话，那洛杉矶可能是美国西海岸最好的地方之一了，因为洛杉矶没有湾，不像北加州的湾区是一大湾，风平浪静。洛杉矶是曲折的海岸线，每当海岸一收缩，那浪一下就起来了。就像钱塘江为什么浪这么大？因为它口收了。洛杉矶有好多个冲浪的好地方，还可以打沙滩排球，美国人酷爱打沙滩排球，当然也是为了穿着比基尼晒太阳。晒太阳是美国人的一大追求，他们叫 tan（晒成棕褐色）。亚洲人因为已经进化到没毛了，皮太嫩，一晒就成“烤乳猪”了。所以在那儿经常看到裹得严严实实的华人，但是“老白”不一样，天天晒，一定要晒成那样，他们以“tan”为美。可能是每个人缺乏什么就想要什么，他们觉得自己太白不好，而中国人讲“一白遮百丑”，就怕把自己晒黑了。

我有一次在海滩旁边的一个公共建筑里，大概是个会所，看到一场穆斯林的婚礼，我在下边看沙滩上，还觉得挺美好的，他们穿着穆斯林的民族服装，放着音乐等等。当那边音乐开始隆重起来，海滩上的人都注意到了，我身边好多穿得特别少的姑娘赶紧起身默默地走了。还有一位母亲带着女儿，走过我身边的时候，她还冲她女儿说：“咱们赶紧走远点，咱们穿太少了，可能违反人家宗教的习俗，咱们赶紧跑远点。”于是纷纷都跑了。看得我非常感慨。洛杉矶就是这样一个地方，一个大规模移民的城市，所以在海滩上能看到各种各样的人。

犹太人的家宴

> 犹太人跟华人都最重视教育，是因为犹太民族太孤单了，所以一定要把每一个孩子都教育得那么好。

我有一对犹太好朋友，老公是名律师，老婆是大富家女，俩人青梅竹马，从上小学之前就认识了。犹太人是一个非常紧密团结的民族，很多犹太人甚至都生活在一个社区。我这对朋友，原本两个家庭都住在洛杉矶的一个最大的犹太人聚居区 Encino（恩西诺）。两个人一起长大，结了婚，老婆就不工作了，在家养了好多狗，两人也没孩子，老公是 Berkeley（伯克利）毕业的名校生。

我们经常在一起聚会，这回他们说："你来我们家参加一次家庭晚宴吧。"平时我经常去他们家，大家都很随便的，他们虽然都是犹太人，但是没有那么 orthodox（正统），在美国很多犹太人都这样。但是这回不一样了，他们专门嘱咐了我，说今天是男方的爸爸过生日，全家都来。他说："我姐姐跟姐夫从以色列来，他俩都是正统的犹太人，是信教的，所以你要是带酒什么的，最好注意点。"

于是我开始到处去找卖 kosher wine（洁食红酒）的地方，结果发现离我家特别远，开了 40 多分钟车才到那儿，最后买了两瓶。Kosher 是指犹太人对吃东西的禁忌，很复杂，希伯来语叫 kaosher，美国人就叫 kosher，大概就是奶制品跟肉不能在同一个碗里吃，另外各种各样的肉都不能吃，比如爬行类的生物不可以吃，总而言之各种各样的禁忌。甚至地里长的东西也有禁忌，必须得是在安息日、安息年不耕种的地里长出的食物才能吃，就是每7天就得休耕一天，每7年就得休耕一年的这种地，但是我也不太懂怎么去证实这个事。其实我到他们家去喝了一下洁食红酒，也没感觉到有什么大的不同，可能稍微甜一点，但是红酒种类太多了，甜一点或酸一点也分不出来。我之前去过以色列，还去过戈兰高地，喝过戈兰高地那儿各种各样的红酒，因为戈兰高地干燥，日照时间长，葡萄很好，跟加州或者我国新疆有一拼，我喝过那儿的酒，也没觉得有什么特别之处。但是洁食红酒还是得带，要尊重人家的风俗。

犹太人非常节俭，所以才成为世界上富人最多的民族。那次晚宴，全家都到了，男方的姐姐、哥哥，还有一堆孩子全来了，但是一共就烤了一大盘鸡，还有三四种沙拉和一条鱼，他们吃饭就这么简单。我说这要是中国的老太爷过生日，那还不得摆上几十道菜，各种各样的酒?

我还跟他们开玩笑，我说你看中国人跟犹太人一样聪明，智商同样位列世界最高的两个民族，但是诺贝尔奖一共颁给过881个人，其中197位是犹太人。不到世界人口0.2%的犹太人，拿了接近1/4的奖，尤其是经济学奖，40%多都是犹太人拿到的。犹太人太会做买卖了，全是大买卖人，而且做透了。中国人得的奖我就不敢数了，反正就个位数。我说，一个很大的原因就是咱们两个民族虽然都很聪明，但是我们用在做饭上的时间太长了，你们用来做饭的时间就这么点儿，这么大的晚宴就烤盘鸡。大家听完都哈哈大笑。但是他们也觉得中餐最好吃，犹太人自己的饭确实乏善可陈，没什么特别的东西。

他们也开玩笑说，所以你看我们跟华人的感情是那么深，因为咱们两个民族有很多共同点。第一，重视教育。确实是，犹太人跟华人都最重视教育，把孩子教育得极其地好，一定要读名校等等。不像普通美国人，当然也想读名校，但是没那么拼了命地望子成龙。是因为犹太民族太孤单了，所以一定要把每一个孩子都教育得那么好。他们家就是，过生日的老寿星是 NYU（纽约大学）毕业的，妈妈是芝加哥大学毕业的，孩子上的也都是伯克利这样的名校。第二，两个民族都很重视家庭，不像其他西方国家。其实西方也有很重视家庭的民族，比如说意大利人，天天都想妈妈，总是"mama，mama，Mamma Mia"。然后说你看咱们都是喜欢大家庭生活，喜欢生一堆孩子。我说我们现在没有那么喜欢生一堆孩子了。他们家的孩子太多了，他姐姐和他姐夫俩人加一块儿有 11 个孩子，他姐姐生了 5 个，后来离婚和他现在这姐夫，还没结婚，俩人就同居了，姐夫带了 6 个孩子，姐姐带了 5 个孩子。我说你们家这正好一足球队，再加上一裁判和一教练，就齐了。最后说第三个，我们两个民族特别相像的是，犹太民族和中华民族应该是世界上最爱钱的俩民族。我说是，确实有可能，所以我们才能把经济搞那么好，美国的经济一大半都是犹太民族建起来的。我说你看我们中华民族不但经济腾飞，而且我们见面都互相说"恭喜发财"，大概是全世界唯一这么祝福对方的国家，大家哈哈大笑。

我也特感动，因为他们一大家子的聚会，就我一个外人，而且我是一华人，但是大家畅谈各种历史，这在美国是很少见的经历。美国人通常不爱聊历史，爱聊体育、娱乐，最多聊一聊政治。

他们当时问了我各种中国的历史问题，我都惊了，我说："啊？你们问我的很多历史问题，我们中国大概有一半人都不知道，你们怎么都是 history boff（历史专家）？"还专门跟我聊到了"二战"期间在上海庇护了几万犹太人的事情，还很感动。说有一个中国外交官给了犹太人很多签证，让犹太人从德国、奥地利这种纳粹统治的地方逃出来，他是中国的辛德勒等等。我说对呀，这人叫何凤山，先是中华民国当时驻奥地利的外交官，

1938 年奥地利被德国吞并之后，就没有奥地利这国家了，然后他就成为驻维也纳的领事。是很感人的故事，他当时给好多犹太人发了签证，到现在也没有具体的统计数据，从签证号上看至少有 2000 多人，但是也有说救了上万人的，各种各样的记载都有，总而言之，确实是帮助了非常多的犹太人逃往上海。

有意思的是，上海因为有大量的租界，长时间是不需要签证的。因为上海是公共租界，包括日本占领了华界以后。日本占领上海分两段时间，一是珍珠港事件之前，就是太平洋战争之前，日本人占领了上海的华界，淞沪战役等等都是围着租界外边打，租界里边都不打，因为英美都还没宣战。打完以后傀儡政权在那儿了，签证审批也很松，再加上租界本来也不要签证。所以其实上海是可以去的，如果你能从其他地方去上海，就不需要签证。但是犹太人当时在德国、奥地利已经处在非常危险的境地，没有签证走不了，后来因为德国说中华民国领事馆是犹太人的资产，就给没收了，然后中华民国也没钱继续租地了，何凤山就自己租了一套公寓，继续给那些犹太人发签证。签证最主要的作用是让他们能逃离德国和奥地利——当然那时候都叫德国——而不是为了来上海。所以还有很多犹太人从其他东欧的国家逃到上海来，后来在上海形成了一个犹太区，里边有好多曾经的犹太大音乐家、作家等等。因为美国只接收一些大教授以及科学家，像爱因斯坦，除此之外很多人都不接收。在犹太难民的国际大会上，美国、加拿大、澳大利亚、新西兰都拒绝接收难民，只有中国接收了很多，所以那些去不了美国的艺术家很多都在上海。他们很感人的，自己白天开个香肠店做 salami（萨拉米，肉肠），晚上都聚在香肠店里演奏犹太人的音乐。犹太人中有大量的很厉害的音乐家。何凤山在帮助犹太人方面立了很大功劳，最后去世的时候还被以色列纪念、立碑等等。

我还给他们讲了另一个故事，也令他们特别感动。我说不光是何凤山，还有另一个外交官叫王替夫。他们说这个人没怎么听说过，我说因为这外交官不是中华民国驻德国的外交官，是伪满洲国驻德国的外交官。

伪满洲国是日本的傀儡，但是对外它却是一个正经的“国家”，对内它是日本的傀儡，而且当时建设得还不错，曾经一度成为亚洲工业最发达的“国家”，甚至超过了当时被炸得乱七八糟的日本。最后日本被炸成那样，伪满洲国保存得还挺好。王替夫是伪满洲国驻德国的外交官，也是出于对犹太人的同情，他先后救了一万两千个犹太人，这是有统计的，这个可真的就是伪满洲国的辛德勒了。他的事迹也很感人，最后他因为被发现救犹太人，遭受德国抗议，但是伪满洲国作为日本的傀儡、小兄弟，为了保持跟德国的关系，就给他处分，急招他回国。王替夫最后从总领事馆去火车站的路上，都还在给犹太人发签证，在上火车后，仍透过车窗给犹太人发签证，一直到火车都开了，他还在发。有好多好多犹太人追着他到火车站去，那是救命的签证。当时王替夫和美国使馆以及犹太人的公基会达成了个协议，就是美国不接收从德国直接去的犹太人，王替夫说那就换一条路，从德国经苏联，到伪满洲国，再去美国。在当时伪满洲国的哈尔滨（就是如今东北的哈尔滨），本身就有大量的犹太人。那些犹太人由于十月革命的时候，被苏联红军打出来了，大量的“白俄”逃到了哈尔滨。所以在当时的中国，其实有两个犹太人聚居区，上海和哈尔滨。哈尔滨这些“白俄”在那儿待了几十年，所以哈尔滨的中央大道、马迭尔酒店等等很多中心的地方，完全是俄罗斯的城市建筑风格。1945 年日本战败以后，苏联红军又进入东北，一看还有“老白俄”在那儿，“老白俄”就继续倒霉了。

这两个人——何凤山跟王替夫都救了很多犹太人，都是中国的辛德勒。

何凤山当然是没问题的，他是中华民国的外交官。所以后来退到台湾的时候，他也跟着去了，继续做台湾的驻埃及、墨西哥公使之类的。退休以后移居到美国旧金山，后来还回过中国大陆，他还给母校长沙雅里中学捐了钱等等，最后病逝于旧金山，享年 96 岁，受到犹太社区的隆重纪念。王替夫就比较惨，因为他是伪满洲国的外交官，就是汉奸，从溥仪开始，伪满洲国的所有大臣、官员都是汉奸。所以王替夫在苏联坐了 12 年牢，因为苏联占领了东北，苏联不认为那是中国，认为那是敌国，伪满洲国。最后放回中国以后，因为当过汉奸，王替夫度完毁誉参半的一生，但是也一直活到了 90 岁。王替夫去世的时候，以色列中国大使还专门去哈尔滨纪念他，说他是中国的辛德勒。

我给大家讲完王替夫的故事，他们都唏嘘长叹，又聊了很多伪满洲国的事。

他们家是非常有意思的一个知识分子家庭。他的姐夫从以色列来，说英文还有以色列口音，他姐姐就是美国人，但是后来很多在美国的虔诚的犹太人都移居到以色列去了，姐夫还戴着正统的犹太人戴的小黑帽，然后又聊了聊以色列的现状，说以色列现在很好，军事、外交各方面搞得相当好，最近几年一直都很安全。他还说他的公司里雇了很多巴勒斯坦人，可是他从来不戒备他们，他没有感觉到他们是恐怖分子，与他们相处得非常好。我还问："你们说什么语言啊？"他说："说希伯来语呀，他们都会说希伯来语，在我公司工作，以色列还给大家提供了特别好的社会福利、医疗。"他还说他有一个女员工的妈妈得了癌症，以色列国家提供了各种各样的福利、医疗等等，所以非常感谢。

我听着觉得很有意思，我前几年去过以色列，这次是又一次碰见从以色列来的人。当然还聊过很多 Kibbutz（基布兹，在希伯来语中为"聚集"之意，指以色列的集体社区）等等有意思的东西。包括讲到以色列人都得服兵役，他们的 11 个孩子，儿子、女儿都要当兵，要跑美国来躲着就别回以色列了，不然的话就是犯罪。但是他其中一个女儿说她找了一个逃避兵役的办法，因为毕竟对女性还是有一些豁免吧。比如说如果要做很多服务，尤其是宗教性的服务，可能需要非常频繁地祈祷等等，这样大概就可以免除兵役。

这些孩子平时住在以色列的西奈沙漠里，西奈沙漠是几次中东战争的大前线，埃及跟以色列的大前线，那时候打得天昏地暗，现在还有好多地雷埋在地下。他们平时只读书不看电视，条件非常艰苦，每个孩子都是生在家里的，不去医院。有一个孩子本来打算生在水里，结果浴缸的水还没放好就生出来了。知识分子家长大的美国人跑到西奈沙漠里养一大堆孩子，这都不像知识分子了，但是他们是虔诚的犹太人，所以他们要多生，因为犹太人不向外传教，就得保持住自己的人口。不过好在每个孩子都特别健康，从几岁的孩子到二十几岁的孩子，居然全场参加大家的讨论，没有一个提前离席去玩儿的，不像很多美国孩子全程拿着 iPhone 或者 iPad 玩游戏。我还问他们："住在西奈沙漠，是不是觉得很惊心动魄啊？毕竟还有那么多地雷在那儿呢。"他们说："不会啊，最近一次爆炸也离我们很远。""有多远呢？"他说："两公里之外发生了冲突。"两公里他们就觉得很远了。

犹太人是很喜欢娶中国女人的，重要原因是他们个子小，娶不了大白人，白人个头太大。扎克伯格就是一小矮个儿，娶了位中国姑娘。在电影里，Woody Allen（伍迪·艾伦）也是瘦瘦小小的，白人特别大、特别高。再有一个就是犹太女人有时候非常强势，中国女人通常还算比较好（至少看起来是）。第三就是之前说的，犹太人和华人有共同的价值观。那天家宴上，他们家男主人的阿姨的儿媳妇儿，就是一个印尼的华侨，还专门为他们办了一个中式的婚礼。

南亚次大陆

> 中国有句古话叫“杀君马者，道旁儿也”，谁杀了你的马呢？就是道旁那些欢呼的小儿。

我曾经在《晓说》里聊过两期印度，那个时候主要是聊了一些印度给我感受好的地方，讲印度人民的平和、宗教、历史、文化等等。也说到了印度的一些问题，比如说，到今天依然有很大影响力的种姓问题，好多印度电影也经常反映这问题，就是不同种姓的人之间通婚，经常作为电影里的大题材，讲怎么冲破这些东西等等，说明这个问题依然还是很严重，不然电影里也不会拍这些东西。包括妇女的地位，印度电影《摔跤吧！爸爸》里面依然反映的是妇女地位的问题，讲妇女怎么从被社会看不起，要找个人嫁掉，一辈子在那儿做饭、洗衣服，然后变成有独立人格的、能够奋斗的人。那电影重要的主题就是这个，说明在印度妇女的地位很低。

印度人大多信印度教，西边有一部分人信伊斯兰教。信印度教的大部分民众还吃素，导致欲望也不强烈，不像我们，大家都有拼命向上的那种欲望，他们好像挺平和的，说好点是挺平和，说不好点就是没有那么勤奋。但是印度也有少数精英在美国硅谷做得很好，包括现在微软、谷歌的 CEO 都是印度人，那是少数印度上层精英，大多数印度人民还处在那种很平和的阶段，当然也很贫困。印度的贫困人口比整个撒哈拉以南的非洲难民加起来还多，实际上它是贫困人口最多的国家，也是文盲人口最多的国家，这也导致印度经济发展的动力欠佳，毕竟人是第一动力，所以这个吃素的民族，怎么能尚武呢？因此不是很善战。

印度跟中国之间的关系基本上就是合作和竞争的关系。印度成立的时间跟中国差不多，印度是 1947 年独立，中华人民共和国是 1949 年建国，所以两国刚开始的时候肯定是有合作，也有竞争。合作体现在两国都反对帝国主义，都希望建立第三世界的组织，包括印度、南斯拉夫和埃及挑头的不结盟运动——当然中国没有参加，中国当时跟苏联、东欧社会主义阵营站在一起。但是两国都有那种团结第三世界国家、反帝的需求。和平共处五项原则，实际上就是中印两国的领袖共同提出来的。

两国最开始都想当第三世界的领袖，印度老不服中国。这个竞争主要是印度的上层，印度的上层精英恨不能都是留学回来的海归，领导着十几亿的人民，远没有中国的人民那么有主观能动性，所以印度上层的目的不代表全国人民的目的，上层的目的总是要争夺一些领导权……

我曾经跟一个印度人在西班牙辩论过，特别逗。我在火车上遇见一个印度人，跟我坐在同一个卧铺车厢里，他跟我辩论说：“我们印度是世界上第二大民主国家。”从这儿就能看出他们的心态。我当时就问他，我说那第一大民主国家是谁呀？他说美国呀。我说：“美国才几亿人，而你们有十几亿人，你们应该是世界上第一大民主国家呀。”那个卧铺车厢里住了 4 个人，其他人看我俩辩论，都哈哈大笑。

近些年两国都发展得很快，当然印度远远没有中国快。我十几年前去印度的时候，印度连一公里的高速公路都没有，连超市也没有，手机都寥寥无几，跟中国的差距是非常大的。这几年虽然发展得快了起来，但跟中国还是没法比。整个印度的经济总量大概只有中国的五分之一。而且最重要的，一个国家中，尤其是作为战争资源的整个工业基础，跟中国差得太远太远。中国产的手机在印度占了半壁江山，我国各种各样的手机品牌都涌向了印度。阿里巴巴的支付宝在印度也是最大的移动支付软件，我们的 UC 浏览器也在印度搞得很大，就是因为它的整个工业基础很差。包括它的武器，花钱很多，连续好几年在外购武器方面排名世界第一，只因为它自己生产的武器实在是太差，研制一架轻型战斗机都得花二三十年，一辆坦克花一二十年，每次都是好不容易准备量产了，军方又不要了，嫌太落后。印度造一艘航母都造那么久，跟中国下饺子一样的海军建设速度简直没法比。而且要花很多钱去购买武器，所以经济上跟中国差距很大。

印度自己觉得在军事上跟中国没有那么大差距，比如说海军。虽然中国这两年有先进的 052D 型驱逐舰、055 型防空驱逐舰、航母等等，但印度有一个自己老觉得特别牛的地方，就是他们一直有航母。虽然现在的航母是苏联帮它弄的，我们这航母也是从乌克兰买来的船壳。印度觉得它操作航母的经验比较多，中国的航母还处在训练中。它的空军有 200 多架苏 –30MKI，是苏 –30 系列里面最先进的型号了，除了苏 –35 以外，比我们目前三四百架的主力的战斗机要先进个小半代。当然跟歼 –20 没法比，但歼 –20 还没有正式形成战斗力，苏 –35 则是最先进的。但是我们刚刚才引进了 4 架苏 –35，其他的还没有交付。所以印度觉得目前和中国还是可以比画的，它也清楚地认识到时间对它很不利，如果真的要跟中国比画，时间越久，对它越不利，因为中国整个国力的发展、军力的发展实在是太快了。

陆军就不用说了， 1962 年的时候他们其实来试过一次，那个时候其实两军装备没有那么大差距，但是战斗力完全不同，中国只以偏师，都没有出动主力部队，就打得印度前线部队全军覆没，把将军什么的也都俘虏了，甚至潜入到离新德里只有几百公里的地方。它现在说我们不是 1962 年的印度了，但中国也不是 1962 年的中国了。

可印度为什么还要来挑衅呢？我觉得有这么几个原因。第一，就是时间不站在它那儿，它非常清楚地认识到时间越久它越没有能力挑衅中国，它觉得现在在军事上还能比画比画，再加上世界历史上还没有出现过两个都有原子弹的国家打仗。它觉得两国都有核武器，这个还能有点威慑，所以敢于挑衅。再加上中国现在急速发展，在世界上排第二，在整个近代史上，凡是排到第二的国家都是靶子，老大通常不是靶子，不管是大英帝国当老大的时候，还是美国当老大的时候，很多国家都会向老大靠拢，老大是“世界警察”，能维护很多事。老二崛起的时候，通常老大也受到威胁，大家都觉得是威胁，所以它觉得可以利用大家都觉得中国是威胁的时候跳出来，仿佛国际局势对它有利。所以 1962 年是印度明确地侵犯了中国领土，明确地越过了线，西方媒体的报道，包括西方后来的报告，都清楚地说到是印度侵略中国，即使在这种情况下，它虽然战败了，但还是获得了很多的国际支持。1962 年的时候，联合国差不多只有 110 个国家，中印开战以后，尤其中国明显地自卫反击的时候，大概只有 7 个国家表态支持中国，就是北越（当时越南北方还没有统一全国）、朝鲜、缅甸、巴基斯坦——咱们永远的好朋友，再加上阿尔巴尼亚、几内亚和加拿大，就这 7 个国家。同情和支持印度的国家却有 75 个，而且当时全世界最强大的两个国家，美、苏同时支持印度，还都向印度提供武器、物资援助，以及国际舆论的支援，美国当时甚至还警告中国，当然那是冷战时期，美国一定会这么做，说如果再不停火，就会派军队支持印度等等。就在那种情况下，我们也顶住了国际压力，战胜了印度，而且后来处理得也不错，又跟印度友好了很多年。所以印度和中国一直是有合作、有竞争。

合作就更不用说了，印度觉得中国需要它，所以 1962 年的时候它认为中国会容忍，没想到挨了揍。这回它认为它砝码更多了一些，比如说中国现在争取国际空间的最重要的这几个大的战略，一个是上海合作组织，

8 个国家里它是重要的成员；金砖五国，它也是其中重要的；“一带一路”向西，印度是这中间最重要的国家之一。它觉得中国向东，被美国、日本等国家封锁着，南海这儿还有麻烦，然后朝鲜再折腾等等，所以主要的国际战略就是向西，就是“上合组织”、金砖五国、“一带一路”，其中它都是重要的成员国，它觉得它有资本，它认为中国不愿意破坏这几个重要的战略，所以它觉得有充分的砝码来挑衅。

当然了，对于咱们中国来说，这几十年发展得这么好，好不容易百多年来发展成了今天这么繁荣的局面，当然是不希望战争的了，尤其是时间站在我们一边，不在印度一边。自古以来的兵法也好，西方的战争论也好，最基本的就是，谁着急谁倒霉，那不着急的永远不要被它牵着鼻子走。你着急，那你来表演，我们有的是选择。再加上周围的国家也都有很多棘手的问题等着处理，很多方面都觉得中国打一下仗对大家都有好处。南海的也高兴，朝鲜肯定也很高兴，美国、日本就更不用说了，谁都希望中国最好去跟印度打一下，最好到处都打一下，消耗中国国力、国际影响力，破坏中国的外交战略、国际战略等等。所以作为一个大国，当旁边的人都有欲望让你打一下的时候，就更不能被大家牵着鼻子走。中国有句古话叫“杀君马者，道旁儿也”，谁杀了你的马呢？就是道旁那些欢呼的小儿。道旁那些欢呼的小儿说“上啊，冲啊”，结果你一激动，拼命打着马往前跑，最后马累死了，马摔死了。所以“杀君马者，道旁儿也”，不要去听道旁小儿的那些打了鸡血的欢呼声，要冷静。

所以我觉得对于以和平崛起立国的今天的中国，战争是最后的选择，还有很多很多选择可做，中印之间还有很多经济的联系，虽然对中国来说印度不重要，对中国的贸易方面印度大概才排第十几位，但是中国在印度搞了很多投资，那么多手机厂商，包括阿里巴巴、支付宝、UC 等等，大量的中国企业去印度，需要那块更好的市场。当然了，印度国内也有一点民族主义，现在又开始叫嚣说不用中国手机，不用中国这那，这些都是暂时的，每个国家都有这种暂时的民族主义，很容易挑起来，但是只要处理得当，我觉得不会产生很大的后果，因为印度不是那种尚武的国家，不是那种充满了激情的国家。自古以来的兵法告诉我们“上兵伐谋，其次伐交，其次伐兵，其下攻城”，最后的选择才是作战，包括进攻、攻城等等。到现在为止，我觉得我们整个的外交处理还是不错的，所以我相信这件事最后会靠我们大国的胸怀和智慧，以及我们强大的实力去解决。

雕像之罪

> 我们对历史不能采取这种态度，历史要从历史的角度来看。

西方的“文化大革命”，尤其在美国愈演愈烈，从最开始要拆除罗伯特·李将军的雕像，到后来越来越多的雕像被要求拆除，一直到开国国父们的雕像，从华盛顿的雕像，到亚当斯、哥伦布的雕像也被砸掉，因为他们是奴隶主，畜过奴等等，甚至将风气传染到了英国。英国伦敦最著名的广场之一 Trafalgar（特拉法尔加广场）上的纳尔逊雕像，也被要求拆除。那是为了纪念拿破仑战争期间英国最著名的海军统帅纳尔逊上将而设立的，他在特拉法尔加海战中击败了法国跟西班牙联合舰队，而且纳尔逊上将也在那场战役中殉国。

当然罪名都是一样的，美国的罗伯特·李、华盛顿等等都畜过奴，他们是奴隶主。哥伦布来到美洲屠杀了美洲原住民，纳尔逊是奴隶制坚定的支持者，在特拉法尔加海战的前后，英国正在废除奴隶制，但是纳尔逊上将因为是贵族出身，所以支持奴隶制。由于这些翻出来的陈芝麻烂谷子的历史，整个这场声势浩大的运动波及方方面面，甚至到了可笑的地步。

哈佛的女校长，一位历史学家也因此辞职，其实就是被迫辞职。因为哈佛法学院的校徽上面有三棵树，这三棵树是很久之前捐赠哈佛法学院的这位捐赠者的家族徽章中的，但是查出这位捐赠者当年也蓄过奴，于是群情激愤，说这是奴隶主捐献的法学院。但是你可以选择不去这所学校读书啊，那清华大学还是美国人建的呢。所以很难用今天的价值观，用今天的东西去框定过去的事情，那样的话过去就没有一个好人了，过去不是奴隶主就是封建主，都犯过各种各样的错。按今天的价值观，纳过妾也不行了，那是歧视妇女，家里有过仆人，地里有过长工，都得刨出来。总之，说要取消哈佛法学院的徽标，哈佛的大校长本身又是历史学家，站出来辩论，说："我们对历史不能采取这种态度，历史要从历史的角度来看。"年轻的左派革命者们听都不听，破口大骂，说你这是为奴隶主辩护等等，于是被迫辞职，而且给全体哈佛的信、校长的辞职信以及董事会寻求新校长的信同时发出，这就是对校长的侮辱。好歹也得让她先辞职，过一礼拜再找新校长，但是就这么强硬地将她弄下台。

更可笑的是，ESPN——美国最大的体育电视台，有一个华裔的解说人姓李，他也叫罗伯特·李，姓李的中国人那么多，李将军那个"李"是美国人"Lee"那个姓，美国姓 Lee 的有很多，还有牛仔裤的牌子 Lee，但是跟中国这"李"完全不搭边，结果 ESPN 居然让他先停止解说球赛，说："因为你的名字叫'罗伯特·李'，会引起大家的不快。"中国人看了觉得简直就是回到了我们非常熟悉的那个时代，那是不是接下来要"破四旧"了？把那些东西都拿出来烧掉、砸掉？因为那些东西都跟当年的奴隶制、封建制等等有关。那罗浮宫是不是要给烧掉？大英博物馆也不要开了，纽约大都会博物馆东西有一半得拿来烧掉。这个简直太可怕了！而且颠覆性之强，罗伯特·李将军在美国那么多年以来一直是备受美国南北方人民爱戴的，在革命的火焰突然喷发之前没有人说过罗伯特·李将军如何，他是一位美国精神的代表，当然他有过蓄奴的历史，但是那个历史是美国整个南方的历史，是美国建国的历史，华盛顿家里也有奴隶，头几位国父家里都有奴隶，这跟他们对美国的贡献该作何比较呢？人家最终也都在那个时代推动了历史的进步，代表了美国的独立和自由，更代表了美国的绅士精神，尤其是罗伯特·李。

其实长期以来都没有太多罗伯特·李蓄过奴的证据，因为弗吉尼亚州在美国的中间，其实它已经不是 deepsouth 州（深南州）——那是蓄奴很严重的地区。弗吉尼亚州是在南北分界线的最前线，其实并没有特别严重地蓄奴，关于罗伯特·李将军蓄奴的证据，后来只找到了一个，美国人很早就有立遗嘱的习惯，1846 年的时候，他才将近 40 岁就立了遗嘱，遗嘱里写到他要解放一位女奴以及她的孩子们，这说明他有奴隶。即使有奴隶，他的奴隶也不会超过半打，当然了要是按照“政治正确”的话有一个也不行。

罗伯特·李有一个大罪证，缘于他的老丈人。他自己出身很好，他的父亲是美国独立战争的英雄，也是弗吉尼亚州的州长，娶的也是大富人家。他的老丈人去世的时候立了一份遗嘱，由他来执行，遗嘱说执行期 5 年，5 年之内由遗嘱执行人在觉得合适的时候解放所有的奴隶。他的老丈人死的时候留下大概六十多个奴隶。但是罗伯特·李是在第 5 年，就是遗嘱执行期最后时刻，这时候已经是南北战争期间了，到 1862 年，他才解放了所有黑奴。大家就说，他为什么不早解放黑奴？罗伯特·李当时有很多理由，说当时老丈人留下很多债务，自己也没有那么多钱偿还，他是个军人嘛，西点军校校长能挣多少钱？他说那我就把这些奴隶出租了，出租去干活，挣点钱替老丈人还账，还完了账我就把他们都解放了。当然按照今天“政治正确”的思想，这些都不对，但罗伯特·李毕竟是那个时代的人，他给太太写的信里面也说：“我觉得奴隶制度是黑暗的，是不对的。”这句话被支持他的人拿出来做证据，说你看罗伯特·李也觉得奴隶制不好，但是要拆他雕像的人又说，你看，这封信后边还有一段，你们为什么不引用？这一段是说，其实黑人在美国的境遇已经比他们在非洲老家好很多了，他们要经历这些苦难，是为了把他们变成绅士。因为罗伯特·李这一辈子就是绅士，绅士是他做人的第一原则，所以他对做绅士这个事特别重视，他说认为这些黑奴应该经历这些苦难。这当然不对，今天看肯定不对，但是在那时候的历史环境下，他在南方已经算进步人士了，而且他虽然是南方军的总司令，但是他内心深处是反对分裂的，也反对南方独立。

弗吉尼亚州加入南方作战，实际上一个重大的原因不是蓄奴跟不蓄奴，而是觉得要捍卫宪法赋予每一个州的权利。美国不像欧洲或者东亚的国家，一直是中央集权制，美国就是独立的时候大家凑到了一起，所以是个联邦制国家，每个州有自己的权利，最后为了捍卫所谓的宪法权利，也加入战斗。罗伯特·李长期做西点军校校长，他是很忠于整个联邦的。他最后接任了邦联指挥官的职务，其实林肯也通过国防部长找他，让他做北军的总司令。他最后统率了南军，最重要的是因为他是弗吉尼亚人，美国人那个时候对国家的概念没有对州的概念强，因此受家乡观念的影响，他就加入南军当总司令。

罗伯特·李有几个很感人的事迹。一是当时邦联军就升了5个上将，但是整个合众国联邦军里是没有上将的，因为华盛顿才是中将，所以没有人超过这个军衔。美国第一次出现上将就是南北战争期间，南军、北军后来都有了上将，北军有了格兰特跟谢尔曼，南军有了这5个。但是罗伯特·李拒绝佩戴南军的上将军衔。他说：“我是联邦美利坚合众国授予的上校军衔，做西点军校校长的时候，我就认这个军衔。”所以他作为总司令指挥作战，自己一直佩戴上校军衔，直到最后。这就说明了他对整个国家的忠诚，令人感动。

南北战争打得太残酷了，六七十万军队，战死的不计其数，南方被打得残破不堪。所以南方的将领坚决要求分散打游击，内战如果打游击，这国家就完蛋了，不像有人来侵略时打游击，内战打游击那只会越打仇恨越大，南方本来就被谢尔曼等人到处烧杀抢掠，再打游击，那整个南方就彻底残破了。所以罗伯特·李将军坚决拒绝打游击的要求，他说内战不打游击，它不是外战，不是有人来侵略我们，只是观点不同，所以要投降就光荣地投降，像绅士一样。所以他要光荣地在弗吉尼亚投降，然后他的学生，就是北军的统帅格兰特给他崇高的礼遇，不下马，不交剑等等，全体北军向他敬礼，因为他是西点军校校长，南北两方的军官都是他的学生。投降以后，没有美国公民权了，他还主动申请，不像很多顽固的南方人，有一些顽固的最后坚决不投降，都跑巴西去了。而且他主动向政府申请特赦，恢复公民权，不过还是被遗漏了，因为当时的国务卿看到这份文件的时候，以为是已经处理完了的交给他备案的文件，就直接塞抽屉里了，以至于过了好几十年才发现。

所以一直到 1975 年，过了 100 多年，福特总统在任的时候，才特赦了罗伯特·李将军，恢复了他的公民权。但是他在没有公民权的情况下，全美国各种大公司、大学等都请他去，他却认为战争失败了愧对南方人民，因此也不去弄这些事，不上大公司去，他就去做了一个小学校长，当然后来做了华盛顿大学的校长，当时还是个学院，他把学校治理得非常好，而且他在这个学校树立的校训非常有意思，只有一句话："We have but one rule,and it is that,every student is a gentleman."（我们只有一条校训，就是我们的每个学生都要做绅士。）这个校训一直垂范至今，华盛顿学院后来改名华盛顿·李大学，冠上了他的名字。

这又出现一问题，如果到处拆他的雕像，那是不是这大学要改名呢？不能叫华盛顿·李大学了，华盛顿也不能叫，华盛顿也是奴隶主；李也不能叫，李也是奴隶主。那华盛顿·李大学叫什么？

这种所谓的"文化革命"其实就是否认历史，否认这国家的传统。国家总是一步一步走过来的，那国会山里边的雕像是不是也要砸掉呢？每一个州都在美国的国会山，国会大厦里头有两个雕像，就是本州人民选出来的，代表每个州的最光荣的两个人。弗吉尼亚州送到国会山的两个雕像，一个就是乔治·华盛顿，一个就是罗伯特·李，这俩雕像现在还在国会山里，要不要砸掉呢？所以我觉得这是一件非常严重而可怕的事情，因为革命的火焰是非常容易点燃的。

当然了，对方也出现了严重的问题，对方的一些白人至上主义者，“三K党”(Ku Klux Klan，缩写为“K.K.K.”，是美国历史上和现在的一个奉行白人至上主义运动和基督教恐怖主义的民间仇恨团体，也是美国种族主义的代表性组织)又出来闹，开车撞人、杀人，内心深处显然是有点小问题的。总统特朗普也是，在出现这么严重的事的时候，好几天都不表态，都说弗吉尼亚这事各方都不对，于是被全国抨击，包括共和党在内，现在共和党也分裂了，我在《晓松奇谈》里曾经讲过，我说一旦特朗普当选，美国会面临严重的分裂，虽然当时猜错了，因为我说他当选不了，但是美国出现严重分裂的这个预言看来是对了。特朗普紧咬牙关不表态，直到几天之后被迫在白宫说：“我反对白人至上主义者，反对‘三K党’，反对新纳粹。”但是那都是被逼成那样了他才说出这几句话来。导致共和党都开始跟他切割了，他说这样的话，那美国怎么办？口头上支持那边，但内心深处其实是相反的想法，于是大家又开始反对他，他又开始在推特上骂共和党那些大佬，导致了严重的党内分裂，以及国家的分裂。那些白人至上主义者回去以后又都被开除，被开除的时候才发现这些白人至上主义者实际上都是一些饭馆服务员等很底层的工人，就是那些不满的白人。这种革命，这种对峙，这种分裂，这一边代表了大量精英，但是大量的移民、有色人种等等，就开始翻旧账了，就说：“你们白人为了当年干的那些事都要下跪，都要说sorry，你们这些雕像都得拆掉，哥伦布的也要拆。”等等。

没有哥伦布，你们是从哪儿来的？只有美国原住民可以站出来说你们都滚，这是我们的土地，这是我们的地方。其他的人在那儿争什么呢？历史就是这么来的，跳出来的人开始否定美国的历史，觉得自己是左派，觉得自己是革命，那否定国家的历史，这国家的价值在哪里？在西方号称“先进、文明、民主、平等”的国家，居然出现了这样严重的问题，特别值得让人警惕跟反思。可见这种事情的出现并不是因为社会制度，什么样的社会制度里都会出现这样的民粹，这样的否定历史的革命，而且这革命根本看不到任何前途。既然哈佛校长辞职，那大家是不是要查查哈佛本人有没有问题？大学名字要不要改？要不要查查斯坦福有什么问题？建国的时候，签署《独立宣言》的这些人里，一大半家里都有奴隶，那是不是要否定《独立宣言》，否定这国家的根本？

这个太可怕了，也引起了大家极大的反思，什么样的社会制度才会保证一个国家长治久安？什么样的社会制度能防止这些东西出现？在德国，当年也是民主选举选上的希特勒，最后导致那样极端的民粹。今天的美国居然出现了这种倒行逆施的事情，让我们这些在旁边看的人心怀警惕，而不是幸灾乐祸地说“你看美国这样了”，因为我们都是人类，都可能会犯同样的错误，所以要一直警惕下去。

“9 · 11”特辑

> “9 · 11 事件”是 20 世纪“二战”之后最最重要的事件之一，尽管过去了这么多年，它给世界带来的影响，对现在和未来世界格局的影响，还远远没有结束。

2017 年 9 月 11 日是“9 · 11 事件”的 16 周年。日子过得真快，我还记忆犹新，2001 年 9 月 11 日发生袭击的时候，雪片一般的短信、电话铺天盖地，那时候还没有微信什么的通信工具。

我当时正好一个人在清华的家里，打开电视一直看了十几个小时，没睡觉，不断感受到飞机撞上去的那种震撼。因为我收到消息的时候第一架飞机刚撞上，所以我目睹了实况中间第二架飞机撞上去，全世界惊呼，我也在家里跟着惊呼，后来大楼倒塌，我目睹了当时混乱的情景。当时我还对自己说，历史就这么在眼前发生了。

“9 · 11 事件”确实也是人类在“二战”之后最最重要的历史时刻吧，也改变了整个世界的格局，改变了世界的走向，改变了太多太多。因为当时冷战结束了十多年，本来西方觉得一片太平，觉得只剩下对付对付中国、俄罗斯就行了。结果从那时开始，恐怖主义的阴霾笼罩了 16 年，也蔓延到了全世界。这么多年，不光是西方，包括俄罗斯、中国，全世界大量的地方，也包括阿拉伯世界本身，都笼罩在这个极端主义恐怖袭击的阴影下。导致整个世界的政策，各国的政策都发生了巨大的变化。因为“二战”以后没有经历过这么严重的威胁，其实“二战”以后准备了50年的冷战，准备了各种各样的事情，但实际上都没有真的实行。

冷战那时候的古巴危机也没到总统要到备用的中心区、副总统要到地下去、北约要准备战斗的地步，都还没有用上。这一次是演练了“二战”以后最大的一次紧急状况应对，其实也是美国自“二战”以后第一次本土被袭击。美国上一次本土被袭击还是日本的气球炸弹，以及潜艇搭载的水上飞机，水上飞机其实没造成什么伤亡，汽车炸弹是发生在“二战”末期的时候，日本因为实在没有力量反击美国，为了报复美国，便把全日本的布匹、丝绸、鱼胶等等全收集起来，做了无数个大气球，气球上装上炸弹跟沙袋，利用太平洋上的西风带，往美国飞，万里飞行，飞到美国掉下来的1‰都不到。其中只有一颗炸弹，好像在一片森林里炸死了几个美国人。这大概就是“二战”期间美国在本土的唯一的一次伤亡。

当然了，还有珍珠港事件。珍珠港当然是美国的领土，但不是美国大陆本土。珍珠港事件导致美国在“二战”中死亡2400多人，“9·11事件”美国死亡了2997人，将近3000人。“9·11事件”比珍珠港事件的死亡人数还要多500多人，而且珍珠港事件死亡的主要是军人，军人战死是正常的，但“9·11事件”死亡的都是平民，当然也包括300多位消防员牺牲在世贸的大楼里，所以按平民伤亡来说，要更加严重了。美国当时启动了冷战开始时的各种各样的准备，总统马上升空，不能返回首都，飞到奥法空军基地去，而且进入指挥中心换一架飞机，从平时坐的空军一号换成E-4B，就是空中作战指挥中心，外号叫“大夜班”，准备升空指挥。副总统移动到白宫地下碉堡，就是总统的紧急行动中心，然后再移动到一个戴维营——总统休假基地旁边的一个秘密地点，叫“R地点”，也是为了应付冷战，只有苏联的核导弹来了才能启动这种东西。总之，做好了所有这些准备。在副总统之后能够继任总统的，因为一旦总统、副总统都没了，还有比如参议院、众议院等的议长，全部都转移到弗吉尼亚一个叫气象山的地方。空军第一次启用了位于美国正中间的科罗拉多州的应急指挥中心——在冷战中为了应对其他中心都被摧毁的情况而建。国会也撤离，而且北约，从成立开始第一次启动《北大西洋条约》第五款，第五款所指就是，如果任何一个国家对这十几个国家中的任何一国发动袭击，将视同对北约所有国家的袭击，所有国家都会一起启动，对这个国家作战。自从签订以后就从来没启用过这一条款，一直到冷战结束这么多年，北约这才第一次正式宣布启动《北大西洋条约》第五款。北约是北大西洋公约组织，美国在太平洋还有一个防卫组织叫美澳新，或者叫太平安全防卫组织，其实主要就是美国、澳大利亚、新西兰也宣布启用这个组织的共同防卫条款，跟北约一样，视同对所有人的攻击。因此澳大利亚跟新西兰军队也进入待命状态，所有的盟国都进入高度紧急状态，美国所有的飞机不能落地，要飞往加拿大、墨西哥，取消所有来美国的航班，关闭所有证券交易所等等。幸亏冷战的时候演习过很多次，这才是第一次启用。

全世界都发表声明谴责“9·11事件”，那是全世界最统一的一次发声，大概只有萨达姆一个人叫了好。包括阿拉伯国家，当时还活着的巴解组织（巴勒斯坦解放组织，Palestine Liberation Organization）主席阿拉法特，阿富汗的塔利班以及利比亚的卡扎菲，都发表了谴责，这是全世界影响空前的一次恐怖袭击。那之后的世界就急剧转向，美国从原来准备对付中国、俄罗斯，变成要团结中国跟俄罗斯，因为恐怖组织是第一大威胁，大家一起反恐变成了最重要的事情。后来又出现了朝鲜的事，但那时候还没有发生。但是至少给了中国一个前所未有的发展机遇，对美国来说，中国变成了一个非常有用的国家，是需要联合而不是抑制的国家。中国因此获得了大量的时间和空间发展经济、发展军事、发展影响力等。

美国就一门心思去整反恐这事去了，花了几万亿美元，死了那么多人。

打阿富汗、打伊拉克，上百万平民在战争中死去，整个美国的政府、政策全都转向，出台了各种各样新的法律如《爱国者法案》等，政府能有如此巨大的权力，这在美国过去都是不能想象的。美国政府当时就对全国人民说，你要人权还是要安全？你要人权就没有安全，你要安全那我们就可以监听你。所以才有了后来的维基解密、棱镜计划、斯诺登等等。所有这些事情全都是“9・11 事件”引起的余波。

但是到现在还没完事儿呢。因为“9・11 事件”的调查报告中有 28 页还处在美国政府的保密之下，一直保密到 2016 年 7 月国会议员才可以看，之前连国会议员都不能看，而且要签严格的保密书。但是国会议员后来就出来说：“这太令人震惊，我每读几页就要停下来重新调整历史认知。”全国人民就问：“你为什么不公布这 28 页有关‘9・11 事件’的报告？”后来奥巴马承诺还是会公开。最后联邦调查局、中情局公开的时候，这 28 页的调查报告里还有 170 多处被涂黑了，没法阅读，因为太机密。根据联邦调查局跟中情局泄露出来的一些信息，这起事件其实是有国家在后面指使的，或者是有严重的关联吧。大家就说是沙特阿拉伯之类的。所以后来参议院才通过了这个法案，说美国的受害者家属可以起诉。原来没法起诉恐怖组织，恐怖组织本来就是个非法组织，但是美国参议院通过了《9・11 赔偿法案》，其中提到可以起诉涉及的外国人甚至政府。奥巴马当时为了维护美国的整个盟国，整个外交态势，还表示一定会否决，这个法案通过以后，奥巴马确实是行使了否决权，因为那之前沙特就已经威胁：如果美国通过这个法案，我们就要抛售美国的国债，包括美国其他资产，7000 多亿美元。这样美国经济就崩溃了。美国政府也被迫公布了沙特持有 1000 多亿美国国债的消息，比中国持有的少太多太多，大家就知道中国对美国的威慑力是很强的。但是奥巴马投票否决了这个法案之后，居然被国会以压倒性的多数投票又“否否决”了。美国的 check and balance（西方政治结构中为防止滥用职权，在立法、司法、行政三权之间或在政府各部门之间实行相互牵制的制衡原则）三权分立的系统特别逗，总统有权否决国会通过的法案，但是如果国会再次以三分之二以上的多数投否定意见，还可以再推翻总统的否决，总统就不能再否决一次了，等于给总统一次权力，但也给国会一次再表决的权力。就是说最开始通过法案的时候是多数就可以，但如果推翻总统的否决，要三分之二多数，这一次是参议院以 97 比 1，众议院以 340 多比 70 多的压倒性优势否决了总统的“否决”，支持受害者一定要去争取赔偿。因为“9・11 事件”的受害者都是平民。说句心里话，不光是平民，更是美国的精英，甚至不光是美国的精英了，实际上是全世界的金融经济领域的大精英。死在双塔里面的这 2000 多人，大概来自 80 多个国家，能在那里面办公的都是世界一级的大公司，尤其是在高层的。过去的“双塔时代”是越高层越高贵，因为越高层风景越好，里面越是厉害的大公司，越在高层，里边的人也越是精英，最后楼倒塌的时候，逃出来的都是低层的人，80 层以上几乎没人逃出来。

当时状况很惨烈，很多人跑到楼顶等待救援，结果直升机也降不了，每架直升机带着几十吨的燃油，被困在里面，浓烟滚滚，很多人就跳下来了。所以在“9・11 事件”中，这些精英以及这些公司的毁灭，对美国来说损失惨重，影响力也很大，所以关于这起事件一直有大量的纪念活动，遍布全世界，美国当然就更多了。

我有时在洛杉矶开车会路过一所挺有名的大学，前几年我看到他们每年 9 月的时候，会在前面一个大草坪上插上无数的国旗，我原来一直以为是为了 9 月开学插的国旗，代表他们学校的学生都来自哪些国家，我还说我得找找有没有中国的国旗，后来还真看到过两面中国国旗，所以就想这学校应该有中国留学生。一直到前两年，我才知道每年 9 月确实是开学季，但是那个典礼上插着的 2997 根旗，代表的是“9・11 事件”受难者的国籍，来自 80 多个国家。说明当中也有少量的中国人，另外还看到了巴西的国旗。之前我还挺高兴的，在知道是在悼念“9・11 事件”受难者后，心情便不由得沉重起来。

我有很多从纽约来的朋友，亲身经历过“9・11 事件”。其中一个我非常好的朋友，后来在纽约做房地产，还跟特朗普竞争过，现在退休了，住到洛杉矶来。我们俩经常聊天，他说 9 月 11 日那天，他还不是资本家，那时候他还年轻，是一个纽约证交所的“红马甲”，不到 8 点钟，还没开市，就撞上了第一架飞机，当时他正开车去上班，交通都乱套了，到处堵车，他也看见了事件发生，因为他的纽交所就在双塔对面隔一条街，他去上班，正好经过袭击的地方。开始堵得不得了，他还以为是一架小飞机撞上去，只是出了点小事故。“红马甲”是不能迟到的，股市一开市有那么多客户得交易，于是他还拼命往前挤，要去上班，结果这时候第二架飞机撞上去了，所有人都傻了。他开始企图往家跑，但家在 New Jersey（新泽西州），结果费了一整天的劲才逃出去，快到家之前还去洗了车，因为整个车都被飞机撞击大楼喷出来的灰尘彻底盖住了。那天是他儿子 6 岁还是 7 岁生日，全家都在等他回来，最后终于等到。他活着回来就不错了，也没法庆祝生日了，什么都耽误了，于是全家去麦当劳给儿子庆祝了一下。他说为了补偿儿子，第二年儿子生日的时候，专门带儿子去看了纽约 Yankees 队（纽约扬基棒球队）的比赛。

我们俩很少谈这个事儿，因为对于一个纽约人来说，这个事儿是很深的伤痕。只谈过那么一次，他特别诚恳，他说他有十个朋友死在这起事件中，其中有一个就是从上面跳下来的，眼看着从最高层往下跳。现在每年他还陪生还的朋友一起去纪念，陪他们一起去哀悼，去做心理治疗等等。

有一次我在纽约，去看世贸遗址，在那儿停车的时候，一个墨西哥人替我停到地下车库。因为纽约公共停车场很少，再加上是世贸这地儿，只能别人替你停车，很贵。他替我停完上来以后给我票，我就问他：“‘9·11’那天你在不在？”他说：“我在，而且我就在这儿停车。”我说：“那发生了什么？”他说：“我不知道。我告诉你我发生了什么，我去下边替一个客人停车，停到地下三层去，结果我刚刚停到地下三层，就看见那个灰，从停车通道喷过来，然后我就被堵在地下三层，出不来了。我以为我要死了，因为天昏地暗，大楼喷出来的那些土、石头块儿、钢筋，把整个停车场给埋了，我在里头等了不知多久，最后终于有人把这里挖开了，发现有我一人活在里头，我这才出来。这就是我的‘9·11’经历。”

到纽约去，其实问每一个纽约人有关“9·11事件”的经历，他们都会讲出很多很多的故事，“9·11事件”是20世纪“二战”之后最最重要的事件之一，尽管过去了这么多年，它给世界带来的影响，对现在和未来世界格局的影响，还远远没有结束。

纪念“9·11”，期待未来不再生活在它的阴霾下。

AI畅想

> 其实大家本来也生活在半虚拟的社会里，未来的虚拟社会没那么可怕，今天的生活有多少是真实的——除了吃喝拉撒睡？

最近又到人家做客了，这回是去了一家半犹太人、半波斯人的家庭。美国东西海岸有大量的精英阶层都是犹太人，经营着从东海岸的金融、政治，到西海岸的好莱坞、硅谷等，尤其是好莱坞大部分的Major Studio（大制片厂）等等。所以犹太人是好莱坞主要的控制者。我在这边工作，也总接触到大量的犹太人。

这家人的血统让我觉得很有意思，刚开始觉得好奇怪，因为感觉波斯人就是伊朗血统，跟犹太人好像是死敌。但那其实是很后来的事了，实际上他们不是天敌，甚至在漫长的历史中长时间生活得很融洽，只是直到后来革命，殖民地独立，以色列独立，都独立成为国家以后，因为争夺生存空间才慢慢成为死敌。之前两国都不是独立国家，都被帝国主义统治的时候，甚至还一起并肩战斗过。再之前，波斯、阿拉伯很强大的时候，犹太人也为他们工作过很多年，犹太人会做生意，会计算，再加上伊朗革命以后，又有很多的伊朗人，就是波斯人逃到美国来，跟犹太人也有组建家庭。不过我就没跟人家细问混血这事儿，因为这比较敏感。

这家老公是做投资的，于是我跟这对夫妻以及他们十一二岁的大女儿，坐在那儿聊了一些有关 AI（人工智能）未来的话题，很有意思。

他们忧心忡忡地说，有一半人会没工作了，被人工智能取代怎么办？我就说，其实不用杞人忧天，每一次的技术革命大家都会有很多担心，100 多年前电来的时候，大家也很担心，说电来了，很多工作就没了，因为电太强大了，电提供了动力，电提供了效率，大家都失业了怎么办呢？结果发现电来了以后不但大家都没失业，而且从那儿之后世界人口翻了好几倍，而且大家也都还有工作，因为电取代了一部分工作，但同时创造了更多的工作，创造了更多的可能性，创造了更多的行业、更多的领域、更多的工厂。其实整个人类历史就是这样，人类最开始从狩猎采集到农耕的时候，肯定也有这种担心，说狩猎采集大家得配合，大家得干半天。农耕以后，在单位面积里出产的粮食多了，结果发现大家不但没有失业，而且工作时间还变长了，采集狩猎的时候其实不需要工作那么长时间，但是一到农耕时代大家就日夜工作，还得挖水渠、灌溉、除草，甚至还得打仗，因为得保护自己的土地，原来根本没这需求。

所以每一次的技术进步，每一次的革命，都会有这样的担心，一是担心大家失业了怎么办，二是担心传统的美好生活失去了怎么办，但是这个担心主要还是所谓的上流社会的担心，因为普通人民本来都想脱离原有生活，想前进，所以技术进步以便能脱离原有生活，脱离土地，脱离工厂，来到城市，进到办公室，未来人工智能的出现，大家甚至可以脱离办公室，在家就能工作，那对普通人民来说是很好的进步。但上流社会说，哎呀，技术进步了，他们都跟我一样了怎么办？有电了，他们也有光明，原来只有我宫殿里有那么多蜡烛，他们都摸黑，现在他们也有光明了，那我的贵族生活怎么办？

这个犹太家庭因为很有钱，也在担心，说：“未来都虚拟了，生活怎么办？我们不想虚拟，我们有大的海景房，还不止一处，我们有各种各样的生活设施，可以锻炼身体，可以做很多事情，包括社交，我们需要真实的生活，我们不想戴一头盔，戴一眼镜，然后就可以跟各种人约会了。”我还开玩笑说，那对大家来说很好啊，在那个虚拟的世界里可以约会汤姆·克鲁斯。他家太太还特别说道：“千万不要汤姆·克鲁斯，我最讨厌他！如果是虚拟世界，他也排最后一位，我不但不要付钱给他，我还要他付钱给我。”

我说其实大家本来也生活在半虚拟的社会里，未来的虚拟社会没那么可怕，今天的生活有多少是真实的——除了吃喝拉撒睡？其他的东西，比如钱本身就是一个非常虚拟的东西，一张可能就值两分钱的纸，上面写100，大家就认同这就是100元，这不就是一个半虚拟的世界吗？大家虚拟了一种东西叫“钱”，然后大家都承认这种虚拟的东西可以交换吃喝拉撒睡，交换各种各样的东西。再比如说宗教，大家为了宗教付出热情的一生，甚至因此导致了很多战争等等，但是不可否认也有很多好的作用。但宗教本身不就是虚拟的吗？再比如说理想、社会制度、伦理道德等等，这多么虚拟，这根本不是人与生俱来的，这种东西在生物的基因里都没有，那不就是大家设计出来的虚拟的东西吗？还有法律，很多法律其实相当虚拟，所有这些东西，公司、市值等等，不都是虚拟的吗？包括今天的娱乐业里面大量的东西，同样很虚拟，电影难道不是个虚拟的东西吗？电视不虚拟吗？更不要说电子游戏了。所以我说其实我们本来已经生活在半虚拟的社会里了，只不过大家逐渐地在往前走，直到更多的虚拟代替了真实，满足了更多人的需求，降低了价格等等，很多事都是不用担心的。刚开始有网上购物，大家会担心取代多少售货员的职位，取代多少清洁工的职位，导致多少人失业……结果发现并没有。原来开店需要门槛，执照、房子等等，现在网上开店不需要复杂的门槛了，光阿里巴巴就有上千家店了，不创造了更多的就业机会吗？而且网上购物又催生了几百万送货大军，大家从农村离开土地来到城市，最开始能做的事情就是送货，这又创造了大量的工作岗位。所以我觉得这都不用担心。

他说："我还是担心我的孩子，我不希望我的孩子最后躺在一个抽屉里，就生活在虚拟的世界里。我希望我的孩子像我们一样健康地生活。"我说可以呀，不可能人人都在虚拟的世界里，肯定还会保留一块真实的世界，只不过那块世界可能会越来越小，最后变成一个主题公园，你们这些富人，因为有钱，而在里面生活，或者变成像动物园一样的，那只有少数动物在里面生活，大部分动物在外面都异化了，被毁灭了等等，少数动物被放到动物园了，我说你们这些有钱人未来的生活，包括你希望的你的孩子的生活，可能就是那样的生活。

他说那也不会呀，不是每一个人都想去过虚拟的生活，如果有1%的人想过有钱人的生活，有海景房，可以旅行，真实地去巴黎、伦敦旅行，他们有两个选择，第一，通过奋斗加入我们；第二，到一个抽屉里去过虚拟的生活。

我说我给你算个账，不要说1%的可能，咱们把它再扩大点，40%的可能是加入这种大家向往的生活，也不用去虚拟地实现了，也不用去电子游戏的世界里当英雄，在真实的世界就可以。那剩下60%的人说，我觉得希望很渺茫，我还是去一个抽屉里过我美好的虚拟生活，我在那里也可以约会汤姆·克鲁斯，也可以约会玛丽莲·梦露，我也可以去伦敦，我也可以去巴黎，我也可以吃到我想吃的东西，无非就是虚拟的，但是我的神经感官告诉我那是真的。怎么是真的，怎么是假的，不都是感官跟神经告诉你的吗？你们这些有钱人买一个包花好几千美元，我在虚拟的世界里也获得这种满足，跟你买个爱马仕一样的满足。你说这是真实的还是虚拟的？

咱们假设最开始只有51%的人愿意去虚拟的社会生活，那这51%的人在所有国家投票就是多数，他们就会通过各种各样的法律，给虚拟的世界放行，然后越来越多的人去虚拟的世界以后，真实世界的需求就会减少。当真实世界的需求减少的时候，更多的饭馆会关门，因为更多的人去抽屉里了，到虚拟的饭馆去了，真实的饭馆客人不够多就得关门。饭馆关门、超市关门、公园关门，各种东西关门以后，能拥有的东西就会变贵，这不是基本的经济规律吗？那剩下的就会越来越贵，很多人就望而却步，更多的人说那我不奋斗了，我也去抽屉里吧，因为这个越来越贵了，我承受不了。最后这个趋势是不可阻挡的，越来越多的人最后到了虚拟的世界里过上了虚拟的生活。当然我说的不是完全虚拟，世界上的人不可能完全虚拟地生活，只是越来越多地依靠虚拟的生活。那真实的世界就会越来越减少，越来越贵，最后还是那个结果，就是少数富人，你的孩子可以生活在那个主题公园里，叫作“真实世界主题公园”，跟现在正好相反，现在的主题公园是“虚拟世界主题公园”，未来真实的生活变成了主题公园，变成了“动物园”，你们就在那里生活。

但是即使是那样，人们也会依赖大量虚拟的东西，比如说真实世界里现在的大学，很多专业就不需要了，再追求真实也不能说，想学语言。因为你不需要学语言了，学习语言不再需要十年、二十年，未来一两年就会解决，因为深度学习以后，翻译不会再像过去那样了。过去大家看谷歌翻译为什么会笑，因为经常翻译错。过去得分析，得有逻辑、语法，现在深度学习以后，就像下棋一样，永远赢人类。它不需要分析这个棋，它就是深度学习，下一万盘。现在的翻译已经能做到把某种语言所有的数据全摄取进来，不需要分析完了自己再拼装一句话，只需要选择出最佳的那句翻译就好了。那它当然就越来越真实了，因为它把从电影、电视剧、广播、录音等等中的某两种语言在世界上所有的匹配全部弄在一起，深度学习，听起来是最笨的办法，但其实是最有效的。所以未来也不用学语言了，法律也不用学了，人工智能记住的法条以及分析能力，肯定比普通的律师要高。

大量的这种事情即使想要真实的，它也没有了。而且那个时候，虚拟的世界也不枯燥，大家在里面能创造出很多新的东西。

他又说创造力不是人人都有的，哪有那么简单？哪怕在虚拟世界，很多东西也不是那么容易创造！

我说有个重要的东西大家应该考虑一下，过去人为什么创造力不够，是因为大量的东西门槛高需要学习，学习一门语言要花好几年，学习一样乐器要花十几年。人类跟所有生物不一样，人类生下来到二十几岁简直是虚度，因为要学习，而不能创造任何价值，也没有创造力，别的物种有的生下半天就能开始奔跑，一岁就能开始捕猎。但是未来的人工智能，未来的虚拟世界，把大量的学习时间给省下来了，于是人类可以迅速地掌握很多种语言，每个人都可以依赖 AI 变成一名律师，那人类创造的时间就提前了，能积累的东西就大大地超过了从前。所以大家不要担心这个世界上大部分人创造不了，以为只有少数人能创造，未来很有可能大部分人都能创造，都能激发出自己的潜能，因为人工智能可以帮助人了解自己，匹配自己。原来大家统一学习、统一工作都是浪费，大家都到学校去学一样的东西，都开车去公司统一上班。我和你不一样，我干吗跟你学一样的东西？干吗跟你统一工作？这种物理性的公司未来很快也会消亡，因为这种公司的效率是非常低的。

总而言之，我觉得在人工智能的推进下，未来每个人的生活都会越来越虚拟化，只不过有一部分人拒绝这种虚拟。再拒绝，我们也已经深度地进入了虚拟世界。区别在于，大部分人完全进入虚拟世界，另一部分在依赖虚拟东西的同时，还保持着真实的生活，锻炼身体，美容以及整容等等。

他家的女儿特别可爱，胖胖的，长得不太好看。说："我要虚拟世界！"我说："你们别胡说八道，什么你们的孩子未来要过真实的生活，我就不想过真实的生活，我就不想真实地跟人约会，我就不想真实地去工作，我就想过虚拟的世界。”把她爸妈给驳一顿，她说这样我就想吃什么吃什么了，虚拟的我也吃，什么我都吃，我也不怕胖了，因为在虚拟的世界里头我想成为什么样子就什么样子。

度过了一个愉快的下午。说明越来越多的人在关注这个事，实际上所谓的虚拟，首先虚拟的是观念，先接受了一个观念，钱这个东西才能流通；先关注了一个观念，道理、伦理这个东西才能被遵守；先接受了一个观念，才觉得法律都是我们共同认同的，这样法律才能执行。过去所有的上层制定的、要求下层强制执行的法律，最后都被废掉了，重要的还是大家得共同认同。

未来的世界也一样，也是一步一步被大家所共同认同，被大家所相信，相信这是幸福。那未来的世界也不可怕嘛。

伦敦日记

> 基本上英国社会的流动性是很低的。可能全世界阶级都比较固化，大概只有中国还有那种活力。

我差不多有十几年没去伦敦了，年轻的时候超级热爱大都会、大城市，所以一天到晚就往伦敦、纽约、巴黎跑，哪儿人多往哪扎。而且那个时候叫基础性地补充西方养料，边角的先不管，先把最大的那块儿，比如大英博物馆、罗浮宫、大都会等等看一遍，猛烈地吸收各种各样的，最密集的历史文化，因此那个时候倒是经常去伦敦。有一阵子还有好多朋友在伦敦，我到伦敦去还住过范志毅他们家。那时候范志毅在伦敦踢球，还挺火的，是水晶宫队的主力后卫，我去看他踢球，他一拿球，专门有一首给他唱的歌，主力球员都有歌，基本上都是那种特别流行的，谁都会唱的歌，类似于《两只老虎》，但是重新填了词儿。总之，他一拿球全场都唱。

晚上我俩出去玩儿，碰见水晶宫队的球迷，大家还跟他特别热情地打招呼。有次我俩一块去伦敦一个特别繁华的区的赌场玩儿，发生了一件让我挺感动的事。我俩小赌两把，我输了，他赢了。出来的时候他就把换回现金的钱分了一半儿塞我兜儿里，我说："别价呀，我愿赌服输，你赢了你拿走，又不是咱俩赌。"他说："不行，咱们兄弟一块出来，大家必须得 AA 制，赌博也 AA 制，输赢一块儿分。"

后来就好多年没去伦敦了，觉得应该去历史文化的边边角角看看，于是花好多时间到那种边角的地方，南极都去了。这次又来到了伦敦，主要的工作就是到处逛街，以前我每次去伦敦的时候，每天晚上都要去 West End Theatre（西区剧院）看音乐剧和话剧等等演出。这次到伦敦，仔细地把各个剧院的节目表都看了一遍，发现好像这 10 年没有特别多变化，特别吸引我想要去看的戏，还是那些经典作品。偶尔有那种这几年在英国特别好的戏，也都来美国演了，我在美国也看了 *Sleep No More*（《不眠之夜》），所以到了伦敦心想那也甭看戏了，就去了一趟大英博物馆。结果发现不知道是我老了，还是它挤了，原来进去觉得，哇！好丰富，好耀眼，各种牛 × 闪闪的东西，这次再进去看的时候，觉得怎么那么挤呀？可能是我胖了。就觉得不是从前我去的时候进了圣殿的感觉，挤得要死，人山人海，展品布置密集。东看西看转了一圈儿也没看见什么特新鲜的东西，于是干脆就吃饭逛街吧。然后就去逛街买东西，到处吃最好的饭馆儿，过起了跟我年轻的时候完全不一样的日子。我年轻的时候没钱，所以去的时候都是蹭朋友家住，住范志毅家。到处去干不花钱的事儿，大英博物馆就不花钱，所以就一泡泡一两天，那看戏都很便宜。我其实没有吃过伦敦很贵的饭馆，更没有去伦敦那些贵的地方买过东西，那时候买不起。这次去呢，一来我在经济上比以前好了点儿，已经可以住还不错的酒店，本来想去逛街买东西，又给吓回来了，自己觉得挣了俩钱儿，结果到伦敦一看，即便是英镑现在的汇率已经低成这样了——当年 1 英镑相当于 15 块人民币，那个时候都根本不看什么东西，看也买不起。现在是 1 块英镑大概兑 8 块多人民币，相当于伦敦的物价降了 40%，这下我说："那可以扫扫去了吧。"结果受到了一万点的暴击伤害，因为在美国待久了，心想最贵的东西能有多贵呀？说去看看枪，在美国，古董枪除外，要买"二战"时候的 M1 步枪那当然是贵，但是正常的一把 shotgun——几连发的猎枪，也就几百块钱，能卖到一两千块钱的枪，在枪店里就已经锁得好好的。到伦敦我还没特意去看枪，因为好多店后边都有一间屋子，里头卖那种好看的猎枪，进去一看，几万英镑的枪比比皆是，还看见一把 14 万英镑的枪，我当时还问人家：“这是不是国王或者女王使过？这多少年前的东西呀？”人家都乐了，说：“这是新枪。”我说：“什么？新枪卖这么贵？”人说：“是。在英国，这是贵族传统，手工制作，从开始到最后大概得一两年，才能做出一杆枪来，所以就得卖这么贵。”而且这东西跟在美国拿把猎枪不一样。美国人是那种戴顶破棒球帽，穿条破牛仔裤，就出去打猎了。英国是一整套玩意儿，不光得买一把几万英镑的枪，旁边还有特别贵的打猎用的那种英式猎装，特别贵族，穿上那猎装根本不能弯腰，觉得自己得挺着，戴着那种盔，穿着那种衣服，浑身的装备，还有那种特别贵的小酒壶，因为英国人爱喝酒嘛，那整套下来可不得了，看了半天我也没敢买。转来转去买了一个箱子，已经是我这辈子买过的最贵最贵的、上千英镑的箱子。我说：“哎哟，咱也终于奢侈了一回。”结果往周围一看，很不好意思，一两万英镑的箱子到处都是。当然，我不能代表中国人民的消费力，因为在那些最贵的卖东西的地方，总能看到同胞们乌泱乌泱一片，如水银泻地一般进去扫货。我在旁边偷偷低着头看着人家，怕有人认出我来，也不知道人家那钱从哪儿来的，特别给中国人争气。在那种最贵的地方，基本上就看见两种人，一种就是中国同胞，还有一种就是裹着头巾的中东来的豪客们。为什么呢？因为中东太热了，所以他们很愿意夏天的时候到伦敦待着，有钱嘛，到伦敦购购物，吃吃饭。伦敦最好的饭馆儿倒没那么贵，最好的饭馆儿吃顿饭大概几十英镑到一百英镑。我这人是吃饭不嫌贵，多贵的饭我也吃，我觉得这是吃到我自己肚子里去了，买衣服什么的我就比较嫌贵，因为我觉得这东西，全给别人看了。

所以看到那些戴着头巾的中东豪客们，我经常不理解，在迪拜的时候我就不太理解，他们买好多特贵的东西，特贵的衣服、包，但是都罩在那袍子里。我说这才叫真有钱，有的人买点东西就顶脑袋上，恨不能连标签都不撕，到处显摆。像我们年少的时候，有天能有盒万宝路，就得一天拿出来一百多回。那不叫牛 ×，牛 × 的人是根本不显摆，就罩着，买多少东西不让别人看，就自个儿倍儿高兴。在伦敦这些昂贵的地方，包着头巾的中东来的客人们，给我感觉比我在迪拜看见的还多。因为在迪拜其实看见的大量的人都是全世界来的游客，真的包着头的中东人其实没那么多，这回在伦敦吓我一跳。

我觉得跟我十几年前来伦敦的时候相比，有一个最大的差别就是中东来的人们，当然游客是一部分，还有很多就住这儿了。俄罗斯的富豪、中东的富豪、全世界的富豪都愿意住在伦敦，不然住在美国没地儿花钱呀。导致街上豪车遍地，英国车当然没有爱尔兰这些地方税高，但是也很贵，美国也没有那么多的税，美国的车也不贵，但是美国谁敢开那么豪的车呀？在美国街上有一辆 10 万美元以上的车，大家都得侧目看着。在伦敦，宾利就不是个事儿，满街都是宾利、劳斯莱斯，当然这些豪华车也都是他们英国自己产的。所以一对比，我就觉得如今的伦敦比原来我心中的伦敦，我很多年前老在那待着的伦敦奢华多了，更加繁忙、密集。当然了，也更增加了遭受恐怖袭击的危险。

伦敦的 black cab，就是那个黑色的、全世界著名的出租车，后座儿是对着坐的，一排冲前，一排冲后或者俩仨坐冲后，司机全是操着漂亮的伦敦音的伦敦人，这跟美国大为不同。美国开出租车的几乎没有美国人。在纽约你看到开出租的几乎都是印度人、巴基斯坦人。伦敦的出租车司机总是谈论各种政治，讨论他们的福利制度多么倒霉，表达着内心的不满。其实每个地方的本地人通常都这样，北京人也总说：“哎哟，你瞧把我们北京弄成这样了，雾霾了也来了，人山人海。”伦敦人对政治嗤之以鼻，说到脱欧，自己都说："我们好多人其实都没去投票，投票也就是拿硬币一扔，扔到哪面就投哪个。因为谁也不知道脱欧以后是什么样子，连政治家自己都不知道，只是说咱们赌一下吧。"也确实，我就在伦敦待了两天，但是绝大多数张口跟我说话的年轻人，在工作中间的年轻人，比如说酒店的前台服务员、饭馆的服务员、卖东西的等等，几乎都不是英国人，因为一听他的口音，就立刻知道他是什么地方来的，有从东欧来的，有从法国来的，不管你说什么，他都跟你说："Perfect（不错）。"其实他也没听懂，直接说"perfect"特别符合法国人的性格。

因为英国属于欧盟（EU），所以看到这么多年轻人，他们也不算外国人，他们可以随便到英国来工作，几乎占据了伦敦年轻人所有的工作。相当于大家离开家乡去"北上广"一样，所以脱欧之后，这些人的生活一下子就连根拔起了，因为他就变成外国人了，外国人来英国工作，那就另说了，得面对工作签证、移民等等很多事儿。

当然了，这些其实都是底层人民的生活的变化，我到伦敦看到很多很多变化，不变的是贵族老爷们。从大英日不落帝国时代，到今天英国脱欧，那些贵族们当然都还在。王室还是那个王室，我这次正好赶上戴安娜王妃逝世 20 周年，还专门去一个公园里看了大家对她的纪念，很多人都去悼念她。我就远远地看，遇见的人聊两句天儿，每个人都毫不犹豫地说是王室杀了戴安娜王妃。这个挺有意思的，大家依然热爱戴安娜，可是王室也很稳定地在那里坐着。而且王室依然还有那么多的宫殿、土地、财富，英国有 40% 的遗产税，但是王室是不交的。王室不交，大贵族们当然也有各种办法去逃脱遗产税。越有钱的人越容易逃税嘛，因为他雇得起大律师，雇得起大会计师，建得起基金，全世界的办法都有。所以这些上层的阶级还是很固定的，英国有各种学者曾经研究过 1086 年的《末日审判书》，找到富豪地主的姓名。再去查今天牛津大学和剑桥大学存着的那些学生名字，遗产记录以及国会成员名单，结果发现经过这么多世纪，在这些地方的姓氏中，比例竟然保持一致，就是说贵族从 1086 年到今天依然在牛津剑桥的学生中存在，在国会议员中，在遗产记录中还是这些人，基本上英国社会的流动性是很低的。美国虽然高一点儿，但是最近几十年也低下来了。可能全世界阶级都比较固化，大概只有中国还有那种活力。据统计，英国最底层阶级大概要经过十代人才能变成中产阶级，更不要说外来的移民了。我这次在一个非常有创意的中餐馆里吃了饭，吃得我爽死了，这是我在世界各地，甚至包括中国吃过的饭店中，都很少见的，特别好的创意菜。虽然很多人在国内开创意菜，但是吃一吃，其实好像没那么多创意。结果我吃完这个以后，我说："这个厨师哪儿来的呀？"后来一问是马来西亚来的，还出来跟我说话，他们店里的人都是南洋的华人，说着带有特别浓重口音的中文，但还是说："我是华人，我是 Chinese。"让我还挺感动的。南洋华人的情愫还是很深的。但是本地人十代才能转换阶级，他们什么时候？这就不知道了。

钱塘江大桥

> 和后来那些豆腐渣工程一比，茅先生当年建的这座大桥真的是叫“桥坚强”。

2017 年 9 月 26 日是著名的钱塘江大桥——现在杭州的钱塘一桥——通车 80 周年的日子。在北京茅以升基金会有一个盛大的纪念活动，同时推出小桥工程。本来我是茅以升基金会小桥工程代言人，而且我自己也在贵州捐了百万元建设一座小桥，但我因为要在美国工作实在是去不了，所以就录了一大段视频给他们。

我的外公是钱塘江大桥的设计者，他也是茅以升——茅先生的学生。茅先生去世以后建立了茅以升基金会，我的外公就是第一任会长，一直做到去世。所以我对茅以升基金会有很深的感情，跟茅先生的后人也是世交，关系很好。所以当他们邀请我来做小桥工程代言人，我便答应了，说：“当然了，我不但做代言人，我还要自己去捐赠。”

钱塘江大桥是我国一个重要的、里程碑式的伟大工程杰作。因为在这之前，中国人从来没有自己设计建造过现代化大桥。常说的赵州桥、《清明上河图》里的叠梁拱桥，那都是老皇历了。咱们老说中国自古是“有技术没科学”，所以“科”“技”这俩东西缺一不可。光有技术，没有科学系统总结，导致历史上那些伟大的匠人们没了就没了。就像那么久远的赵州桥，以及宋朝就有的叠梁拱桥，这些建造科学后来都失传了，等到明朝仇英画《清明上河图》的时候，那又不是叠梁拱桥了。从没有人把这些总结成一整套科学、力学等的教科书，非常遗憾。西方人后来就追上来了，因为他们有科学，所以中国现代化最开始那些桥都是由西方人造的。郑州的黄河铁路大桥是比利时人造的，济南的黄河铁路大桥是德国人造的，哈尔滨松花江大桥是俄国人造的，蚌埠的淮河铁路大桥是英国人造的，沈阳的浑河大桥是日本人造的。钱塘江大桥最开始要建的时候，也是请了一位美国人，但是美国人设计得不稳，他设计了一个平面一层的桥，公路、铁路、人行道全在上面，很宽，成本极其高，最后大家说那找找咱们中国自己人设计吧，不用美国人了，用留美的海归，于是这位茅以升先生出现了。

就像我们自己设计的第一条铁路，詹天佑也是当年的留美幼童，那是很久以前的事了。茅以升先生是美国常春藤盟校康奈尔大学的硕士，是原来唐山路矿学堂最早的学生之一，这所学校后来叫唐山交通大学（现为西南交通大学）。我的外公本科就读于唐山交大，师从茅先生，于是才有了两家的渊源。

茅先生设计的大桥比那位美国工程师要强很多。他设计了一座双层的桥，铁路一层，公路一层，人行道也有，而且比美国人设计的桥要便宜很多，差不多500多万大洋吧，合100多万美元。那个时候差不多1美元合3块大洋。从1927年北伐成功到1937年日本敌军入侵，中国曾经有过比较短暂的，但是比较快速建设的10年。那10年期间，全国各地都在搞建设，当然钱塘江大桥也建设起来了。钱塘江大桥1934年开工，1937年9月26日才刚刚通车。1937年9月26日是个什么日子呢？1937年的7月7日就发生卢沟桥事变了，1937年8月13日淞沪抗战就开始了，中国军队主力全部开赴上海。70多万中国军队，从中央军到地方军阀，从东北军到西北军、到川军、到广西的桂系，全国各地的军队共赴国难，在上海抗战。

杭州离上海很近，淞沪抗战打了3个月以后，我们已经支撑不住了，最主要的就是日军又有大批的主力部队从杭州湾登陆了。登陆以后就包抄中国军队背后，才有了淞沪抗战最后的溃败，就是总撤退，而且搞得很狼狈。其实所有的军事将领都劝蒋介石早撤，因为我们在“苏福线”“锡澄线”，也就是上海后面，早就已经建设好了国防的预备工事，原本就没打算在上海打。但是蒋介石要给全世界看嘛，中国人民英勇抗战。在上海抗战是对我军非常不利的，因为上海周围的水深，日本大的军舰能开进来，不但航空母舰能当机场用，而且大型的军舰能开进来，那舰炮可比陆地的陆军的炮要大得多，射速也快得多，所以当舰炮向中国军队射击的时候，那一颗炮弹过来往往就造成一个排的牺牲，非常恐怖。

原本我们是想向后退，用纵深换时间，在后面苏州、无锡一带的“锡澄线”抗敌。这样的话，在前面的长江里，由于沉船造成了障碍，日本大军舰开不进来，然后在后面抗敌，这样的话可以把日本海军的优势消解掉，但是为了给全世界看我们抗日的决心，以及当时全国上下万众一心，最后就没有按照预定计划实行，而在上海打了3个月。由于日军在杭州湾登陆，全军往后撤，撤的时候非常慌张，导致原来预设好的两条国防防线都没用上，直接就让日军兵临南京城下。旁边的钱塘江大桥9月26日才建成，这个时候就很悲伤了。茅以升先生其实已经预见了它的命运，所以茅先生在7月7号，大桥快建成的时候，完全靠他的直觉下了决心。

卢沟桥事变并没有预示着中日之间打总决战，当时还觉得卢沟桥事件很小，一直到7月下旬，蒋介石在庐山发表谈话的时候，才正式决定抗战，才有了我军主动在上海进攻。8月份才知道全国准备跟日本大打。但是茅先生就有一种直觉，他下令在一个重要的桥墩上留了一个大洞，这是原来的设计中没有的，别人也不理解为什么。但是他是总设计师嘛，他说留个大洞大家就留一个大洞，其实他就是想到有一天会炸桥。果然到11月的时候，政府下令准备炸桥，他留好的大洞就管用了。这个桥先后被炸过两次，这一次是为了抗日，不让日军通过，炸得非常成功且彻底。茅以升先生亲自指挥炸桥，不但预留了一个大洞，而且他指出了桥上一百多个重要点，铺设了大量的炸药、上百条引线，一直连到桥旁边南岸的一间小屋里去。茅先生心里当然非常痛苦，自己亲手设计了这座大桥，相当于自己的孩子，而且是中国人民第一次用自己的双手设计并建造的伟大的桥。

现在去看钱塘一桥依旧非常漂亮，它正好在六和塔旁边。我自己就是杭州人，六和塔、钱塘江桥都是杭州重要的美景，而且每年中秋的时候，在钱塘桥上还能看到著名的钱塘潮，茅先生亲手炸掉那么美的一座桥，肯定非常痛苦。

1937 年 11 月 16 日就已经把炸药都埋好，11 月 17 日，茅先生说：“从今天开始，所有经过这桥的火车、汽车，其实都是碾着炸药过去的，因为下边早就埋好了无数的炸药。”一直到 12 月 23 号，终于下令炸桥，茅先生亲眼看着自己设计的大桥被炸毁。还有一张著名的被炸毁的照片，是当时日军已经非常接近这座桥了，这桥炸掉的时候，正好一个叫作“尤勇和夫”的日本士兵拍下了一张照片，前面是六和塔，后面是被炸断的一节一节的钢梁。这位日本士兵在侵华时没有战死，过了几十年以后，回到中国，把这张照片送给了茅以升先生，并且对日军犯下的滔天罪行表示了深深的忏悔。

大桥炸毁后，一直到抗战结束，就赶快再重新修建，于是茅先生又指挥修起来了。1946 年开始修好了通车道，主干线上的最重要的交通咽喉。到了 1949 年，沪宁杭战役中大军渡江以后，我军开始追击国民党军，到杭州的时候，国民党军又要炸一次桥。这次既没钱，也没有茅先生帮忙了，茅先生当然是心向中华人民共和国的，所以国民党军就自己乱埋了炸药。而且在杭州地下党跟铁路工人的努力下，炸药的量大幅地减少了，最终只在桥面上炸了一个洞，主体没受到什么破坏。可见这桥修得有多棒！

当时设计这桥的时候，火车时速只有 20 公里。但是到后来改革开放以后，时速 120 公里每小时的火车依然在上面跑，而且设计这个桥的时候预想寿命是 50 年，到今天已经 80 年了，超期服役这么久，依然没有做过一次技术上的大修。和后来那些豆腐渣工程一比，茅先生当年建的这座大桥真的是叫“桥坚强”。而且当时建造的时候中国还是那么弱的一个国家，全靠自己的力量去修建，付出了大量的智慧。包括当地的工人们，当时打桩很不容易，因为钱塘江是临海很近的，江面很宽而且水流很急，不好打桩，导致进展缓慢，下边是泥沙，怎么打足够深的桩呢？最后发明了一种特别有意思的“射水打桩法”，就是把钱塘江的水提到非常高的地方，像水枪一样向下射，把江底的泥沙射出一坑来，然后再往里打桩，上千个桩就这么打进去的。包括沉箱，桥基要稳定下边要沉箱，几百吨的大沉箱怎么也沉不稳，多次被冲到下游，甚至还冲到上游去过。后来当地的一个工人建议：“涨潮的时候往下放，退潮的时候定位。”这才把一个一个沉箱建好。今天的中国已经是全世界强大的国家之一，想建什么就建什么，深圳速度、浦东速度，但是那个时候非常不容易，所以茅先生居功至伟。

茅先生后来还做了北方交通大学的校长。交通大学在中国一直都是很重要的工程、科学的摇篮之一。交大在中国分了两个系统，一个是唐山交大系统，后来的北方交大、西南交大都属于唐山交大系统；还有就是上海交大系统，包含上海交大以及后来又分出去的西安交大。

北方交通大学现在已经改叫“北京交通大学”了。有一天我从那路过的时候，心想这学校怎么改名字了？我还仔细看了一下，“京”那个字是从哪抠出来的？因为北方交大这个校名是茅以升校长请毛主席题词的，所以毛主席亲自题了“北方交通大学”交给茅先生挂在那儿，这是很少的，真的是毛主席亲自题的。清华大学也是毛主席亲自题的，但是有好多好多大学，应该说绝大部分大学的校名，虽然是毛主席的手迹，但不是毛主席亲自题的，是到处找来毛主席的手迹拼凑起来的。还有个别不是拼的，是毛主席在别的场合写的，但不是为了题词。比如说复旦大学，毛主席给复旦大学一个教授的信中写道“复旦大学 ××× 收”，是信上面有“复旦大学”四个字，复旦大学一看太好了，毛主席手迹，便拿出来挂在校门上，仿佛是毛主席亲自题词。这还算好的，“复旦大学”四个字是毛主席一起写的。还有好多好多学校干脆从毛主席写的其他东西中找到各种字抠出来，拼成自己的校名，那个时候流行这样嘛。所以我还仔细看了一下，毛主席题的是“北方交通大学”，结果变成了“北京交通大学”，所以这个“京”就是从其他地方专门抠了一个给装进去的。后来茅先生就一直主持中国铁路科学院，一直做院长，做了三十多年，对中国的铁路建设居功至伟，堪称“中国铁路之父”。我们中国人第一次自己设计建造的跨江大桥——钱塘江大桥，永远值得我们骄傲。也以此纪念著名的桥梁专家茅以升先生。

华人选举（上）

> 华人在世界各地参与政治的欲望不强烈，都觉得还是默默地当个老实守法的客人就可以了。所以华人是在美国受教育水平最高、同时犯罪率最低的族群。

前几篇说了我在美国的犹太朋友、好莱坞的朋友，当然我也有很多华人朋友，其中有一对为了实现第二轮美国梦正在拼命地打拼的好朋友。

什么是美国梦呢？我们经常开玩笑说，美国梦就是把自己卖了个好价钱呗，当然了这是很粗浅的说法。人的价值，当然一开始是为了挣钱，然后买 dream car（理想的车），住 dream house（梦想的房）。但是人的价值不是就这么点儿，所以把自己卖了个好价钱，可以说得更好听点，叫实现了自己的价值。

我这对朋友到美国大概有 30 年了，中国台湾人。前面的第一轮的价值已经实现了，就是把自己卖了好价钱，老公是挣很多钱的医生，太太也有一份非常好的体面的工作，女儿也长大了。本来以为两个人在美国这样生活挺好，但前一阵我先是见到那位太太，一看见她，我吓一跳，我说："你一直是很端庄优雅的那种中国台湾温婉女性，怎么突然头发都白了？"她非常憔悴，正跟我说话之时就开始接电话，是一段巨长无比的通话，我听她一直在说："感谢你呀……感谢你……谢谢你……我要去了解……我不认识他……我不认识这个人……"感谢的话来回来去说，我说干吗呀这是？

完全没搞懂。等她挂了电话，她老公也到了，我说：“你这怎么回事儿，怎么突然憔悴成这样，你们家出什么事了？”她说，倒没出什么事，就是老公去竞选市议员了，于是就搞得他家上下累得一塌糊涂。我问：“你为什么要去竞选市议员呀？”他特别慷慨激昂地跟我讲了一通。太太说标准的普通话，老公说一口闽南口音的普通话。大意就是说，他们这个市，华人其实已经占到总人数的一半以上，华人纳的税已经占到七成以上。他们的市议会里一共有5个议员，这次改选3个，如果华人不去争取权利，人家的想法就会倾斜了。哪怕没有什么歧视，但是人家的文化跟你不一样。

他们说了很简单的一件事：市里的税收是很高的。在美国，个人所得税是给到联邦和州里的，所以市里是没有税收的，但是房地产税是给到县市，所以通常拿到县里，然后拨到市里，当然也有一些市里自己有。如果我们华人在议会里占多数，这个税收上来以后，我们就会把税收用在教育上，因为华人特别重视教育，我们就会拨款去把学校的设备弄得更好一点，把课外的教育各方面弄得更好一点。可是如果是“老美”——其实他也是“老美”，只是移民到美国的，30年，美国籍，要不然他怎么去选举和被选举——掌握了议会，他们爱体育，就会把税收的钱用来去搞体育设施、比赛等等。那华人占多数的市，就一定要为了华人去争取权益。

我说：“听起来也不错啊，现在准备得怎么样了？”他说累死了，诊所现在每天下午4点钟就要关门，病人也看不了了，要去拜票，太太也一样，早早地开始工作，早早地下班，陪老公去拜票，挨家挨户地敲门、送传单、宣讲。

为什么下午4点就得先下班出去拜票呢？因为这时候大部分人都下班回家了，但是离吃饭还有一段时间，不然人家吃饭的时候去敲门推广自己，不是招人烦吗？所以下午4点以后去拜票，效率还是比较高的。也有碰上特倒霉的时候，就是美国有好多那种空虚寂寞冷的空巢老人，应该说大部分都是空巢老人。美国没有大家住一起的习惯，所以这些空巢老人平时甚至能花钱请人陪自己聊天儿，这时候有人来敲门，不用花钱就有人来陪着聊天可有得说了。你不是要竞选吗？听听选民的心声吧！我对这个城市的感情、不满等等，好家伙，一说好几个小时，这夫妻俩也得在那儿认真听着，还得记笔记，把选民的意见记下来。

是不是中国村委会现在选举的时候也是这样？村主任挨家挨户上门聊天？虽然对这不太清楚，但我听说好多有意思的故事，咱们也开始在村级选举，这是一个进步，学习一下人家干了200年的事儿。还是有一些人很积极的，好多人就不愿意在网上投票，因为喜欢去投票站体验那种感觉。在投票站把自己的一票庄严地投进投票箱里，还贴一个小贴纸，表示今天我去投票了。

好在他们那个市不大，有资格投票的只有七八千人，其中华人有一千多人。我说："你们这市的华人不是占一半以上，税收占70%吗？怎么有资格投票的华人才一千多人？"他说有资格投票的华人，就是一些拿了美国籍的华人，剩下的是拿了绿卡的华人，绿卡跟国籍在美国有比较清楚的界限，只拥有绿卡的华人没有选举权和被选举权，其他的权利义务都差不多。比如我拿的就是绿卡，一直也没有入美国籍，那就没有选举权也没有被选举权。我就是他们说的那种不太关心政治，也不太去为群体权益声张的华人，一直保持着中国护照、美国绿卡。所以我也不掺和这些事，但是对于他们去参与，我还挺感兴趣。

所以他们说你看这一千多华人有投票权，还有很多中国来的新移民，绿卡也没有，买套房子就回国了，或者很少来，但是纳的税很多。因为美国，尤其加州的洛杉矶县的房地产税是非常高的，高到差不多如果纳70年房地产税，相当于出了一套房子的钱，跟咱们的70年产权有点像，国内房产有70年的使用权，在美国土地当然属于个人，是property（私人财产），但是个人还得向政府缴房地产税。

我曾经给杨振宁先生当司机，他跟我聊天说他常年住在北京，住在清华，在纽约州原来大学里的那个房子就拆了。我说为什么要拆房子呀？他说因为如果拆了房子就只纳地税，不纳房税，如果房子还在那儿，连房税带地税都要交，算来算去不如给拆了呢，只缴地税。房税是根据你买房时候的房价的比例去缴，70 年差不多就百分之一点几。

为什么华人的税收占到 70% 多呢？因为华人买房子的时间晚，房价比几十年前贵了十倍。原来住在那儿的"老美"可能才花一二十万美元就买了一套大房子，他们按照那时候的房价在缴税。

我说："那你现在有几成把握呀？"

他说："我给你算算，七八千票，有一千张华人票，但是真正出来投票的人可能只有 4000 人，这投票率已经不低了，有 50% 的比率了。可是大部分华人不爱投票，所以首先就得把华人要投票的积极性给动员起来。"

华人嘛，走到世界哪里都是默默地做点买卖，做做医生，做做这些工作，然后就回家教育下一代去了。第一代华人始终觉得自己是个客人。其实第二代华人也没特别觉得自己是主人，因此，华人在世界各地参与政治的欲望不强烈，都觉得还是默默地当个老实守法的客人就可以了。所以华人是在美国受教育水平最高、同时犯罪率最低的族群，投票率估计也是最低的。他说："我们得去鼓励华人，目前 4000 人能出来投票，华人大概只有几百票。我们要得到一千多票才能当选一位议员，因为议员是轮番改选，不是一次集体改选，每次都是隔 2 年改选 2 位，隔 2 年改选 3 位，这次是改选 3 位。"

原本在他们市的议会里，5 席里面是华人占 3 席，白人占 2 席。这一次 3 席重选，还剩 2 席，是一位白人一位华人。这 3 席里面，目前竞选的有 7 个人，有 4 位华人、3 位白人竞选，7 个人争这 3 个席位，非常难。

他还说白人里面有一位肯定会当选，因为他是个大企业的 CEO，威望又高，人家还认为他资源也强，他根本就不想来选，但是白人为了能保住选票就动员他，他都不出来竞选，也不去拜票，但他肯定能选上。这 CEO 就说了一句话："我要好好地经营这个城市，就像经营我的企业。"我这医生哥们儿就说："我知道辩论的时候怎么反驳他了，我要说为人民服务，而不是把大家当作雇员去管理。"我说："对，原来不知道 CEO 当政后的局面，现在有了特朗普为例，特朗普就是一个大 CEO，他就觉得他自己是一独裁者，因为在公司里他说了算，你就以特朗普为例好好反驳他。"

还有一个白人也很有竞争力，这是一位妈妈，小孩儿长大了，她没事儿了就出来竞选。他们那儿学区很好嘛，这位白人妈妈在小孩儿在这个城市上学的时候就参加学校里的家长会等家长联谊，热衷于各种学区的活动，所以跟家长们混得非常非常好，这种人就很受欢迎，人缘儿好，也很有竞争力。

另外一位估计选不上，因为是一位 28 岁的年轻白人，自个儿还没自立，还住在爹妈家啃老呢。还有一位女律师，是很厉害的角色。

他说："最可气的是我们这 4 位华人之间打得一塌糊涂。本来大家还都是一个城市里的邻居，都认识，结果竞选了，吃饭的时候，坐下一看，旁边一大桌人是自己的竞选对手，俩人都吓一跳，竞选导致神经都高度紧绷。而且大家都是中国台湾人，但是有第一代、第二代的区别，其中还有一位就是上一任议员，他都当了两届了，为什么还要当？他就是当上瘾了，这东西很上瘾的。那边一个大 CEO，那就剩一席了，就得艰苦地拜票，一定要得到一千多票。"

于是每天下了班他就挨家挨户去拜票，他讲"国语"都是闽南口音，讲英文就更不要说了，所以吃了很多亏，但是他老实勤奋，为了竞选，现在给人看病少收钱——不知道算不算贿选。美国选举是有各种严格规定的，不能送礼，不能买票。但是他说在中国台湾竞选时发生的那些乱七八糟的肮脏事，包括桩脚、黑票等等，在美国都发生了，搞得自己很痛苦。我说：“华人跟华人之间何必掐得这么厉害？其实你们团结团结，组织组织，把票都给到某一个人，这不就当选了吗？”

“不行，咱们华人的世世代代就这样。”

另外一个市也是，华人人口就占到 70% 多，最后选出来却是白人在议会占多数，导致白人住在市边缘的地方，拨款特别多，路又平，树又多，而华人密集的地方路很破，我去那儿吃中餐的时候发现那儿还经常停电。虽然他们这个市要好很多，但是如果这一次丢了多数的票，还是有问题。

美国的市有很多种选举办法，政治体制有很多种。美国是一个纯粹自下而上的国家，没有上面规定下面的市应该怎么做，而是每个市自己规定，有的市是选举议会，也选举市长——通常是大市才会这样，比如洛杉矶市。他们那个市属于洛杉矶县，洛杉矶县下面有八十多个市，其中最大一个市叫洛杉矶市。洛杉矶市同时选举议会和市长，有点像国家，联邦，大家同时选举参议院、众议院以及总统。但是小一点的市就只选议会，就像他们这八千多选民的市就只选议会，5 个人轮番任市长，你任一年我任一年。总的来说，因为两年改选一次，所以基本上每一个议员都能轮到当回市长，选上议员也就保证了自己能任市长。

也有纯由市长独裁的市。加州曾经有一个市，市长独裁了 17 年。反正这个市里的人民决定用哪种政治体制，没有国家法律规定你要怎么样，国家法律只是规定什么样的人能选举，什么样的人不能选举，选举中间不能行贿等等，但是至于你们怎么选，选出来的人是干吗的，你们自己来定。还有的市是选出议员以后，他们不轮流当市长，而是聘一个市长，叫 manager，等于聘用职业经理人来当市长。这有一个好处，就是你能干就好好干，你干不好就把你开了，这很简单。总好过一个德高望重的老绅士，但是又没能力，可是大家也不好意思开他，因为他就是本市人，一直在那儿当市长；也比独裁了17年，一年给自己发80多万美元工资，那位著名的、现在被抓起来的市长要好得多。所以，美国的州、市有各种各样的体制，我这个朋友所在的市就是轮流当市长的体制。

在不同的体制下，如果当官的想腐败，永远是有办法的，所以大家也都不停地抱怨，尤其经济不好的时候，当然大多数不是贪腐，而是浪费、低效等等。美国加州还有一个更逗的事，大家还可以选民投票，说我们不要这个市了，这市就解散了，归到县来直管，或者并到另外一个市里去，那大家就少纳点税，少雇点人，但是就会出现警察稀少，消防稀少，垃圾得去邻市才有服务的情况。因为如果县来代管这些所谓的无组织地区，服务总是稍微差一点，但是经济差的时候大家就这么选择，经济好的时候，大家再把市成立起来。所以洛杉矶到底有多少个市，每年数据都不一样，你问谁，谁也说不出具体是多少来。大陆地区大概130个市。

我朋友所住的这个市经济一直都是很好的，所以他们就在玩命地竞选。我说："我也认识几个住在你们这个市的人。"朋友说："快快快，帮我通知他，帮我投一票，帮我拉一票……"真的很累很累。他的太太说："最开始他说要竞选，我都跟他急了，我说咱家日子过得好好的，也不缺钱，女儿也长大了，咱干吗呀？老公说我们要为这个社区服务，为华人争利益。最后我也被他说服了，那就去吧。"

我朋友之前做过5年的市建筑审批的委员。在美国你要想盖一栋房子，那太难了，各种各样的审批，安个铁门能审批半年，建个游泳池能审批2年，盖一房子弄好几年，就光这审批流程，复杂极了。因为每个市有自己的规定，每个市的市民自己决定我们这个市每栋房子能盖多大，容积率是多少，能盖多高，风景能挡多少，树要怎么砍，什么样的树不许砍，全都是由市里人民决定。所以这个审批简直是特别复杂，在美国待着就老觉得中国效率好高，说盖一下就盖起来了。当然了，各有利弊。

太太只有答应老公说，那就帮他吧，就开始助选。竞选得花钱，做印刷品、雇宣传员等等。我问花了多少钱，她说："人家有钱的去竞选花个一二十万美元也正常，我们家已经花了3万多美元了，估计还得再花点。"为了实现他的梦想——他的美国梦，他的美国梦已经超越了他挣钱的理想。他在美国读的医学院，做医生几十年，挣了不少钱，人类的梦想永远不会停滞，他接下来的梦想就是实现自己更大的价值。所以他们也在努力。

我见到他时，他说下个月就要开始辩论赛了。他的英文口音没优势，但也要努力，"我把稿子写好了，大家都帮我看看，你也帮我看看。"我说当然好啊，可以啊，因为我天天演讲，"助"他好运，我也会把我认识的几个他们市的市民动员起来，他去辩论那天我也会去现场助威。我还是希望他能把他的英语练好，爆发出来，把自己的政治抱负表达出来，能代表亚裔，代表华人参政，因为现在在美国的亚裔、华裔遇到很多很多困难，华裔是最明显的，从民主党时代就开始，因为华裔表现得太好，在美国受到各种各样的立法排挤，一言难尽。

总而言之我还挺感动的，华人在美国投身政治，为自己的族群争取利益，加油！

华人选举（下）

> 大英帝国衰落，中间还有“一战”“二战”。美国在没有战争的情况下，自己去花钱打仗。眼看着这个国家找不到方向地衰落下去。

2017 年 11 月，我的朋友结束了选举，对他的争议现在也都平息了。所以我可以透露他所在的城市——San Marino，圣马力诺。

在洛杉矶的最富的华人基本上都住在 San Marino，比较富的会住在 Arcadia（亚凯迪亚），Pasadena（帕萨迪纳），还有 Walnut（沃尔纳特）等地，大概有十几个市几乎全是华人。因为在洛杉矶华人人数特别多，所以也已经演化成了一个从富人到底层的完整社会。洛杉矶有六千多家中餐馆，处于最复杂的地段，属于我住不起的地方。那个地方房价很高，一个一百多年历史的小房子价格最少也得一两百万美元，还不让修整。房子里边可以弄，外边不许动，就因为那个学区好，有 San Marino High School（圣马力诺高中），所以那有很多很多华人。但是大量的华人都是新移民，只有绿卡，可以拥有房产，孩子在这儿上学是可以的，但是没有投票权。圣马力诺城市不是很大，所以平均拿到一千多票就能当选，但是我的这牙医好哥们儿拼尽全力最后还是落选了。

为什么呢？有各种复杂的原因，但是挺有意思的。之前，San Marino 已经有华人在市议会里任职，而且还不止一位，但是越来越多的中国人涌进来买房，住在这个城市里，把房价越抬越高。美国的白人就变得非常敏感，当地的白人都联合起来，商量好白人只投票给白人。圣马力诺市的人种比较单纯，大概除了白人就是华人，所以白人的候选人当选的票数几乎都一样。

20 世纪 70 年代，美国加州通过了一个《13 号法案》，而且这法案从加州扩展到全国。这个法案的中心精神大概是说：房产税每年的涨幅是有限的，即房产只有在卖给一个新人的时候（因为卖的价钱可能比 20 年前要高得多），或者是新建了一所房子，这个房产的基准价钱才会被重新评估。上一篇我写过，美国加州的房产税是百分之一点几，缴 70 年差不多等于房价翻了一倍。房产税相当高，尤其是贵的房子，几百万美元的房子，一年缴好几万美元，甚至 10 万美元的房产税。但是，只要不卖，或者不新建，就按照当时买的价钱作为房产基准价，房产税只有一点点增长，但是增长被这个法案限制住了。换句话说，20 世纪 70 年代颁布的法律，导致老牌学区里的屋主居住时间越长就越赚，因为他的房子其实已经值好几百万美元了，这 20 年来，涨了好几倍都不止，但是他缴的房产税还是基本按照购买当年的价格，比如说按照当时几十万美元买的基准价来缴，所以当然要涨一点点。

这个法案导致什么结果呢？就是如果华人和白人拥有一样的房子，这俩房子今天都值 500 万美元，但是华人是新移民，要按照 500 万美元的房价基准缴房地产税，但是白人按照他二三十年前买的房价基准来缴。所以市里面实际上的税收，华人贡献了大部分。由于他们是自住的房子，如果不是用好几套房子去炒房的话，房价的提高其实对自住在这儿很多年的人并没有什么直接的利益。他也不能卖了这房子睡大街上，他卖了这栋房子去买别的房子，那个房子也涨起来了。华人并没有享受到法案带来的新的利益，所以他们对这很抵触。

美国在第二次世界大战后有一代叫“baby boomers”，就是“婴儿潮”

时代，大量地生孩子。美国已经进入了老龄化社会，加州一半以上的屋主都是 55 岁以上的人，就是“baby boomers”那代人。他们如果卖房子，新屋主的房产税根据现在的价格去定，加州县市级的政府税收就会大涨，因为房产税是县市一级收。可是他们如果直接转移给子女，税收其实并不会提高多少。当然会有遗产税，但是遗产税法现在改成 1000 多万美元以上的财产才缴遗产税，所以对于这几百万美元的房子来说不用缴，直接就转给子女，税收还是没有跟房价挂钩。华人给洛杉矶带来了好处却没有享受到利益。带来的不好倒是各种各样的，首先就是民族文化不一样，再加上华人当市长还出了个丑闻——在离圣马力诺市不远的地方，也是一个华人扎堆的城市，选出了一个华裔市长，很著名。上任之后买了劳斯莱斯，然后卷入传销案等等。他自己可能是房地产商出身，当了市长以后就跟开发商传出各种丑闻，所以也给华人竞选增加了很多障碍。

实际上，一旦当了市长，市议员也就几个人。我经常跟他们开玩笑说，其实你们的那个民主权利就是 4 年里有一天你是这个国家的主人，是这个市的主人，你只要行使完这个权利，后边的事儿就跟你没关系了。就是因为美国是选举制，导致他的监督机制非常差，选上的人为所欲为，想干吗干吗。有的华人扎堆的市，一白人当市长后，就在白人聚集区修路，设路灯，而华人聚集的部分经常停电，路破得在上面开车简直就跟越野一样。因为是民主制度，还没办法监督，你去监督，市长会说：“我是人民选的呀，你可以监督我，你可以用选票监督我。”那还得等 4 年。实际上现在美国选出来的大量的市长是有问题的。包括我住的那个市。这个制度其实出现了很多问题，因为这制度已经用了太久了，大家正在想怎么去改变。

我朋友去拜票的时候就比较艰难。那个富人区里的白人大多数是受教育程度很高的，毕业于常春藤之类的名校，我朋友是芝加哥大学医学院毕业，也很好。他去敲门拜票，白人居民一听说他是芝大毕业的，就说：“I beat you.（我打败你了。）”因为居民是哈佛毕业的，或者是Stanford（斯坦福）毕业的，居民觉得我比你的学校更加好……其实华人人口还是占了很大的优势，如果联合起来，华人也能当选。但是很遗憾这几位候选人，全都是中国台湾人，大家经常看到台湾选举那一套不光彩的东西，所以他们在窝里斗，互相黑，把各种各样的招儿都使出来。我这哥们儿自己花了五六万美元，其他的华人候选人有花二三十万的，还有花钱在报纸上买版面宣传的，又捐款，又买广告宣传，白人选民就抗议说，这相当于变相贿选，因为你不能在选举的时候捐款，你要捐款就平时捐。你说要选举了突然捐款给这个市，这个市的人又不多，这叫buying votes（买选票），这是不可以的。出现各种负面的事情。

我朋友没选上，其他的华人成绩又很差，本来在市议会里华人占多数，结果这次选下来市议会里白人占了多数。在一个华人人口远远多于白人，税收贡献远远多于白人的地方，华人因为各种各样的原因，最主要的还是窝里斗，最后都没当选。

但是这小小的市的竞选，折射出美国的很多问题。比如对中国的警惕——从联邦政府一直到基层、从总统到现在的贸易战，从富人区到穷人区，都对中国越来越害怕。我觉得中国的发展是挡不住的，美国的衰落也是非常明显的，而且我觉得这根本就是世界的规律，这不足以让任何人说。今天特朗普不行，但选个别人也一样。奥巴马那8年里，美国也还是没怎么着，这是一个天定的规律。一个国家有自己的国运，有上升期，有辉煌期，然后就会慢慢来。中国这个国家比较古老，但是经历过几个循环，现在明显地是在上升期，挡是挡不住了。而美国的衰落也是注定的，人民也一样，美国人民已经不是南北战争时代那个血性的民族了。那时候英国人加一点儿税，大家就在列克星敦开枪了，在波士顿一清查就拼了。现在是整个美国人民，包括整个西方人民都感觉到，他们抗压能力差，天天需要心理医生，竞争意识远远不如从前。就看美国那些大公司的竞争强度，跟中国阿里巴巴、腾讯等相比差太远了。美国大公司就各干各的，谁也不到对方地盘上跟人家拼。中国的所有大公司什么都干，全面地在每个地方开战，就是不怕打，抗压能力强。美国人的工资高，物价又低，地儿又大，谁也打不着他。在这么一个 easy（轻松）模式里长大，他们已经缺乏挑战性了。中国人都是在 hard（艰难）模式里长大的，所以中国公司、中国人都有那个劲头。美国人面对新移民的挑战，他们先是抵制，抵制不了，就让你当选，你们都当选了，我就搬走。我就有好几个白人朋友选择搬离到内陆，到得州去了，或者去 Denver（丹佛市县），去 Nashville（纳什维尔）这些中西部地区的州，因为那些地方华人不去，华人就喜欢在海岸州待着，华人最喜欢的就是加州、纽约。白人就受不了这 hard 模式，于是慢慢往内陆搬，这个趋势非常有意思。

加州的税率也确实太高。我有一个相当有钱的朋友，刚从加州搬到西雅图去了，也是因为税收的原因。所有人纳的联邦税都是一样的，但加州的州税太高。美国很多州，比如得州就没有州税。加州不但州税高，而且州税花的地方也让大家觉得不开心。最近州税大量地花在庇护非法移民上，还要给全民医保，非法移民也要有医保，这也相当于买选民、买选票的一种。简直一塌糊涂，连监狱都运营不起，都卖了。中国的大房地产公司在洛杉矶市中心盖房，盖得那个快！美国从来没见过那速度，那块地原来就是座监狱，后来因为政府没钱就把监狱卖了。卖了以后犯人怎么办呢？再租监狱，因为那块地值钱嘛，卖一大笔钱，再一点点租。然后一些华人买了地在那儿盖房，另一帮华人就盖了监狱再租给州政府，反正这些事儿都是华人在干。

最新的美国人口普查中，人口普查局有一个叫补助贫穷措施的统计，考虑到人们对政府福利的依赖，平时生活开销以及当地的物价，用他们联邦人口普查局的标准衡量下来，加州的贫困率居然到了 20.4%，在美国全国排第一名。这太难想象了，因为加州是全美国最强大的州，一个州的

GDP 恨不得能占美国一小半儿，如果变成国家的 GDP，在全世界能排前几名，就这么一个强大的州，硅谷也在那儿，好莱坞也在那儿，农业、航天业最强大的也是加州，贫困率居然这么高。美国全国贫困率的平均水平是 14.7%，而加州有 3900 万人口，相当于有 800 万加州人属于贫困人口。大洛杉矶地区贫困率居然有 24.9%，也就是 1/4 的人属于贫困人口，太可怕了。

这又导致一个恶性循环。因贫困人口多，但是他们还有选举权，所以加州在民主党的统治下，就一直增大福利，给他们钱，给他们地，给他们各种各样的保障，就是为了这一大堆选票，这很重要。你要去讨好一个富人是不容易的，但是讨好穷人非常容易。所以加州各种福利计划重叠，浪费大量的金钱，导致大量的人收入远远超过贫困线，也去领救济。他们那个政府之懒政，就像《疯狂动物城》里最懒最懒的公务员“闪电”动作一样慢。经常有人把奔驰车停在远处，然后走过去说：“我这个月失业了。”公务员就给他 800 美元，根本不过问任何。这实在是太可怕了。

据说有 55% 的移民家庭，在加州都得到了各种各样的政府福利，包括中国去的大量的孕妇，在中国生个孩子还得花钱，在美国申请政府的保险，生孩子一分钱都不用花。填一个表说收入在 4.2 万以下，就可以全用加州政府保险，只需要花张机票钱就能在那生孩子。据统计，从 1992 年到 2015 年，这 23 年里，加州花在福利上的钱，就有 1 万亿美元。加州人口占全美 12%，发放福利占全美福利总额的 1/3。

我哥们儿落选的原因，跟美国整体的环境有很大关系。美国确实在衰落，而且衰落的速度跟当年大英帝国很像。大英帝国衰落，中间还有“一战”“二战”。美国在没有战争的情况下，自己去花钱打仗。我们眼看着这个国家找不到方向地衰落下去。

拉斯维加斯枪击案

> 在美国，大家都持枪，但不要说去反抗暴政，连持枪制止过暴徒暴力的都很少。

2017 年 10 月 1 日，美国发生了大规模的枪击伤害案，或者叫屠杀，是美国有史以来最严重的枪击惨案，杀死 58 个人，加上嫌疑人自己，共 59 人死亡，受伤多达 527 人。我在看到新闻以后非常后怕。因为仅仅在这件事发生之前的两周，我还在拉斯维加斯。2017 年我去过那里两次，我自己是不赌钱的，可能年轻没钱的时候反而瞎赌两下，25 块钱、50 块钱那种，到了中年对赌博就没兴趣了，倒不是我有钱了，就觉得这事儿不太靠谱，再加上我觉得自己命已经足够好了，要是去赌钱还能赢，就没天理了，老天爷干吗对我那么好呢？所以我每次去拉斯维加斯，只是有活动才去。2017 年第一次去，是为了参加 Billboard（公告牌）音乐奖的颁奖礼，这是美国最大的颁奖礼之一；第二次就是这个惨案发生之前那礼拜，我和我的老板马云去拉斯维加斯，开会谈我们阿里大文娱的事情，同时也是我们共同的一个哈萨克斯坦朋友，请我们去看 WBC(World Boxing Council, 世界拳击理事会) 的重量级拳王争霸赛，是哈萨克斯坦的民族英雄“GGG”（Gennady Gennadyevich Golovkin，根纳季 · 根纳季耶维奇 · 戈洛夫金），以及对墨西哥来说也是民族英雄的苏尔 · 阿瓦雷兹（Saul Alvarez）两个人的拳王争霸赛。“GGG”是老拳王了，37岁，墨西哥小伙子比较年轻，27岁。那场比赛打得是挺有意思的，最后打平了，这个让大家很不爽，而且觉得很不舒服，比较肮脏，因为拳击赛主要的收入来自赌博嘛，不然的话怎么能付给拳手钱呢？之前拉斯维加斯另外一场秀，不是拳击，是搏击赛，一场有3亿多美元的收入，这回打拳也有1亿多美元收入，这钱从哪儿来？光是HBO电视网的点播付费肯定是不够的，那一共也就1万多人，门票也没多少钱，最重要的就是赌博，但是一打平，所有人就都输了，赌谁都输了，导致他们还要再打一场，大家还要花很多钱赌，他们俩还要挣很多钱。虽然后来宣布正在考虑退这场的钱，但我猜不会退的。

这两次演出都是在同一个地方看的，就在拉斯维加斯新建的一座体育馆，叫作T-Mobile Arena，其实这也不算体育馆，主要是供文艺演出、拳击赛这些事儿用的场地，不是通常的那种体育馆。里面的音效非常好。我两次在里面的时候，都想了一下，一两万人聚集在这么封闭的一个地方，要是有恐袭进来……比较可怕，就算进场的时候有严格的安检也很可怕。美国的演唱会因为反恐，进场的安检已经非常严格了，我去看U2（爱尔兰摇滚乐队）的演唱会的时候，从停车场走一二十分钟才到入口，结果入口的工作人员要求女士把背的所有包全都放回车里去，好多女士怨声载道，因为穿着高跟鞋已经走了20分钟，又得走回去放包，又错过了演出开始。但是没办法，现在形势就是这么严峻。但是我当时恐惧的是什么呢？就是出来的时候，可是成千上万人一块儿往外涌。

这次恐怖袭击的计划，就是在一个酒店高楼上，向一个人群密集的地方扫射。如果恐怖分子就是住在这个Arena旁边的MGM（米高梅大酒店），30层楼，开一间房，对着这个体育馆的出口，演出结束的时候，成千上万的人从这儿往外走，密集程度比在演出过程中还大。这次袭击的是正在演出过程中的人群。曼彻斯特那次Ariana Grande（爱莉安娜·格兰德）的演唱发生恐袭，就是在孩子们刚看完演出出场的时候发动了袭击，那地方人群密集。其实我两次去那儿心里都挺担心的。我自己每次参加这种活动，尤其在国外参加这种大型活动，心里都有一点害怕。因为说实在的，最安全的大概就是中国。可能日本、韩国这些东亚的国家还算比较安全，欧美实在是比较可怕。我刚离开伦敦，伦敦就有恐袭，我就后怕；这次从拉斯维加斯刚走，就发生了这么大规模的袭击。

那几天大家除了惊恐、悼念之外，谈论最多的就是俩事儿：一是为什么袭击？一是“枪”这个永远不变的老话题。美国每年死于枪击的人太多了，我觉得数量基本上跟死于交通事故的人数差不多，所以每年都谈这老话题。

首先我觉得关于犯罪分子到底为什么袭击，这还是要查清楚的，但这只是在司法层面有重要的意义，就是他有没有同伙？背后有人支持还是独狼？现在看起来好像就是一个独狼的犯罪行为。这太可怕了，他没组织，但有预谋。不像S组织，可以派间谍打入进去，有情报机关盯着，这是个人作案，而且又是位白人，所以美国人非常痛苦，因为在美国杀人最多的一次枪击案，竟然是白人干的。当然了，不管什么人种，大部分都是美国人自己干的。

可能恐袭比较招新闻，但其实美国平时枪击案多极了。一会儿校园里杀人，一会儿大街上杀人。我觉得去调查杀手的动机，在社会意义上并不重要，因为无论什么样的社会，哪怕是世界上最美好的社会，人群也是正态分布的，都存在着绝望的、仇恨人类的、心理变态的人，尤其是在拉斯维加斯这种地方。在拉斯维加斯每年有很多赌输了钱的人，以前赌输了钱的人直接就从楼上往下跳，以至于后来拉斯维加斯的窗户都封得死死的，那些酒店就怕有人跳出去。所以这次恐怖袭击人员才用了专业工具破窗，酒店地下停车场的汽车里还有50磅炸药以及两箱子弹，屋里有十几把自动武器，总而言之准备得非常充分。拉斯维加斯这种地方，本来就应该有严格的安保制度，因为确实有的是赌输了红眼的人，我觉得这些动机是没法杜绝的。

即使一个社会存在着这样比例的人群，但是更重要的是让他们没有办法获得大规模杀伤人类的武器，而不是杜绝人们的仇恨，杜绝人们想自杀。这是一个漫长的过程，当务之急就是控枪。

可是事情发生后，特朗普彻底不谈这事儿，到拉斯维加斯视察，记者问起来，他说："今天我们不谈这事儿。"在白宫也说："现在谈控枪，为时过早。"这时候还为时过早，那什么时候才叫"是时候"？一个人可以杀五十几个人，伤五百多人，这还为时过早？那一个人杀一千人才开始讨论吗？当然了，全世界的人都清楚得很，因为来复枪协会——美国全国步枪协会——就是共和党最最重要的支持者，会员数量之大，几乎能左右大选，所以整个共和党的基本盘就是那些持枪的美国白人，更不要说特朗普自己就置身这个基本盘中，所以他根本动都不敢动。

奥巴马当政的时候，民主党当政的时候，也发生过那么多次枪击案。之前在奥兰多也发生了到酒吧里、音乐会上扫射的恐袭。每年都发生这么多，可是民主党推进了那么久的控枪制度，也见不到多大成效。因为这是美国从立国开始到现在的一个最最基本的文化，禁枪有点像在西班牙禁斗牛那么难。斗牛当然也不好喽，牛杀了人肯定不好，在今天这个全世界"政治正确"的情况下，人杀了牛也不好，可是你要在西班牙禁斗牛，人家说这是我们的民族传统。就像在中国禁鞭炮，但是鞭炮跟斗牛比没有那么恐怖，对人类没有这么大的伤害。可枪的伤害太大。

虽然欧洲恐袭也多，但是因为欧洲全面控枪，所以真正拿枪打死那么多人的恐袭是很少的。经常发生的就是炸弹袭击、车祸。当然，欧洲控枪也不是像东亚那样禁枪，中国、日本、韩国这些国家都是严格禁枪。欧洲每个国家还不太一样，像英国，是可以持有长枪，就是猎枪，但是不能持有手枪，因为手枪太隐蔽，拿出来就能杀人；猎枪大，射击速度又慢，所以才被允许持有。德国比较严格，有些国家稍微松一点，但是也不能像美国一样随随便便就能有步枪、冲锋枪、机枪，这在全世界真的难以想象。

虽然经过了民主党这么多年努力地控枪，但也只是控制到把连发装置取消的地步。能买到的机枪也好，冲锋枪也好，步枪也好，都没有连发功能。但还是非常容易就能买一个bump stock，中文翻译过来非常奇怪，叫“撞火枪托”，就是一种装上就能自动发射的装置，而且射速还很快。这个东西曾经也非法过，但是在奥巴马时期又合法了，买一把没有连发功能的自动步枪，装上这东西就能连发，而且射速非常快，这太可怕了。

怎么解这个题，在美国是一个极其考验政党跟政治家智慧的事情。因为这是写进宪法里面的，虽然它叫“宪法修正案”，但实际上《美国宪法修正案》的前十条，不是真正的修正案，那就是宪法本身，只是当年为了让宪法能尽快通过、成立国家，才把宪法分成两部分：有关联邦制国家的部分先拟为宪法，在各州投票通过，然后把同时拟好的有关人民权利，就是美国《权利法案》这部分当作十个修正案，之后再通过。因为联邦制是共识，但是人权在每个州的想法都不太一样。实际上有关言论自由、持有武器反抗暴政的权利等，都在美国所谓的前十修正案里，就是宪法本身。宪法保证的人民权利，怎么去修改它？这需要很大的智慧。

我觉得18世纪后半期美国宪法通过的时期，人民持有的反抗暴政的武器跟今天的武器完全不可同日而语。更早时人民都有武器，一把菜刀不就算武器吗？军官是拿钢刀，老百姓是拿菜刀，也是钢的，铁匠铺里就能打。那个时候说的持有武器跟今天的持有机枪、冲锋枪是完全不一样的。世界历史上的暴政是怎么被消灭的？无论是希特勒的暴政，还是其他国家的独裁，几乎没有看到是人民有了持枪的权利因此反抗了暴政。在美国，大家都持枪，但不要说去反抗暴政，连持枪制止过暴徒暴力的都很少，美国几乎极少看到在枪击案发生的时候，有人拿出枪来把歹徒打死，而不是等警察来，好像新闻里都没看到过，反而杀人的时候对暴徒来说，对犯罪分子来说，意义非常重大。所以从这个角度讲，美国人应该回头去想宪法设立的基本初衷、当时的社会状况，以及当时的武器杀人的先进程度，再回过头来想，怎么把它限制在当时人民可以拥有的武器的程度，这是可以先推进一步的。但是怎么也得3年以后了吧。特朗普执政的共和党这几年应该不会有什么成效。

美国全国步枪协会是一个空前强大的组织，不但人数众多，选票众多，而且经费充裕，可以资助党，可以资助候选人等等，是干这些事情的最重要的美国民间团体之一。怎样才能在需要选票的民主和需要安全的国家之间取得平衡？我不是很乐观，因为我在美国这么多年了，每年枪击案发生的时候都会讨论这些事情。到今天看来也没有什么实质性的进展。那就只有为大家祈祷一下吧，在这样的国家里，希望大家能少去不安全的地方，保护自己。

枪击案发生以后，看到有法国小伙子在那儿录了视频，说中国最安全，这一点说得非常对，中国应该是目前这个世界上相对安全的国家之一。

满汉全席

> 而且还有说有扬州版的满汉全席，广东版的、香港版的、四川版的辣满汉全席……总而言之，大家不要上当受骗，只要听到有人说做满汉全席，就说：“谢谢您，报个菜名儿吧。”

我每次回国最高兴的事就是吃。

“北京，我的故乡，风沙红叶是我的成长；北京，我的梦乡，在梦里你蔚蓝金黄。”这是我想念北京、有乡愁时写的一首歌的结尾。每次回北京，尤其是秋天的时候，蔚蓝金黄，就要去所有我热爱的地方吃饭，我最爱吃的炒肝儿、卤煮以及陪伴我从小到大的那些老字号。南方朋友们听起来可能感觉好恶心。

一说到北京菜大家首先就想到全聚德了，确实乏善可陈。对于南方的朋友们来说也没啥特别神奇的，尤其是我自己都受不了北京的特产：茯苓饼、五仁月饼……我长大后想，发明茯苓饼的人应该判刑，那简直太难吃了，怎么想的？甜得齁死。五仁月饼也是，拿来打猎还差不多。但是这就是大家印象中的北京菜嘛。北京还是有很厉害的菜——满汉全席。因为皇上在这儿，皇上的满汉全席当然就厉害了，再加上相声的推广，背了那么多的菜名儿，更觉得厉害了。本人从小生在北京，长在北京，除了很小的时候在上海生活以外，后来在北京生活很多年才出国。我们家在整个大院儿里是以极为爱吃著称。我记得小时候，每到快过年就会在深更半夜，比如半夜两点钟被叫起来，说你去排队吧，我就要骑车从那么远的地方到城里，到城里排哪几个队呢？我先到西单的天福号酱肘子那儿领一个号——还得领号，早上8点半才开门；接着我要再跑到王府井的全素斋领一个号；然后还要跑到前门的月盛斋领一个号。我一个人在这仨地方骑着车来回跑。预估这个号快到了，就赶紧往那儿骑。就为了吃个酱肘子，酱牛肉和全素斋的素什锦。

那么爱吃的我们家人，当然也带我去吃过各种老字号了，比如说那个时候北京最好的山东菜馆——人民饭庄，但实际上它原来叫萃华楼，人民饭庄是“文革”的时候改的名字，现在又改回萃华楼了。每年我们都要去萃华楼吃山东菜，还要去松鹤楼吃山西菜，在我爸妈结婚纪念日8月4号的时候去莫斯科餐厅吃一次西餐。

不光有“八大楼”，北京那时候还有“八大堂”“八大居”“八大春”，可能是因为“八”吉祥吧。看起来都是山东人开的，实际上八旗子弟都在背后偷偷地投资。因为清朝规定八旗子弟不许经商，怕各种贪腐嘛，政府养你们养得好好的，你提笼架鸟就行了，就不用经商了，但是他们还是偷偷摸摸干，山东人在前面顶着。著名的“八大楼”中就有萃华楼。萃华楼刚开始叫东兴楼，这是我小时候去得最多的中餐馆，里面我最爱吃的菜叫“乌鱼蛋汤”，用乌鱼蛋煮的糊糊，放点儿胡椒面，还有海参，非常好吃。

“楼”就是比较大的饭庄。除东兴楼外还有泰丰楼、致美楼、鸿兴楼、正阳楼、新丰楼、安福楼、春华楼。那时候还有“八大堂”——惠丰堂、聚贤堂、福寿堂、天福堂、会贤堂、福庆堂、庆和堂、同和堂，“堂”也是很大的，办堂会就是在“堂”。再下边是“庄”，比“庄”再小的饭馆就叫“居”了，比如同兴居、东兴居、广和居、砂锅居……砂锅居不是路边小吃，是著名的“八大居”之一，其中的酸菜白肉也是我的至爱。在“居”里只能吃饭，不能开堂会，不能办婚丧嫁娶。

我那么爱吃的人，肯定去吃过仿膳。可是我怎么小的时候就没听说过什么叫满汉全席？等我长大了，大家才开始都谈起了满汉全席。我到全国各地，甚至到全世界去，碰到中国人就跟我打听满汉全席，我说我就没听说过。我倒是看过清宫的食谱菜谱，因为清宫的起居录都记得很详细，清朝离现在又近，连照片都有——光绪皇帝有没有照片不知道，但是慈禧太后的照片可多了——所以传下来的食谱菜谱多得很。我那么爱吃的人经常拿菜谱看，有时候请两个人帮我做饭，我拿着菜谱说："咱们做个宫廷菜。"人家说："这是什么呀？"也确实是，面对清宫的菜谱——咱不是对少数民族有任何不敬，但确实从北方来的少数民族可能不是那么会吃。

我猜宋朝的食谱肯定很好，虽然宋朝赵家也是从北方来的。赵家是保定人，但人家在南宋南方待久了，"暖风熏得游人醉"，那儿出现了很多好菜。但是蒙古族人、满族人到中原的时候，蒙古族人弄个奶子房，满族人大部分就爱吃鸭子，所以清宫的食谱经常是 30 道菜有 20 多道都是鸭子做的。我开玩笑说皇上吃的这顿饭，看来看去就两只鸭子一只鸡——烤鸭就是这么传下来的。汤是鸭汤，包子是鸭肉包子，鸭肉卷饼，鸭肉炒合菜，鸭肝，鸭胗……全是这玩意儿。皇上就爱吃这个。所以实际上没有满汉全席这东西，倒是有满席和汉席，但是也没啥好吃的东西，因为皇帝请别人吃饭并没有给吃山珍海味，皇帝给你吃屎都是对你的最大最大的荣耀，你都恨不能天天出去说："去年您记得吗？皇上请我吃过屎！"皇上请你吃什么不重要，而且皇上的满席、汉席菜谱现在也都有，看着没什么大不了的。

满席就是家常菜，10 个人一桌，才 8 两银子，那能吃什么玩意儿？满席是干吗用的呢？是大礼，就是皇上出生、驾崩、大婚这种重要时候，满族贵族吃的。汉席就是科举考试前皇上请所有的主考官分赴各地时吃的，对考官们说："请你们吃顿饭吧。你们出去要努力的，为我挑来好人才。"其实也就是 3 碗蒸的东西，4 碗蔬菜，大概有 8 碗水果，还有点儿鸡鸭鱼肉。

这就是真正的满席和汉席。

小时候，我家人带我去吃仿膳，我记得最清楚的是那个用栗子面做的窝头，特别小，比我们小时候家里做的棒子面窝头要细很多。我妈还跟我说："哎，你知道为什么这儿的窝头是它招牌吗？"我说："为什么呀？"她说："你不知道，当年不是八国联军来了吗？慈禧太后就跑了。"当然了，英法联军来的时候慈禧太后也跑过一回，因为她那时候不是太后，是皇后，跟着她老公咸丰跑过一回，那回因为离得近，从北京跑到承德去了。八国联军来的时候就惨了，她自己闲得没事跟人家宣战，等到人家打进来，她才发现义和团吹了半天刀枪不入，但是一共没打死几个外国人，倒是杀了不少普通百姓，烧杀抢劫，把前门大栅栏都烧光了，结果洋人一来全跑光。慈禧太后只好带着光绪仓皇跑了。路上没吃的，一路跑西安去了，山西老百姓进贡了一个窝头，老佛爷吃了凤颜大悦，等回到北京以后，跟御膳房说："我要吃窝头。"御膳房的人一想：这可要命了，这老佛爷怎么想起吃窝头来了？那就是因为在逃难的路上吃了呗，路上饿，当然给什么都好吃，御膳房的师傅们想来想去：咱们也别真的做一棒子面窝头，再给老佛爷噎着，于是想出来用栗子面做小窝头，确实很好吃。

说起慈禧，仓皇出逃是特倒霉的一回，路上恨不得吃土，但慈禧也有风风光光出门的时候。慈禧曾经去过一趟奉天，光御膳房的人马就占了专列里面的4节车厢，其中一节车厢里放了50个炉灶，每个炉灶负责做两道菜，糕点水果100种，100个厨师在里头，还有各种杂差。用膳时，就慈禧一人坐那儿，身边最多有一个德龄陪着她吃，也都是站着吃，只有她坐着。她也吃不了多少，每顿饭上百碗菜，真正动筷子的其实很少，最多就吃三四种菜，有时候她就要吃远处的，近处的不吃，太监就得赶紧给端过来，剩下的就一齐撤下。当差的太高兴了，下边的人就把剩下的全吃了。当时每天给皇帝和慈禧准备的份例有盘肉22斤，菜肉15斤，猪油 1 斤，羊 2 只，鸡 5 只，鸭 3 只，时令蔬菜 19 斤，各种萝卜 60 个，苤蓝、干闭瓮菜 5 个，葱 6 斤，最好的黄酒 4 两，酱及清酱各 3 斤，醋 2 斤，8 盘 240 个各种饽饽，白面 32 斤，香油 8 斤……不知道下边的太监贪了多少钱。著名的道光皇帝，天天穿打补丁的衣服，结果有一天查账才知道一个鸡蛋 30 多两，一年的俸禄多得吓一跳，问下边的大臣："你们家吃鸡蛋吗？"大臣没明白什么意思，说："吃啊，今天早晨还吃了 4 个。"给皇帝吓一跳说："你够有钱的啊，这鸡蛋 30 多两一个。"大臣也不敢揭发说太监贪污，其实外面几个铜板就能买个鸡蛋，账本上涨了几百倍价钱。大臣赶紧说："哎哟……我……也就是偶尔吃一吃。"赶紧把太监给遮过去了。道光皇帝说咱省点钱吧，补补衣服。太监说补衣服 50 两银子。50 两银子买一车衣服都够了！以此看出，这宫里是多么奢华。

当时的百姓还曾经挤对过宫里的吃的，因为大家觉得宫里不太会吃，所以北京老话里有"十可笑"。前清的时候都什么可笑呢？有"光禄寺的茶汤"，光禄寺已经跟御膳房差不多了，茶汤就是北京喝的炒面油茶，甜不拉叽的，就是炒好的面和芝麻、核桃等用水一冲，南方朋友不要笑话我们。而后是太医院的药方，神乐观的祈禳——祈禳就是道观里的一种跳大神，还有武库司的刀枪，营缮司的作场，养济院的衣粮，教坊司的婆娘——教坊司就是专门给皇上奏乐跳舞的。还有都察院的宪纲，国子监的学堂，翰林院的文章。可见北京老百姓见过大世面，所以把皇家的太医、都察院、国子监、光禄寺给臭挤对一顿。也没啥特好吃的东西。

而《满汉全席》这个相声呢，其实刚开始也不是叫"满汉全席"。刚开始是一个天津的相声——相声就是天津的文化嘛，天津人怎么会知道皇家吃什么呢？天津人编的其实是一段贯口。20 世纪 20 年代，那时候大家还莺歌燕舞，有一个著名的相声演员，叫"万人迷"，他编了一段贯口，就开始了报菜名儿。于是慢慢大家传来传去，最后就把这个贯口说成了"满汉全席”。大家听那报的菜名儿，其实你也不可能吃，听来听去，说实在的我也没听出什么特别的，除了他说了一些神奇的你也找不到的山珍海味以外，大部分都是很家常的东西。

所以世界上并没有满汉全席。现在有人声称自己能做满汉全席，都是骗人的。而且还有说有扬州版的满汉全席，广东版的、香港版的、四川版的辣满汉全席……总而言之，大家不要上当受骗，只要听到有人说做满汉全席，就说：“谢谢您，报个菜名儿吧。”真正好吃的还是在南方。

扫码听高晓松讲述
“满汉全席”出处

世界青年节

> 自从有了互联网以后，大家就不用跑到一个地方去聚会了，可以用各种各样的交友软件，分分钟就聚会了。所以现在可能没有这么美好的节日了。

我一心情特别好的时候就想起好多好多往事。虽然“往事不要再提，人生已多风雨”，但还是有很多很美好的往事。我突然想起我年轻的时候在西班牙的日子，从巴塞罗那、马德里，一直到里斯本，那次特别有意思的经历。

1998 年的时候我百无聊赖。我 1996 年出版了《青春无悔》这张专辑作品集，年底就在南京的万人体育馆开了我的作品音乐会，那时候就觉得人生好像可以了，才 27 岁就那样了，心想那就别在这儿待着了，我就跑欧洲去了。在欧洲待了好长时间，还跟着一个荷兰的乐队到处去卖艺，慢慢就越来越南下，心想去趟西班牙吧。

去西班牙的路上就发生了一连串的倒霉事儿。我从马赛还是从哪儿坐火车去巴塞罗那，结果先是大夏天火车没空调，热得我心烦。我坐在一个 couchette（火车卧铺）里，couchette 就是卧铺，法语里是“睡觉”的意思。有一首著名的迪厅里的歌，“Voulez vous coucher avec moi, ce soir(你今天晚上要不要跟我上床)？” Couchette 里面有 4 个人：我、一个印度人、一个美国黑人和一个南非白人。本来就特别热，南非白人由于是位种族歧视者，看着我们仨就很生气，导致我们仨也觉得挺别扭。后来我们仨就跑到 bar car——咱们中国的火车里好像没有，就是纵沿车厢的酒吧，在那喝酒聊天儿。

印度人叫“立冬”，到现在我还记得他的名字。我们仨聊完以后回来睡觉，早上起来发现没有水，因为这个南非白人非常讨厌我们几个有色人种，趁着我们不在的时候，把水全用光了，一个 couchette 里就那么多水，我们非常非常不高兴，把他给臭挤对一通。

后来车开到西班牙这个小镇上还坏了，要换火车，我蓬头垢面、臭烘烘地下来，提着大箱子，在那个特别特别小的西班牙小镇上徘徊。那时候特别多愁善感，现在倒皮实多了。

我先去了马德里坐火车，然后才去了巴塞罗那，不知道为什么闲得没事倒过来走。在马德里的时候，我就每天多愁善感地在 Plaza de Mayor（马约尔广场）上和南美洲来的音乐家一块儿喝酒、弹奏乐器、各自讲爱情，年轻时候不知道为什么那么爱跟人家讲爱情。到了巴塞罗那，大教堂很好，美术馆也很好，姑娘也漂亮，那时候好像没觉得有什么独立倾向，大家都挺好的。

在巴塞罗那，我租了一辆车，雨下得特别特别大，开车的时候根本就瞅不见前面有一辆出租车在路边正开门儿，我车正好开过去，当的一声，把人家车门儿撞掉了，这下不得了了。1998 年的时候还没有欧盟，大家英文都很差，巴塞罗那这大城市都没几个人会说英文，不像现在几乎人人都会说。出租车司机比画半天我也没听懂，然后警察来了，也不会讲英文，最后我说：“那就这样吧，到我住的那个酒店，酒店前台会说英文。”于是我们就跑到酒店，我跟前台服务员说：“你翻译给他们听，说出租汽车有保险，不能讹我的钱。”然后那个出租司机特别逗，就在那比画——西班牙人、意大利人这些南欧人都特别能比画，司机在嘴边比画两下，一会儿又两手比画着抱孩子，又发出呜呜呜的声音，意思是：我要吃饭，我要养孩子，虽然我这车有保险，但是我这一个月不能干活，你赔我钱。我说："啊？他一个月挣多少钱？"于是他在纸上写了一个"150000"，幸亏那个时候巴塞罗那用的不是欧元，15 万欧元我就破产了。西班牙用的钱叫"Pesetas"，译为"比赛塔"，我一算，15 万比赛塔是 1017 美元，到现在我都记着这数。我说："这太多了！"跟人说半天，最后警察急了——那个时候中国人走到哪儿都很受歧视的，又穷（也确实穷），警察说："你要是再不服管赔人钱，你就跟我们去马德里，去中国大使馆解决。"当时不知道为什么要去马德里，巴塞罗那是不是没有领事馆啊？还是他们成心吓唬我？我一想我刚从马德里过来，就别再去一趟了吧，那就赔钱吧。那时候年轻——也不太年轻了，28 岁了，也没有信用卡，就带了一堆现金，数了 1017 美元给人家了。那时候美元汇率一比八点几，很多钱，很痛苦，我亏了，就决心把这钱给弄回来。

于是我在巴塞罗那办了一张国际学生证。因为用国际学生证，在欧洲所有的博物馆都不要票，坐火车还有优惠。我又经过观察与思考，发现了一个特别有意思的事情，就是火车票只要在路上查票时没有被剪掉一个口，到了终点就可以退票。我就坐火车去了里斯本。1998 年的世博会是在里斯本，火车票挺贵的，我就想，既然我被你们巴塞罗那人黑了一千多美元，那我一定要挣回来，虽然咱们是读书人，但是咱们使坏的时候还是可以的——当然，如果不是因为被骗钱，我是不会这么干的，我实在是心里太生气了，那时候也没钱。然后我就买了张火车票上火车，火车上就查一回票，眼看着列车员进车厢查票，我就到洗手间里磨磨蹭蹭，等出来他已经查完走了，就没有第二次查票了。我到了里斯本，下了车就去退票，退票也很简单，我早想好了，已经问了很多欧洲盲流，不是还跟人家乐队一块儿去演出嘛，我到那儿就说："哎，我本来是买了火车票的，结果正要上火车的时候碰到一哥们儿开车来的，就带我来了，我就没用这张火车票。”于是成功地把火车票给退了。给我乐坏了，这就弄回来可能有几十美元还是一百多美元，我忘了，老天爷对我真够好。

我先去世博会。里斯本本来也不是一个大城市，世博会搞得酒店根本没有房间，我到一个酒店跟人家聊半天，人家说：“没房。”我说：“那我住哪儿？”他说：“酒店后面有一个 residential(民宿)，住那儿去吧，又便宜。”我说：“好吧。”就去了。相当于住人家里，主人也在，结果刚住下没半个小时，突然有人敲门，我打开门一看，就是那个当时介绍我来这儿的前台，拿了 3 张 100 美元的大钞，说：“先生，你落了 300 美元在柜台上。”我说：“啊？！”我迅速反应过来这不是我的钱，因为当时 100 美元的钞票有两版，一种叫小头美元，中间圆圈儿里是一个总统的小脑袋；还有一种大头美元，整个是一个特别大的总统脑袋在那 100 美元中间。我身上带的是小头美元，这 3 张 100 美元都是大头美元。按照我这个读书人的性格，正常情况下我一定会说，这不是我的，但是那时候我因为被巴塞罗那人骗了 1017 美元，所以非常生气，当时我就说：“谢谢你。”然后就把钱留下了。结果这可把我害苦了，这 300 美元搁手里，我辗转反侧，睡不着觉。因为像我这种有非常好的家庭出身的、一直读名校、受到诗和远方教育的人，怎么能这么苟且呢？我对自己非常不满意，可是又没钱，想来想去，最后给自己一个解释：这样吧，我是绝对不能要不义之财的，但是呢，如果这个钱有人要，却让我给偷了，那是不义之财，如果没有人要这个钱，那就不叫不义之财。所以我就不搬家，反正他也知道我住哪儿，如果到我走之前，有人到柜台说丢了 300 美元，那前台就会带他到我这儿来，我就把钱还给人家，如果没有人要这钱呢？也许是个贩毒分子、犯罪分子的钱呢？没有人来要，我就揣兜里了。今生唯一的一次，干了这么一件苟且的事情。但是在那儿住了几天，确实也没人找我来要，于是很喜悦。

世博会倒是乏善可陈，因为那年的主题叫“开发海洋”。我记得德国馆搞得非常地工业化，里边有大量关于开发海洋的模拟、机器等等。世博园最大的一个馆是澳门馆，因为那时候是 1998 年，澳门还有一年才回归中国，所以那个时候还属于葡萄牙。澳门馆里有一个红色的大建筑，搞得特别大，里面有一个赌场，导致排长队。我心想怎么也得去中国馆看看，结果里边儿摆了好多小摊儿，卖扇子、小玉坠儿、苏绣之类的丝绸刺绣等义乌小商品。我说：“人家都在世博会展览，怎么中国馆卖上东西了？”而且卖的都是琐碎的小玩意儿，显得特别不“高大上”。他们说：“哎，你看看我们这世博会，我们浙江省外贸局，从我们的对外经贸部承包来的，我们来办中国馆。”那个时候离上海世博会还很远，大家还不太重视世博会，所以就承包给了浙江外贸局，“我们有很多成本，怎么办呢？我们也不是不做海洋开发，你看墙上。”我一看墙上有那么几张照片，挂着中国钻井平台之类的，剩下的全在卖东西，“我们浙江就是有很多小商品，为了平衡我们的成本只能卖东西。”那时候中国真没钱，挺穷的，把摊位租给他们，他们就卖东西了，搞得我好无聊。

在世博会溜达的时候，我突然看到很多年轻人，胸前挂着牌子，写着“World Youth Festival”（世界青年节），我问：“这是什么东西呀？”他们说：“这就是跟 Expo（世博会）配套的呀，每个世博会都有个世界青年节。”我问：“在什么地方？”他说：“在这个 Adraga（阿德拉加）海滩上。”我心想，啊？我要去海滩，我要去海滩。便问：“你们那儿有中国代表团吗？”他们说：“好像还真没有。”我说：“哎，我就是中国代表团的呀，我就是中国的特派员。我代表中国去参加世界青年节。”他们说：“噢，那欢迎！”便给我带到 Adraga 海滩去。里斯本不是一个特别靠海边的城市，所以去海边还要坐两站火车还是什么。跑到那个海滩上，到 reception（接待处），人家说：“哎，中国代表团终于来了。等半天也没人来。”

我说："是，我来了。"还真的有中国代表团，但是呢，也不知道人家是趁这机会旅游去了，还是购物去了，还是干吗去了，就没来报到。本来世界青年节也是个民间的东西，也不是官方的，所以估计代表团也不是什么官方的，总而言之就没来。我说："哎，我就是那个中国代表。"人家赶紧把牌子发给我，上面写着"CHINA"（中国），我特高兴，说："这世界青年节有什么节目吗？"人家说："没有，就是大家在这里狂欢。"好几天，特高兴，在一片笔直的大海滩上，我到现在印象里的大西洋的海滩都特别直。大概有 4000 顶帐篷，2 个人、4 个人的帐篷，反正七八千名年轻人从全世界各地来，就在那儿混在一起。每天就是哪国的代表团开 party 我就去混，尤其爱混有吃的的 party。

我去一个土耳其的 party 吃烤肉，就是土耳其的那种转的大肉柱子烤的，烤肉又好吃，姑娘又漂亮。然后，我还被 6 个叙利亚姑娘完全给迷住了，那 6 个姑娘往前走，当然罩着很严实的袍子，但是依然能看出无比的美。我完全脑失血了，就跟着这 6 个叙利亚姑娘走，不知道去哪儿了，直到她们那儿有男生过来，狠狠地瞪着我，我才醒过神儿来。我心想，我不应该这样失礼的，还挂着中国的牌子就跟着人家叙利亚姑娘走了。

我的经验就是全世界最好看的姑娘，主要在欧亚交界的这几个国家：希腊、土耳其、叙利亚。因为欧、亚、非之间反复地"拉锯"，包括宗教的混合等，诞生了很多混血，姑娘都长得特别漂亮。

又一天，我和一堆葡萄牙小伙子、姑娘们聊天儿，坐在海滩上没事干。我其实是一个特晚熟的人，那之前大概前两年，我还在芝加哥的湖上问人家说："这么多毛儿的人会有爱情吗？"差点儿就让人给扔水里去。因为我老觉得身上有好多毛儿的人比较原始，而爱情是一个很高级的东西。其实当然不是啦，我们看过那么多伟大的爱情电影作品，文学作品，都是人家浑身是毛儿的人拍的、写的。那时候我就问那些姑娘——因为在海滩上，大家都穿着游泳裤，光着膀子，我说："你们觉得身上有毛儿的人性感吗？"结果里面最好看的一个姑娘乐着说："I feel disgusting.（我觉得好恶心。）"旁边一个葡萄牙小伙子，正好胸前一堆胸毛儿，赶紧就捂上了。把我给乐的。

其实老外年轻的时候还好，就像世界青年节这些姑娘、小伙子还好，小伙子只是胸前有点毛儿，但是真的跟我们完全不是一个人种。所以他们有大量的跟刮毛、剃毛有关的化妆品和设备。有人跟我说，你跟西方姑娘约会，最好不要在她刮完毛的第二天——指大腿、身上那种毛——因为第二天就像砂纸一样，特别痒痒（我没有经历过）。还有晒，因为身上有毛吧，还有斑，所以西方人不像我们一晒就变黄、变黑，他们一晒就变红，看上去特别像拔了毛的家禽在烤箱里的样子。西方人体毛特别旺盛，浑身上下到处都长毛，越老毛越多。所以西方人不但在海滩上晒，在草地上也晒，南欧人更开放，北欧也开放，反正一出太阳大家就趴地上脱光了晒。美国还真没这么开放，几乎没怎么见过，在欧洲到处都是这样晒的。我妹夫就是一个德国人，我还问过我妹："你老公这么多毛儿……"她说："这多好玩呀，像是抱一个大猩猩，毛茸茸的玩具。"可能每个人不一样吧，所以那种不出太阳的地方，美容院里还专门有那种让人变黑的东西。所以西方人跟亚洲人最不一样的，就是亚洲人走到哪儿都裹得严严实实的，因为我们叫"白富美"嘛，"白"是第一位的，怎么能晒成那样呢？西方人一定要晒。因为他们羡慕皮肤好的，他们为什么喜欢东南亚？因为他们都觉得东南亚人皮肤好，西方姑娘们连我这皮肤都羡慕。我曾经在酒吧里还被一个美国人摸过呢，是我在一个酒吧看球的时候，一大老爷们儿陪着老婆，突然问我："我可以摸下你的皮肤吗？"摸完说："哎呀，你的皮肤好像豆腐。"西方人患皮肤癌的概率特别高，因为容易晒出色素沉淀，晒成斑，越有斑他们越要晒，让颜色均匀起来。结果导致美国过去 30 年，每年得皮肤癌的患者，比其他所有癌症患者加一起还要多，一年好几百万，但是这也没办法。有皮肤癌风险他们也晒，就像文艺复兴的时候，女人要往自己眼睛里滴颠茄汁，看起来眼神更婆娑，瞳孔也大一点儿，其实很容易瞎。但人为了美嘛，世世代代都这样，没有什么就一定要去追求什么。在美国，黑头发的人比如意大利人后裔、希腊人后裔就非要把自己染成金头发，金头发的人就要把自己晒黑。连玛丽莲·梦露那头金发其实都是染的。每个人都是这样，白人想晒黑，亚洲人想变白，深头发的想变成金发……黑人头发其实特别短，所以黑人弄一头脏辫儿，因为黑人头发长不到那么长，天生就只能卷卷的。以前我不理解他们的脏辫儿，说："你们早上起来编辫儿得花多长时间？"后来我才知道，那脏辫儿其实是假发，所以很容易弄。

在世界青年节，我还曾经有一天晚上，跟一个韩国姑娘坐在那儿彻夜长谈，而且都能互相感受到年轻人身上那种气息，那时候我很瘦，才一百零几斤，就是我实在听不懂韩国姑娘的英文，结果导致俩人可能都闻见那种气息了，但是最后也没发生啥，因为到最后越聊越冷场。

我本来想每年都参加世界青年节，后来一忙，到处乱跑，到上海世博会时还问过别人："世界青年节呢？"人家说："我们这次没有配套那个节。"可能是后来就不办了吧，也许世界上还有，但是我觉得自从有了互联网以后，大家就不用跑到一个地方去聚会了，可以用各种各样的交友软件，分分钟就聚会了。所以现在可能没有这么美好的节日了。

“二战”老飞机

> 我长大以后，小时候的爱好大多数都已经没有了，烟也戒了，酒也戒了，除了保持着看书、到处去看看戏剧，这些文艺青年的爱好之外，唯独军迷的爱好我也一直保持着。

我周末的时候在洛杉矶没事儿干，去参观一个“二战”老飞机的活动。美国人有一个特点，就是他们喜欢什么事儿的话，就特喜欢，几乎把自己所有的钱、时间、精力、热情、爱等等，全投在这事儿上。所以美国人就让人觉得，这人怎么那么无聊？这人这也舍不得花钱，那也舍不得花钱……但是等你有一天发现他隐秘的爱好或者不隐秘的爱好的时候，哇，了不起！

美国的军迷很多，有各种各样的神奇的军迷，比如说有南北战争（内战）的军迷，这一辈子积蓄都用来买内战时的老枪，内战时的老军服。有人说缝一件儿搁地上踩几脚，搞成像150年前的，他们说那不行，就得买那时候的，而且还要学内战时候人的口音，南军跟北军还不一样，大概每年还得跑到一个地儿去打一遍，比如打葛底斯堡战役，大家就喊着：“哇！冲啊！”于是举着旗子，花好多钱去“开战”。那时候的枪、衣服没几万美元你买不了。

李安曾经拍过一部内战时候的电影叫*Ride with the Devil*（《与魔鬼共骑》），因为不符合美国的“政治正确”，所以最后没放。但我看他那回忆录特有意思，李安为电影找了半天群众演员，有人说找什么群众演员呀？

就找这帮人来就行了。这帮人果然特别努力地演，连口音都特像，而且还都自带装备，给电影省很多道具钱，唯独不好的，就是群众演员是靠演戏吃饭，让干吗干吗，这帮人来了就不想在剧情里死，非得冲锋。

比玩儿这个还要贵很多很多的军迷，应该说玩儿得最贵的军迷，就是玩儿老飞机的。那得非常有钱，因为老飞机且不说买来就很贵，能找到的零件也越来越少，为了维护老飞机，还得经常保养它，时不时要换个发动机，让它保持能飞行的状态，各种各样的维修、保护、在机场停机等费用，得花很多钱，所以是很有钱的人、大军迷才玩儿的事儿。

美国有上万个机场，很多机场不是民航机场，是通用机场，为了起降私人飞机，或者这种老飞机用的。我就到了这么一个机场，去看老飞机了。我这种军迷每次看到这种东西都特别幸福，就像小孩儿一样。我长大以后，小时候的爱好大多数都已经没有了，烟也戒了，酒也戒了，除了保持着看书、到处去看看戏剧，这些文艺青年的爱好之外，唯独军迷的爱好我也一直保持着。因为我学理工的嘛，还学雷达，所以有机会就得去看看。

我一进去就起一身鸡皮疙瘩，那机场停了一大堆“二战”老飞机，正好我进去的时候，一架“二战”时期排名第一的战斗机，不单是“二战”时期排名第一，在美国的发现频道（Discovery）有一档节目叫“军武科技排行榜”，它在这个节目里被评为整个人类历史上十大战斗机排名第一，就是这架叫 P-51 野马式（Mustang）战斗机，也是我心爱的战斗机，长得之漂亮就不用说了，在整个“二战”期间，除了德国最后飞起来的那两架喷气式的飞机以外， P-51 性能之跨越，同样是用活塞螺旋桨发动机，同样就俩翅膀，同样是这么进气的，同样是那么增压的，个头儿也没比原来的战斗机大，但是居然在短短的战争期间，将性能跨越式地发展。以前的那些著名的战斗机，德国的 BF-109、日本的零式、英国的喷火，包括美国自己之前的P-47等等，跟它一比差一大截儿。除了在个别性能上，可能喷火和P-47在高空中稍微好一点儿，绝大多数性能它都全面超越，这是神级武器来了。使用活塞发动机的实用性战斗机第一次时速能飞过700公里就已经快很多了。最可怕的还不是速度，是航程。以前的活塞战斗机几百公里作战半径已经很好了，没办法长时间地飞，没办法深入腹地，尤其是为长程的轰炸机护航，所以导致轰炸机在战斗机护航一阵子就飞回去后，得自己冒着危险往前飞，跟敌人的战斗机空战，轰炸机屁股上、背上、肚子上、头上被各种机枪打。类似《虎口脱险》这些电影里演的因为没有战斗机护航，轰炸机最后被击落，以至于飞行员跳伞的著名喜剧故事。

突然间来了一架战斗机P-51，不但速度快，而且居然能飞2000多公里。那时候战斗机不像喷气战斗机，700公里每小时的最高空速通常飞600多公里，就是要飞三四个小时，再快点儿就得戴纸尿布了。轰炸机没事儿，机舱大，人多，怎么都能解决上厕所的问题。这个战斗机，已经到极限了，1000多公里作战半径，总航程2000多公里，完全能做到从英国起飞护航整个轰炸机队深入德国腹地去轰炸；也可以把从硫黄岛、关岛、塞班等地起飞的B-29大型轰炸机一直护航到日本上空轰炸日本；也可以从中国西南的机场起飞，甚至印度的雅鲁藏布江一带的机场起飞，飞越喜马拉雅山，护航整个美国轰炸机，去轰炸中国腹地的日本的目标，这太厉害了。为什么硫黄岛战役那么惨？一定要打下硫黄岛，打下硫黄岛战斗机就能从这儿起飞护航，但是那也得是长程战斗机才可以。这个P-51野马就是这么一架长得又漂亮——我不知道女生看了认为漂不漂亮，我觉得漂亮极了。特别有意思，后面还加了一座儿，相当于教练机的样子，因为它被改装成过很多种，还被改装成攻击机，因为它载弹量还可以，火力也强大。这架飞机最神奇的是生产成本还很低，远低于 P–47 这种机型。因为战争期间，不能像德国似的光研制那种很“高精尖”的武器：虎式坦克、Me–262 喷气战斗机，由于非常复杂的生产工艺，只能生产出那么一点儿。P–51 生产的工艺简单，维护的工艺也简单，而且还能从野战机场这种特别不平的机场起飞，简直就是综合性能无敌的神级战斗机。

P–51 曾经衍生为 A–36 攻击机，装备变成重机枪，变成机炮，还能投弹，我看到的这架飞机居然是个双座的 P–51，我这辈子第一次看见。我当时还问：“我能不能到那后座儿上坐坐去呀？”人家说：“行啊，1500 美元，而且提前订，别人早订好了，所以你看今天起飞时候后面就有一个。”我想：1500 美元我还是算了，我还是在底下看吧，看着他们仰着鼻子（因为它前起落架高，后起落架低）漂亮地呜呜起飞了。这架飞机上还涂着很多日本的“太阳旗”，还有好多红道道那种机徽，这说明这架飞机击落过多少架日本飞机，很神奇，我在这儿看到大部分战斗机击落的都是日本飞机。当时每击落一架，就在飞机身上涂一面旗子，说明当时在中缅印战场或者中国战场，为了支援中国配备了大量的 P–51。远征军反攻的时候护航扫射日军，配备在中国的云南机场，然后一直护航，或者自己单独攻击日军。

P–51 为中国立下赫赫功劳，当然也牺牲了一些飞行员，但远没有那些运输机牺牲得多，因为我在旁边还看到 C–47、C–46 等等当年支援中国的“驼峰航线”（“二战”时期中国和盟军的主要空中通道）的英雄运输机。抗战时期中国被封闭了，全靠运输机从印度空运。

还有架飞机叫 China dole（中国救助），里面配了好多当时的文物。当时飞行员衣服上缝上青天白日旗，写着“来华助战洋人，军民一体救护”，意思就是说，如果它降落了，大家要救援它，因为它是支援中国战场的，是我们亲密的战友。这种飞机立下了赫赫战功。一共生产了 15000 多架，可见美国“二战”期间的工业能力有多么强大。强大的德军发起巴巴罗萨计划(纳粹德国在“二战”中发起的侵苏行动的代号)190个师700万大军，进攻苏联时候有5000架飞机，这简直是有史以来最强大的空军。英吉利海峡之战的时候，两边空军几百架上千架空战，我觉得好厉害，结果美国光一种战斗机就生产了15000架，美国在“二战”期间大概一共生产了29万架飞机，就这强大的工业能力，谁能跟它打？光援助苏联就援助了恨不能几万架，当然援助的很少有P-51这么先进的战斗机。

P-51，当然也是我们解放战争的时候从国民党手里缴获的最好的飞机。因为抗战以后美国援助了国民党政府200多架，解放战争以后，大概有几十架被我军俘虏了，开国大典上飞过空中的大概有9架。

看到这架飞机我就很高兴了，结果一转脸又看到了一架F6F，我太高兴了，为什么呢？P-51是美国陆军航空队，那时候美国没有空军——美国空军是“二战”以后才成立的一个新的军种，“二战”时美国只有陆军航空队跟海军航空兵。陆军航空队最好的战斗机就是P-51野马，海军航空兵最强的战斗机就是F6F，叫“地狱猫”。这两种战斗机应该互相打一下，因为都太强大了。

海军航空兵的战斗机要求和陆军航空队的不一样，海军的战斗机从航空母舰上起飞，所以它不要求长航程，但是有其他要求，比如说坚固、耐海风海浪、抗盐碱、能折叠、强度更大、速度快、猛烈等等。P-51长得像一大美女，F6F长得像一拳击手，特别大的脑袋，特别敦实、勇猛，战绩居然还超过了P-51。F6F作为海军航空兵的主力战斗机，居然在“二战”期间，总共为美军击落了5171架敌机，主要击落的都是日本飞机，因为美国的主要航母舰队在太平洋上和日本海军打海战，德国海军实在太弱了，航空母舰也没有，就弄点儿潜艇，当然在欧洲也击落了几架飞机，在法国南部也击落了几架敌机，还送给英国一些。英国的皇家海军用它从英国航母上起飞，也击落了五十几架，“二战”期间盟军的所有飞机，包括美国、英国陆军航空队，英国皇家空军等等，全加一起，F6F 是战绩最辉煌机型，跟日军的空战中 kill ratio(损失比) 是 1∶19，意思就是每击落 19 架日本飞机，F6F 才被击落 1 架，这太厉害了。当时一共生产了 12000 多架。

“二战”开战的时候，日本有 6 艘重型航母，加上水上的、轻型的大概有十艘；美国只有 5 艘重型航母，加上轻型航母也就 8 艘。但是“二战”过程中，日本一共生产十几艘航母，美国却生产了几十艘重型航母，加上轻型航母、护航航母共生产 130 多艘，太吓人了。所以 F6F 从航母起飞，打日本飞机就跟打火鸡似的，不仅是因为日本飞机产量跟不上，而且由于大量的精锐飞行员都在中途岛战役、瓜达尔卡纳尔岛几次海战中丧生。后来从江田岛海军兵学校毕业的飞行员，已经是恨不能只有几十小时的学时就上去打仗了。著名的玛莲娜海战中，美军就“turkey shoot”，就是像打火鸡一样地打日本飞机，所以立下赫赫战功的 F6F 上面涂满了日军的军旗。我数了一下，大概一架就击落了 20 架日本飞机！

那儿有一个老头，他就是活动组织者，看我还挺懂的就过来跟我聊。他问：“你认识这些飞机吗？”我说当然认识，他指着其中一架说：“你认识这架吗？”我一看，是雅克 -3 哪，当时苏联的主力战斗机。他说：“你知道这个雅克 -3 机头上的发动机那儿为什么是红白蓝三色吗？”我说：“这我倒不知道了，你给我讲讲。”他说：“这个是法国飞行员，驾驶着苏联战斗机，在东线战场上跟德军奋勇作战。”因为那时候法国投降了，敦刻尔克撤回一部分法军，还有大批法国飞行员、波兰飞行员当时不愿意投降，去了英国，代表皇家空军，后来代表自由法国作战。但是也有一部分法国飞行员辗转到了苏联，就是不投降，也是为了自己祖国，于是驾驶着苏联战斗机坚持跟纳粹德国战斗。这就是一个法国空军飞行员英雄驾驶着雅克 -3 战斗机的故事。老头儿问：“你看它击落了多少架德军战机？”

我一看机身上涂了条顿骑士团的铁十字，涂了有十几架。

全是英雄战机呀！所以那天在那里我简直太幸福了，待了整整一下午，看各种飞机起降。幸福地听着发动机的声音，跟老头儿聊着“二战”往事。我问：“你是不是老兵啊？”他说：“我倒不是老兵，但我爸就是在‘二战’期间训练美国飞行员的。”老头儿 1944 年生的。美国飞行员的储备量比日本大多了，美国工业发达，所以无论美国怎么消耗，日本都差太远。他说：“我爸就是负责甄别飞行员，说你这个人能飞这个，你训练这个，你驾驶那个。我从小刚生出来，就看各种飞机模型，我就喜欢这个，所以我也是一个历史军事爱好者。大军迷。”

我因此度过了一个美好的下午。

买 菜

> 我江湖人称“五香嘴”，特别特别喜欢的一个事儿就是买菜。我在洛杉矶的幸福生活，就是把各个不同的国家超市里的东西一起买来配成一个火锅。

一说买菜，大家会觉得一个大老爷们儿，而且长得倍儿糙的大老爷们儿聊买菜，是不是有点儿娘？其实并不是。应该这么说：我们中华民族的男人有优良的传统，就是照顾家，爱生活；不像西方人，老公工作，在家买菜、做饭都是老婆的事儿。当然，西方也有特别好的那种老公，比如犹太家庭中的老公就是特别顾家，所以老说犹太人跟中国人很像嘛。咱们中国人美德是往自己脸上贴的金，其实还有一个重要原因就是实在是嘴馋，爱吃。

我江湖人称“五香嘴”，特别特别喜欢的一个事儿就是买菜。我最不喜欢干的一件事就是买衣服。我去买衣服，转来转去，这一天下来腿都跑细了——不过咱腿儿本来也挺细的，就是买不着衣服。因为我这身材长得比较怪，腿儿比较细，跟上身不是一套的，导致我买衣服非常痛苦，经常是看见木头做的男模特身上的衣服，觉得好漂亮，等往自己身上一穿，再一照镜子，给内心造成1万点暴击，所以我最不爱买衣服，能不买就不买。

但是买菜不是买给别人看的，是买给自己的，所以我是一个买菜迷。在北京的时候我就爱买菜，来洛杉矶以后更加爱买菜。洛杉矶这个超级大的移民城市，恨不能百分之十几二十的人都不是本地人，都是从全世界各地来的，所以在这儿买菜的幸福感远远超过在北京。在北京去哪儿买菜都差不多，到哪个超市去，都是那些菜，偶尔有那么一两个外国小超市，就是外国罐头，没看到什么新鲜的东西。

到了洛杉矶以后那叫一个幸福，这里相当于在全世界能想到的不同民族的、不同地域的、无数种不同的大超市里边买菜，本来聚居区也都分成了华人区、日本人区、韩国人区、菲律宾人区、意大利人区等等。一个爱买菜的人到那儿，那就幸福死了。光华人的超市，一进去就吓一跳，相当大，不像在美国其他地方进到一个华人小超市，就三两样东西。有时候去美国那种移民不多的地方，比如中西部地区或者南部，找来找去找到一个中国小超市，进去就是方便面。在这儿不一样，有 99 ranch market(99 大华超市)，而且看那一片不止一家，还巨大，洛杉矶就有好多个 99 大华。很幸福，因为那里面不光是中国大陆来的，还有中国台湾、香港来的各种各样的东西，(哎哟，没出息了，又开始咽唾沫)在一个超市里就能配上中国大陆、台湾、香港，东南亚华人各种地方的东西，光调料就摆了无数个架子，比在北京的时候买调料要幸福得多，于是我自己在这儿配起了很多有意思的东西。

在国内吃火锅就很简单了，打一个电话就把火锅给送来了，什么都给配好。但是呢，永远就是老三样，要么就是芝麻酱调料，要么就是香油蒜末之类的。我在洛杉矶的幸福生活，就是把各个不同的国家超市里的东西一起买来配成一个火锅。

首先是底料，对于在洛杉矶或者在纽约这种移民多的城市生活的人来说，这可是秘方。底料我试了很多次，后来发现比自己熬的底料都好。当然得在华人超市里先买个麻辣底料，有各种各样的：四川的、重庆的、王家渡的、海底捞的，反正都有。但是汤底给大家介绍一下，去日本超市买日本豚骨拉面那种汤底，然后配上四川的麻辣火锅底料，熬成一锅好吃得我鸡皮疙瘩都起来的汤底。

里面煮什么呢？分别从不同的地方买来这些不同的东西。首先从中国超市买内脏，因为其他地方的超市很少有，大概日本超市里能买到一点儿牛肠，韩国超市几乎就没有什么内脏可买，但是呢，韩国超市里有特别好的牛排，因为韩国人爱烤肉嘛，所以他们的牛排做得非常好，而且韩国超市里有好多北方人爱吃的小黄鱼儿等小菜。当然还有泡菜了，特别好的无数种泡菜，往锅里再煮一点泡菜，那简直太好了。因为韩国也有火锅，部队锅，是韩国部队吃的那种又煮面又煮这煮那的火锅；日本也有火锅，“shabu shabu”。

我买肉类的经验是：牛肉要从日本超市买——我说的是那种薄的牛肉，牛排要从韩国超市买，内脏要从中国超市买，羊肉要从美国超市买，当然中日韩超市好像都没什么卖羊肉的，美国超市有卖羊肉的，因为美国人吃羊肉，但是要买什么样的呢？要买那种羊排，然后自己弄一个切肉机（我就自己弄了一个，电动的），在家把羊排最好是连骨头带肉先冻起来，我是北方人，喜欢吃冻的、切得特别薄的羊肉片，所以我买那种冻得硬硬的羊排，南方人可能喜欢吃鲜羊肉，类似热气羊肉。

再介绍一道配菜：国内的上海、北京的很多超市里也有，卖整包的关东煮，就是各种各样的豆制品、丸子，有圆的、长条的、方的等等。豆腐要买日本超市的豆腐，日本豆腐磨得很细，做得也很白嫩。

蔬菜要去 farmers market（菜市场）买，因为不管哪家超市——美国超市也好，中国超市也好，越南超市也好——都没有 farmers market 卖的蔬菜好。洛杉矶有一个大越南超市叫“夏威夷”，也不知道为什么叫“夏威夷”，进去以后就会发现它有卖蛇的、卖穿山甲的、卖鹌鹑的，卖各种各样神奇的东西，你如果爱吃那些东西，你可以买些。但是这些超市里的蔬菜都不够新鲜，都是喷了水然后放到架子上的。放着的蔬菜跟刚拔出来的不一样，所以还要去找 farmers market，就是临时建起来的农贸市场，但是它不是常设的市场，通常是礼拜六、礼拜天，占了比较繁华的地方的半条街，把街封掉，就那么一天工夫，农夫们把自己种的菜都弄来，街两边搭起棚子卖，基本上都用现金支付，那种地方的菜新鲜极了。但是只有周末才有，所以就周末吃火锅，菜也是新鲜的，什么都是新鲜的。

还有一些地方，比如我找到一个家庭农场，还不是那种 farmers market，就是在农场里头卖菜。洛杉矶特别特别大，有一百多个市，各个城市里都有那种地方，我就找到一家，开车到那儿就十几分钟。太新鲜了，几乎就是从地里直接拔出来的菜。但是得早上起来早点儿去，稍微晚一点儿，到十点来钟就没了。因为大家都去那儿买菜。鸡蛋就是农夫家散养的鸡下的，我要买 3 盒人家就会说："不够了，就两盒半，你去里面捡俩吧。"到处都是母鸡，咯咯叫，到里边儿捡刚下的蛋，还温乎的，那种鸡蛋实在是太惯人的嘴了，因为吃完那种鸡蛋以后，再去美国超市里买一盒一盒的鸡蛋回来吃，如同嚼蜡，简直就没法吃。我就被那鸡蛋惯的，吃完了以后，实在是熬到礼拜六的——因为他们家每礼拜六大清早上开张，于是我赶紧去买。有时候中间断顿了，就给他们写一邮件。美国人特别逗，也不用微信，到现在还用邮件。给他们写一邮件说我没鸡蛋了，最近你家鸡又生了点儿吗？——那肯定生了，要不然怎么在礼拜六卖呀。人家特别好，回复说："那这样，我给你留一盒吧，你随时来。"但人家农场挺大，也不在那儿等你，说："就这样，我把鸡蛋放在我们家院子里的一个小的木头格子里，你就去那儿拿鸡蛋，拿完鸡蛋你把钱放那里就行了，8 块钱一盒。"我就开车去，特别逗，人家大铁门也不关，美国人夜不闭户。晚上吃完饭摸着黑跑人家开门进去，也没有狗出来咬人，也没人拿枪出来，说你闯入我私人领地，我到那木头格子里把鸡蛋拿走，然后把钱放那儿，有点儿像小的时候说的"三大纪律八项注意"，不拿群众一针一线，吃了群众一萝卜还得放两毛钱。

还有海鲜市场，在 9 月份以前还能买到特别好的小龙虾，是希腊人开的摊儿，不知道为什么希腊人开摊儿卖小龙虾？非常新鲜，而且一看就是没有打激素，没用洗衣粉养，买回家自己做麻辣小龙虾吃。基本上，我觉得在国内能够买到的、吃到的东西这里全有。可能没有大闸蟹，这是一个小小的遗憾，但是面包蟹和其他各种螃蟹都很好，我经常去买那种最便宜的蟹，蓝了吧唧、半死不死的——死了也没事，因为江浙人尤其上海人喜欢吃糟的、醉的东西。两块钱一大笸箩的小螃蟹，回来就在华人超市买那种糟卤，把螃蟹、虾、豆腐干、猪鼻子、鸡胗等东西往糟卤里一泡，就能吃好久。这是我最喜欢的，因为我小时候在上海长大的，喜欢吃那种糟的、醉的、卤的东西。

买蛋糕就找亚美尼亚人开的蛋糕店。也不知道为什么，亚美尼亚人做的蛋糕就是特好吃，洛杉矶最好的几家蛋糕店大概都是亚美尼亚人开的。亚美尼亚人在洛杉矶社群也特别大，到处都是他们的大社区，他们在那儿唱歌、跳舞、过生日，洛杉矶东边的 Glendale（格兰岱尔）一个市加上周边几个小市几乎全是亚美尼亚人。他们每次出来都说："我们在这儿的亚美尼亚人要比在亚美尼亚本国人还多。" 因为洛杉矶是个超级移民城市，所以在那里可以过起非常幸福的小日子。

到洛杉矶的时候，可以享受一下洛杉矶这个集全世界各地的菜场于一身的幸福感。食材能够充分地供应，因为种类太多，都可以发明出自己的新菜系。以前想发明点儿新菜，没有原料，在这儿，就像我自己发明的中日混合的火锅底料，以及中日美韩超市里买来的材料做出来的美好的火锅一样，都可以想出自己的做法。

扫码听高晓松
自制火锅秘方

北京饭馆（上）

> 中国人基本上闲的时候，主要行为都跟吃有关。
那些老饭馆都变成我的乡愁。

中国人基本上闲的时候，主要行为都跟吃有关。什么时候闲呀？就是节假日呗，中国哪个节跟吃没关系？所以“吃”是我们主要的闲情。

在真正的《闲情偶寄》中李渔写了很多关于唱戏的事情，也写了很多有关吃的事情。包括《金瓶梅》《红楼梦》，中国小说里描绘吃的篇幅之多，我几乎在西方文学里就没怎么见过，西方的文学作品里，没事上来不厌其烦地在说今天吃的是什么？桌上摆了多少碗儿？多少盘？多少道汤？基本上我想不太起来。电影也是，外国的电影好像也不太用吃饭的场景，偶尔有吃饭场景也是为了突出阶级差异，因为吃饭是个与阶级有关的事儿。

我记得小时候看《雾都孤儿》中 4 个大胖子吃肘子，使我立志吃肘子，但这类描写都很少；再比如《漂亮女人》里有一场戏，朱莉娅·罗伯茨演的妓女，和大富翁去吃饭，不知道怎么用钳子去夹法国蜗牛，“嗙儿”飞到远处去。大概很少有这种大段大段的吃饭戏，在家里的吃饭戏有点儿，但那是为了表现家庭的无聊，很少表现吃什么。《当哈利遇见莎莉》（*When Harry Met Sally*）电影里的一个场景特有意思，这是一部好莱坞电影，一男一女坐在那儿讨论起性的问题，那女的就“嗷嗷”地叫起来，假装高潮了，旁边也坐了一个中年妇女，把服务员叫过来说："她吃的什么？我照样来一份儿。"

但这些跟中国不能比，中国的文学作品里对吃的描述之细，红学里就有专门研究饭的，研究《红楼梦》里吃每顿饭时人都怎么坐，谁坐谁左边，谁坐谁右边，怎么上菜……《金瓶梅》、电影《食神》等等都有大量讲吃饭的内容，光拍做饭的电影就有无数种。一直到贾樟柯导演的文艺片，也演吃饭呢，而且吃得很慢很慢，一个馒头能吃3分钟。最商业的武打片也有吃的镜头。我曾经开玩笑总结过香港武打片，那时候是工业化生产武打片的时代，叫"打四场吃五顿"——大打4场，在打戏中间的主要事儿就是吃饭，因为香港人太爱吃饭了。我拍戏的时候香港的剧组——我不是指他们歧视我们内地的时代，就是很平等的时代，他们也自己带厨师，自己煲汤。所以他们拍的电影里面打完了大家就坐下来吃饭。因为打戏实在太花钱，出于节省成本的考虑，一场打戏拍一个多礼拜，好几百个镜头，剩下的戏就只能拍在一个屋里吃饭，这样最便宜。为了推进情节，吃饭的时候大家的台词就是类似："你知道谁杀了你爸吗？""你知道那事是谁干的吗？""真的吗？""真的是他干的吗？""走，找他去！"于是又去打一场。打完以后又吃饭，在吃饭的时候把情节推进了，这就是咱们中国人对吃饭的情结。所以饭馆当然是最最重要的生活中不可或缺的场所。

小时候下饭馆的机会是很少的，因为那个时候大家都很贫困嘛，即使工资高一点的家庭，就比如说我们家，那也没用，因为没有粮票。那时候出去吃饭没粮票的话，即使拿一万块钱也管保活活饿死在饭馆门口。那时候需要各种各样的票。所以在配给制下的社会里，工资高点儿跟工资低点儿是没啥差别的，我们家工资高点儿，我看我穿的衣服跟别人也没什么区别，因为布票是一样的。布票、粮票、肉票、油票全都是按人头算的，不按级别算。级别高的家庭可能有点儿特供，但是我记忆里的特供除了有点儿青岛啤酒，好像也没啥了，再加上我的家人属于不太会理财的知识分子，所以经常到月底就不知道怎么生活下去，我妈就得把从德国带回来的大衣卖了。

现在因为天天下饭馆，如果问我对饭馆的印象，我还真得想一会儿。但是小时候，第一，北京也就那么些饭馆，不像现在，一条簋街上的饭馆数量大概就是我小时候全北京城的饭馆数量；第二，自己去吃的次数一年就那么几回，而且来回来去就吃那几家，所以印象是极为深刻的。

印象极深刻的是“老莫”。因为我们家从我小时候，每年 8 月 4 号要去趟“老莫”吃饭，“老莫”就是莫斯科餐厅，哇，豪华，中餐厅很少做那么豪华。西餐别看做得没中餐好吃，但是环境以及刀叉餐具都搞得很豪华。莫斯科餐厅就在北京展览馆的西边，北京展览馆就是苏联援建的，按照苏联的展览馆一模一样的图纸搬到了北京，就是缩小了。大家去莫斯科，看见的就是一个一模一样的、比它大一号或者大两号的这么一个展览馆。“老莫”里边特别美，不是用中国的那种雕梁画柱，是西方的大柱子。本来俄罗斯建筑就大，再加上我们当时建“十大建筑”——为中华人民共和国成立十周年献礼建的豪华大建筑，所以在里面吃饭的感觉极其好。

第一个感觉是凉快，因为那时候北京谁家都没空调。应该公平地说夏天也没现在这么热，那时候在街上极偶尔才看见一辆汽车，大家都骑自行车，自行车并不散热。不像现在北京有好几百万辆“火炉子”在街上开着，有上千万的空调开着，你家里越凉快往外排的热气越多，所以空调越多，没空调的人就越倒霉，再加上全球变暖，太热了。我小时候的夏天好像没有这么热，但是那也热得不得了，所以一进莫斯科餐厅，哎哟，凉快！有空调！小时候的冬天也挺冷，冰结得很厚，都可以滑冰，要穿大棉袄，但一进到莫斯科餐厅去就舒服。

印象很深的是莫斯科餐厅等座儿的地方居然都是沙发。在今天沙发好像司空见惯，但在那个年代，在我小的时候，北京没有什么人家里有沙发，大教授级别、大官儿级别才能有沙发，所以大多数老百姓都没见过沙发，到那儿一看，皮沙发！我们家都没有皮沙发，只有布面的沙发，而且还是单位的，上面印着单位的名字。皮沙发谁见过？只有在莫斯科餐厅见过。坐在皮沙发上等座儿，就恨不能晚点儿叫你，在那儿多坐会儿。

那儿有几道我最爱吃的菜，到现在为止我到俄罗斯去还要点这几道菜，但是有的菜好像在俄罗斯点不着，只有闷罐牛尾是哪里都有的。牛舌、牛尾是俄罗斯的著名招牌菜。但是莫斯科餐厅有一道特别独特的菜，叫“奶油烤杂拌”，就是把起司、黄油、奶酪、香肠，以及各种奇怪的东西都放在一个烤盘里烤，烤得都有点儿干了，最后成了一大坨。今天年轻人不能理解，在极其缺乏肉类的年代，我们小时候看见肉是一种什么感觉——你要什么都行。当时校园里、大院儿里最漂亮的姑娘，最想嫁的就是卖肉的，因为有肉吃是多么不容易。所以那道菜给我留下极深的印象。

还有一道菜叫“鸡卷”，现在想想可能就是鸡肉剁碎了，然后做成一个卷，因为它里边有黄油有馅儿，所以一切开鸡卷，露在外面的是炸的东西。炸的东西对我们来说也很重要，因为当时一个人一个月就二两油的油票，只有到饭馆去吃饭不要油票，所以吃到炸的东西的时候，那叫一个爽，炸的鸡卷一切开里面还有黄油流出来，嚯，太幸福！再加上一个罐焖牛尾，点上红菜汤，大概每年就吃这么几道菜。可能莫斯科餐厅那会儿也就这几道菜，但是会喝一瓶红酒，会有一点儿抹黄油的面包。我还记得有一次，那时候我已经长大到十几岁了吧，第一次能看懂菜单，记得那一顿饭，这些菜加上红酒，才 14 块多，但是已经觉得很贵了，那时候 14 块多是一个学徒工一个月的工资。所以莫斯科餐厅是当时最豪华最贵的饭馆。

还有几家北京饭馆给了我极美好的印象，比如说西四那儿有一家叫“延吉冷面”的饭馆，我小的时候，我们家人专门带我去吃延吉冷面，三毛九一碗。

延吉冷面为什么好吃呢？因为它是用绿豆做的面，所以是黑色的面条，光滑，凉爽，而且汤极其好，还有一道著名的菜叫“拌狗肉”，在那个时候简直太香了。动物保护主义者不要骂我，那是人家朝鲜的和韩国的食品。所以到 1988 年奥运会的时候，好多外国运动员尤其是“白左”诟病说：“你们怎么吃狗肉？”韩国政府说：“那你别来，这是我们民族的传统，我们还问你为什么吃牛肉呢？为什么呀？你为什么吃鹅肝呢？”但是我小的时候不太能吃辣，我发现北方人吃辣都是改革开放以后人口流动，四川人来得多了才能吃辣的。那个时候全北京才有几个辣的饭馆，大概绒线胡同那儿有一个四川饭店，在鼓楼的马凯餐厅是做湖南菜的，传说里面还卖熊掌，我没进去过，不确定。当时朝鲜冷面里放一点儿辣酱，就觉得哇，简直太辣，在今天这太小意思了。我记得特清楚，大冬天的，我吃完一碗朝鲜冷面，辣得我从西四一直跑到缸瓦市还是什么地方，跑出去俩路口。为什么要跑呢？因为嘴实在辣得不行，就得张着大嘴迎着风吹才舒服点儿。

西四的延吉冷面成了我的至爱。在我长大的过程中，小时候去过次数最多的就是这家饭馆。还有一个重要的原因是我后来读了四中，四中就在平安里，走路也能到延吉冷面，骑车就几分钟的工夫。所以后来我上四中以后，6 年都在那儿，就经常去那儿吃饭。刚开始去那儿吃的时候，有一个服务员站在门口，特年轻，梳着辫子，笑得特别甜。等过了几十年，我再回到北京的时候，那些老饭馆都变成我的乡愁，回到北京就得去吃一下。再到延吉冷面，居然发现那个很甜的店员已经当了总经理了。我跟她说：“哎哟，你已经当总经理了。”她说：“哎呀，是，你来吃饭的时候，我才十几岁，就比你大几岁，你也才上初中。”那么多年就那样过去了，世事变迁，这个年轻的女服务员变成了总经理，拌狗肉也没有了，变成了拌牛肉，结果老顾客不满意拌牛肉，我最近一次去，又变成了拌鹅肉。我问她：“为什么拌鹅肉？”她说他们试了很多次，这个味道最像拌狗肉，因为确实有动物保护组织那些热情的同志们去抗议，所以就变成拌鹅肉了。我尝了一下，绝不像拌狗肉那么好吃。我不是说我非要吃狗肉，但是这就相当于你到桂林去，人家那儿就是马肉火锅，那怎么着？你给人家掀了锅说“我保护动物保护马”吗？这是一种民族特色。我每次到那儿都非常固定地点一大碗冷面，一盘拌肉，一盘拌腐竹和一盘冷面泡菜。冷面泡菜我要加在冷面里，冷面里那点儿泡菜加一片苹果，我觉得不够，每次都加大半碗的冷面泡菜，才能把它吃下去。

我们毕业以后，四中举办校庆，全班聚会请老师吃饭也是在那儿的二楼包间。好像我们班最后一次聚会就在那里，大家还挺感慨的，因为中学的同学聚会中有互相初恋的，想起来还挺温暖。所以西四的延吉冷面是我心中最最有乡愁的一家饭馆。

北京饭馆（下）

> 窦唯经常在旁边烟袋斜街的茶馆门口坐着或转悠，穿一老头衫，也不爱说话，每次就打一招呼："哈哈，晓松，好吗？""挺好的，你好吗？""好，好。""那就好。"然后就从烟袋斜街走出去了。

我妈和我一样，也住在洛杉矶很多年，所以大家聚会的时候经常有乡愁。我妈就和我聊起来后门桥一带，因为小时候我们总往那边去。一说"进城"，什么叫"城"呢？城最中心的就是钟鼓楼了，因为过去人们没有手表，小巷子里可能有人打更，但是打更的人也得对时，他没手表，所以最重要的还是钟鼓楼。它得在这城市最中间，它敲的钟、报的时大家才能全听见。进城，进的就是最中心的这块儿地方。

饭馆也都在这儿。所以我妈那时候经常带着我进城，就跑到这一带来。我妈那天突然跟我说："你还记得后门桥旁边那合义斋吗？"我说："我当然记得，我小时候多爱吃啊，那里的炒肝儿、灌肠儿、大包子、小包子……"外地的朋友们始终也不理解炸灌肠这食物，说北京人吃饭怎么那么土啊？就使各种面，从早到晚就把面捏巴成各种形状，下油里炸，早上起来炸油饼、炸油条，还有炸馓子、卷果，其中炸灌肠最奇怪了，它也是那种面了吧唧的东西，也不是香肠，没有肉，就是把面切成片，给炸了，蘸点儿蒜汁，吃完以后就不要谈恋爱，因为一嘴蒜味儿，所以小时候吃没事。我也不理解，是不是咱北京人就是土啊？没办法，一是在北方，二是多次被北方游牧民族统治，导致大家吃得比较粗糙，再加上北方可能比较冷，所以东西下油一炸，它顶事儿啊，油一下肚，大家就觉得暖和了，又没什么特好的东西用来炸，就把各种面下油锅。结果到现在，我到美国要是偶尔看见有馓子我还是会买回来。在洛杉矶好像始终没看见过炸灌肠，但是有那么一两家做炒肝儿的，虽然没有国内做得这么好吃。我还有一北京哥们儿来洛杉矶生孩子，生了个儿子他都没哭，我给他碗炒肝儿他哭了。

我小的时候，最好吃的炒肝儿就是后门桥的合义斋的。但是大概前几年合义斋没了，现在跑哪儿去了也不知道，听说是去了隆福寺一带，就是东四那边，好像集中了好多小吃，但是我偶尔去过一趟，也没找到合义斋。后来跟人打听，说改名了，改卖肉饼了。卖肉饼就卖肉饼呗，没事儿改名干吗？合义斋和肉饼一点儿关系都没有，它主要卖炒肝儿、包子。因为我对炒肝儿、卤煮一直是有深厚的情感的，后来发现最好吃的一处炒肝儿，现在不知道还有没有，那已经是停留在七八年前的最后记忆了，就是王府井东华门那儿有一条北京小吃街，我猜来北京旅游的外地朋友们肯定都去过，因为那是一旅游点儿，虽然大部分东西其实都一般，永远就是那么大的羊肉串、炸虾串，那么大的饼。我最深的印象就是全是勤奋的外地朋友们在那儿摆摊儿，吆喝得特别怪，我觉得北京人有点儿剥削外地朋友，你看那执照特别逗，我走到哪儿都很喜欢观察，所以我到东华门小吃街的时候就发现每个摊儿的营业执照都是一北京老太太，大概是因为申请执照需要北京户口，所以北京人就占外地人便宜，自己申请一执照但是自己不干——北京人懒，常说“爷还不伺候你”，干这种勤行的北京人就比较少，外地人都很勤奋，租了北京人的执照在那儿干。卖北京小吃就得吆喝，我小时候就听北京人吆喝“哎——卤煮哎——”，可是到了南方不知道什么地儿口音的朋友吆喝就变成“卤组嘞——”，特别逗。但是我特别佩服他们，北京冬天多冷，夏天多热，人家就那么勤奋地出摊儿。

那条街背后还有“馄饨侯”，我每次去那儿都是一套的：先到中间一个叫“炒肝儿李”的摊儿，不知道现在还有没有，但那是我在北京找到的最好吃的炒肝儿，肥肠颜色要浅，在北京吃炒肝儿切记不要吃颜色都黑了的炒肝儿，不新鲜，太稠了也不好。炒肝儿里新鲜的大肥肠是粉色的，出来一大碗，后边儿再来碗“馄饨侯”的馄饨。那儿的羊肉串什么的都不太好。后来变成旅游点儿了我就不太去了，但是我还没发现比“炒肝儿李”更好吃的炒肝儿。

卤煮在北京还是有很多的，有各种“小肠陈”等等，但是我最喜欢的一家是在北新桥，但不是北新桥南边那个老店，有时候我在微博上和大家聊，大家说那老店不好吃，排半天队。我也是排半天队，也确实有点儿……可能是名声太大吧，什么事儿名声一大就没那么好。我说的是北新桥路口北边有一家，好像就是叫“北新桥卤煮”，我去过无数次了，特别小的一个小门脸儿，斜对面就是雍和宫。我经常一个人在那儿要一小锅卤煮，但是不要火烧。这卤煮火烧特别逗，我每次吃卤煮就吃不了火烧，我就不知道为什么要把一火烧给煮在里头，因为我的印象中这火烧不是应该烤的才好吃吗？我吃羊肉泡馍也从来不放馍，人家说不放馍不叫“羊肉泡馍”，那叫“水盆羊肉”，好吧，那就叫“水盆羊肉”吧。反正我吃卤煮也不放火烧，所以我也不叫它“卤煮火烧”，就管它叫“卤煮”。每次就来一锅卤煮，加一份儿小肠儿，然后要一份儿炸灌肠，当然没有当年合义斋那个好，但是还不错，再要一个我不知道其他地方朋友有没有吃过的叫“炸龙虾片”的东西，其实和龙虾也没啥关系，就是有点儿味精，炸得膨膨的，每一片都挺大；然后再要一盘拍黄瓜。自己在那儿吃得特美，再买本杂志，偶尔会被认出来，但是大部分时候我都坐在最前面那桌子，背着其他位子。

我在北京，其实经常一个人去很多小饭馆，也被“活捉”过好几回。

说回后门桥一带。那一带饭馆非常多，就在合义斋的北边还有一个马凯餐厅，据说还卖过熊掌。但是因为我没钱，我小时候我们家也没钱，所以没进去吃过熊掌，我就知道那是一湖南菜，好像我长大了以后去吃过一次湖南菜，但是没留下很深的印象。在后门桥一带，印象最深的就是合义斋的南北两边的小道，一进到后海，就在银锭桥——那可是号称北京八景之一，大家因为何勇的《钟鼓楼》，都知道北京有个银锭桥——桥头，有一家特别值得推荐的饭馆，“烤肉季”。

小时候我不知道为什么叫“烤肉季”，我以为“季”是一种饭馆的量词呢，好像没有说“一季饭馆”的，但是我也没问过。长大才知道原来这个创始人姓季，后海旁边有一个荷花市场，他是在那荷花市场里摆摊儿卖烤肉的，后来摊儿摆得越来越好，传了大概好几代，从清朝开始到民国之后，居然靠摆摊儿能在后海边买下那么一栋楼，这可真是太成功了。北京其实还有其他的饭店也是原来是个摊儿，最后生意越来越大，买了个饭馆。但后海边是北京最大的风水宝地。说心里话，从小家里带着我也去过几个北京的大帅府，但是在后海边还能在府中看见后海的大帅府都没几个，那得是宋庆龄故居才能看见什刹海、后海，正国级干部才可以。其他的大帅府就在这周围的胡同里，出门就是一胡同，或者就一小河沟——原来运河的最后一截，就在底下暗藏着，或者已经填埋了，就一条小臭沟，现在拓宽了。那地方特别美，但是烤肉季竟然在后海边最美的地方——银锭桥头，买了一栋楼。

我小时候去烤肉季，印象最深的就是，如果只有我爸妈带我去吃，我们就坐在大厅，那烤肉就没那么好，因为不给在桌上现烤，都是烤好了端一盘上来，但也是不错的，尤其是把和香菜、葱等一起半炒半烤的羊肉片夹烧饼里，特别美味。但如果偶尔我们大家族聚会，就能上二楼，那就太好了，他们用松树的松果、松枝，现在台子上烤肉，香极了，那是逢年过节才有的待遇。我记得特清楚，我小时候一直不明白有一道菜为什么叫“它似蜜”，我一直以为是西域来的外语呢，其实就是羊肉裹上甜不拉叽的酱，吃起来挺甜，挺嫩的。长大了我什么事儿都想研究研究，就研究这“它似蜜”是哪国语言啊？一看并不是外语或者少数民族语言，就是北京话。据说当时给慈禧太后做这道菜，清朝满族人倾向于吃北方蒙古族的、回族的那些东西，所以吃鸭子吃得多，猪肉反而吃得少，其次就是吃羊肉。满族人让老佛爷给这道菜起个名字，老佛爷说“它似蜜”呀！就是它很甜，似蜜，所以有了这个名字。

我长大了以后，每次回北京，还是会到烤肉季吃一次烤肉。后海变化很大，原来就一个烤肉季，特厉害。后来周围出了酒吧街、茶馆，每次到后海转悠除了吃一顿烤肉季以外（合义斋没有了），还能在转悠的时候看见窦唯——窦爷！这挺逗的，他经常在旁边烟袋斜街的茶馆门口坐着或转悠，穿一老头衫，也不爱说话，每次就打一招呼：“哈哈，晓松，好吗？”“挺好的，你好吗？”“好，好。”“那就好。”然后就从烟袋斜街走出去了。

有一阵子后门桥那儿走出去还能买电子游戏——那有电子游戏一条街，现在我已经很久没在那儿转了，也不知道那儿还有没有电子游戏。总之从我小时候到现在北京的变化是沧海桑田。现在去大概除了还能看见烤肉季那两层小楼，周围的其他东西都已经变化非常非常大。怀念北京美食啊。

扫码听高晓松
在线吆喝

感恩节

> 感恩节和圣诞节两个节日离得很近，我觉得挺有意思的，因为它不是人为定的，而是历史自然形成的。

我在美国这些年，每年都感觉到美国人差不多从 11 月底开始就不太干事儿了，心就开始浮躁起来。大家不但把各种假期连起来过，还把年假都集中在这时候休，也把钱都集中在这个时候花，因为不但有“黑色星期五”“Cyber Monday（网购星期一）”，还有圣诞期间的大折扣。

感恩节和圣诞节两个节日离得很近，我觉得挺有意思的，因为它不是人为定的，而是历史自然形成的。如果人为定的话，那最好是把黄金周分成春天一个、秋天一个、冬天一个——夏天有暑假就不用了，这样当然对经济最好的，但是美国没办法，自然、历史、宗教各方面因素形成的两个最大的节日离得很近，就差一个月。所以美国大学，尤其是北方的大学，感恩节放一大长假——一个礼拜，大家能回趟家。感恩节在美国就是家庭聚会日，一定要回家，然后再回到学校。刚到学校没几天，12 月上旬又放寒假了，回家过圣诞节了。所以很多美国公司的财务年度统计就是到第三季度结束，基本上就把这一年的收成都盘点好了，跟农业时代一样，第四季度算到下一财政年度去，因为大家都不太干活了。每到这个时候，大家都进入到准备休假的状态，开始看各种出行指南等等。

现在美国“极左”思潮开始盛行，也开始批判感恩节，很多人说感恩节其实是印第安人的节日，我们对印第安人犯下了罪行，印第安人对我们那么好，我们却把他们都杀光，有很多这样的声音。目前虽然拆掉了很多雕像，但是好像还没有影响大学的休假。

感恩节的由来其实很简单，有两个由来：一个是清教徒的由来，就是新教，英国、德国、荷兰当时推行新教，新教跟天主教的一个很大的不同就是新教反对天主教那些仪式感，觉得那些仪式都是违背《圣经》的。《圣经》里从来没有写过任何仪式，干吗要搞那么多仪式？搞大教堂、剥削人民那么多钱？清教徒也不过天主教那么多的节日，中世纪天主教最盛行的时候，一年里除了每个星期天都要去教堂不能工作外，其他教会节日有 99 个之多，比现在休息日还多，加起来休 140 多天，宗教也严重干扰了生产。

所以新教的诞生其实跟整个社会发展也很有关系，人民不能因为宗教的问题极大地削弱了生产力，大家为宗教花费那么多时间，一年里一半时间都花在那上头了。从那开始，英国就有类似于“感恩节”这种日子。

新教又分了很多分支——宗教经常会出现这种问题——有一支清教徒中的少数派被迫害，所以有一支叫 Pilgrim（清教徒前辈移民）的分支就先到荷兰，荷兰在宗教方面是最开放的，后来从荷兰又上了“五月花号”船，100 多号人，带着两条狗，可能还有几只家禽，来到美国。这就是美国所有的中学历史课本、小学历史课本里讲到的、幼儿园里表演的故事。看美国各地的表演，多小的小孩都知道“五月花号”，甚至都会表演。有人演“五月花号”，有人演火鸡，感恩节的时候，草坪上、公园里，到处都在上演。总而言之，在“五月花号”上诞生了第一个所谓的民主的条约，100 多号人在船上决心不在乎国王，决心不再被人统治，决心自己建立一个平等的社会，决心自己制定法律，让所有人都遵守，所以他们签了一个《五月花号公约》，这成了美国建国的重要依据。其实美国建国的历史非常复杂，源流很多，北美殖民地中的新英格兰地区，跟在南方弗吉尼亚往南，北卡、南卡，到佐治亚州，是由完全不一样的文化建立的，中间还隔着荷兰人建立的纽约——原来不叫“纽约”，叫“新阿姆斯特丹”，后来才叫“新约克”。但是作为洗脑式的爱国主义教育，当然要把一件小事先拎出来，说“五月花号”就是美国的源头，其实并不是。

这100多号人登陆以后正好是12月，天寒地冻，新英格兰地区很冷的，波士顿那时候大雪有半米多厚，这些人饥寒交迫，到第二年开春的时候已经死了一半人，幸蒙印第安人接济——在美国现在叫“印第安人”已经政治不正确了，不能叫他们“India”，要叫“Native American”（美国原住民），咱们也就从善如流——幸亏原住民援助了他们，教给他们各种东西，其中有一个哥们儿是曾经在英国生活过十几年的原住民，会说英语，便充当翻译，教欧洲移民如何捕鱼，如何把捕来的鱼埋在地里种玉米。玉米是美国原生的高产作物，丰收的时候，他们跟美国原住民一起庆祝，所以他们就把这一天当作感恩节。但实际上呢，人家美国原住民一年有6个感恩节，他们特别热爱感恩，一天到晚感恩天、地、人。所以，1621年这个感恩节实际上不能叫美国第一次过感恩节，准确的描述应该是：欧洲移民第一次参与了美国原住民那一年度的第5个感恩节。

感恩节就这样传下来了。到“二战”前后，就规定每年11月的第4个星期四是感恩节，所以才有了“黑色星期五”，大家拼命地购物。这个节日应该是美国一年一度最盛大的节日，所以大家大聚会咯，我也就被邀请去一个朋友家，这个朋友就是差点死于“9·11事件”的那个朋友，他有十个朋友在“9·11事件”中去世，因为当时他就在华尔街做一个小小的“红马甲”，后来他搬到了西岸，我们成了朋友。所以今年感恩节他说你跟我们家一起过吧。他的父亲、他父亲的第一个妻子，就是他的母亲，还有他父亲的第二个妻子，和他们从各地回来的4个孩子，以及从美国中部过来的他太太的哥哥一家，他们家二十几口子人都在，我也很高兴地去了。但是我预感火鸡应该不太好吃，因为火鸡肉太厚了，很难做得好吃。大概火鸡腿还可以，全美国火鸡腿做得最好的就是迪斯尼乐园，可是你又不会没事儿花 90 美元买票就为了去吃一个连熏带烤外焦里嫩、价值 8 块 5 的 Jumbo Turkey Leg(火鸡腿)。但是通常感恩节来临时，美国饭馆里、超市里到处都是火鸡，连特朗普总统都赦免了一只火鸡，还开玩笑说，我推翻了那么多奥巴马时代的政策，唯一不能推翻的就是到感恩节的时候要赦免一只火鸡。

由于预见火鸡不够好吃，我就从中餐馆订了两只北京烤鸭，拎到他们家去，总是要带点儿什么去人家，不能空手去，全世界都一样。烤鸭受到了热烈欢迎。他们家老公是犹太人，老婆是德国人，所以有时候他们开玩笑说，我们代表了大家化剑为犁，毕竟当年德国人屠杀了那么多犹太人，但是他俩居然结为伉俪，而且还达成了一个协议：他俩的孩子继续是犹太人。因为如果没有达成专门的协议，犹太人的种族是跟从母亲一方的，母亲是犹太人子女就是犹太人，母亲如果不是犹太人了，他们就不再是犹太人了。老公比较虔诚，所以他的德国太太也同意了孩子是犹太人。

我很高兴和他们一家子在一起，尤其他家几个孩子都是非常典型的美国孩子：一个女儿是很冷漠的科学家，把科学家男朋友带回来了；儿子非常热情、活泼，当过四分卫(美式足球中的一个战术位置)，我说犹太人当四分卫的很少(因为犹太人个儿比较小)，他说对呀，我是光荣的。两个女儿都很可爱，在大学上学，聊了好多大学趣事。父亲特别逗，跟我聊了很多历史，包括中国的、俄罗斯的历史。我觉得西方人很有意思，在中国很难看到这样的情景，就是两任太太在一起，大家一起来过感恩节，孩子们都很融洽。我觉得要是在中国恐怕这节过不太好。

感恩节后就是“黑色星期五”。连感恩节带“黑色星期五”，两天全美国的网上购物总金额加起来有80多亿美元，跟我们阿里巴巴“双十一”一天250亿美元是有很大差距的，而且美国没有这么大的垄断市场的企业，亚马逊算最大的，但亚马逊其实才卖了10亿美元，占的比例并不大，不像在中国阿里巴巴占的比例空前大，几乎叫dominate market（主导市场）。所以大家都挺不好意思，说你看我们全美国加在一起，两天才卖了80多亿美元，你们阿里巴巴一个公司一天就卖了250亿美元，当然人口是不能比的，市场份额也不能比，但还是很给中国提气。

最逗的是还发生了小小的游行示威，一帮美国人举着写着“折扣是属于美国人的”的牌子，意思是“黑色星期五”从零点开始，可是零点的时候美国人都在睡觉，等他们早晨起来，冲到商店去的时候——每年感恩节“黑色星期五”一开门时候相当壮观，无数人冲进去抢便宜货——好多有折扣的商品都被中国人网购抢走了。美国人就开始游行、抗议，号称“保住我们的折扣，不让中国人买”。这事太逗了，买你东西，帮你刺激经济发展还不行。当然这“刺激”不到普通百姓身上，对他们来说就是有折扣的好东西被买走了。这个非常有趣的感恩节就这样过完了。

北京美食往事

> 北京的文艺圈，特别能扎堆儿吃饭。其实好莱坞也一样，因为什么呢？做艺人的只要干活就吃不好。

北京从改革开放开始到现在，积累了一些新的老字号，不是前清的或者民国时代记下来的那些老字号，不是天福、天源、六必居，而是为北京贡献了崭新的美食，而且传承了这么多年的老字号。我印象比较深的、也是痴迷了很多年的，就是水煮鱼。大概很少有人知道北京最早的水煮鱼在哪儿，因为后来很多地方都有水煮鱼，比如沸腾鱼乡。后来水煮鱼就成为一道餐厅必备菜，走哪儿去都有水煮鱼，快跟“麻小儿”差不多了。

我记得北京最早的水煮鱼在哪儿，而且那个饭馆的名字就叫“水煮鱼”，它就没别的名字。那是当时一个从重庆还是成都来的老太太开的，我还见过她好多次，因为她最开始开的小饭馆那真叫酒香不怕巷子深，开在当时还不繁华的西坝河的一个死胡同里。那会儿西坝河还没有开发成现在这样繁华，大概周围有些破居民楼，有个重庆饭店，重庆饭店就挺破的，虽然挺破，但当时里边有重庆火锅，特别辣，也没有鸳鸯锅。我是逐渐逐渐才能吃辣的，小时候吃朝鲜冷面都受不了，吃过一两回重庆火锅，辣得不行。

就在重庆饭店沿着西坝河那河沿儿一直往里走，走到没路了，在一个死胡同里的最后一家，可能是北京最便宜的门脸儿了，因为根本没有人会从那儿路过，哪怕死胡同的倒数第二家都不会从那儿路过，挂了一个小招牌叫“水煮鱼”。也不知道是谁发现的这个地儿，我现在有点儿想不起来，但是我想说的是北京的文艺圈，特别能扎堆儿吃饭。其实好莱坞也一样，因为什么呢？做艺人的只要干活就吃不好，拍戏的时候吃盒饭，演出走穴到处跑的时候在飞机上、火车上吃饭，那会儿大家还都坐经济舱，也没像现在带一堆助理能给你买饭去，也没有外卖，于是就吃不好。可是搞文艺的同志们嘴都普遍特别馋，尤其是北京人——搞文艺的人里也有不爱吃，或者不太会吃的，比如刘欢老师就不太会吃，陈道明老师……我总结出经验来了，就是他们天津来的朋友，比如刘欢、道明老师都不太会吃，我不知道德刚爱不爱吃。那个时候的文艺圈以北京人为多。因为那个时候还不太流行“北漂”，也没那么容易漂，还得要各种各样的手续，也没那么多唱片公司、电影公司、经纪公司，那会儿就有个中央电视台，大概是从全国选拔人才，其他地方像北影厂、青影厂、文工团，这里大量的都是北京人。北京人又爱吃，又爱扎堆儿。

我记得有一回徐静蕾找我去吃水煮鱼。那个时候因为王朔——朔爷在美国“蹲绿卡移民监”，好长时间也没回北京，所以老徐（徐静蕾）没事儿就叫着哥几个一块儿出去打麻将、吃饭，总而言之倍儿高兴。她是一个特别爱玩儿的人，有一天突然说：“咱们夜里开车上长城吧。”当时记得我一中学同学正好来看我，我说：“我这儿还有一哥们儿。”她说：“没事儿没事儿，咱们一块儿去长城。”她那时候有辆车，我们都没车，于是拉上我和我的同学，她都不认识，我们就一块儿深更半夜开到长城去了。到那儿也没干吗，又开回来了。因为自古文人雅士都是乘兴而去，兴尽而归。到那儿也不用干吗，突然兴尽了就开回来了。还有一回她说：“打麻将。”我说：“好啊。”就去她家打麻将，那天我刚买了一辆新车，很便宜的本田思域，为了便宜点儿还挂一个外地牌子。我都忘了是辽宁的还是哪儿的牌子，特别高兴地就去她们家打麻将，不知道是因为连日来工作还是玩耍导致困得要死，下午才提的崭新的车，结果我在长安街上开着开着就睡着了，一直到哐地一下，幸亏没撞着什么别的东西，就撞到路边自行车道和汽车道之间很长的那种护栏，把我给心疼的呦，本田思域那么小那么软的车，整个儿车前脸儿都给撞烂了。我居然还很够义气，想着答应人家去打麻将，要是因为车撞烂了就不去了，那人家三缺一岂不是很扫兴吗？于是居然就开着前保险杠耷拉在地上、看着根本不像新提的车去了老徐家打麻将。

那天她说："去吃水煮鱼。"我说："好。"结果我们就一帮人跑到水煮鱼吃饭，好家伙，排的那大长队，出来一桌才能进一桌。而且那地方黑灯瞎火，不像现在北京这么明亮，也看不清谁是谁，就那么一个小灯笼写着"水煮鱼"仨字。我们就说："哎哟，怎么回事这么多人？"突然旁边一个铁塔一样的黑汉子跟我们打招呼："晓松……"一看，姜文姜老师也在那儿乌漆墨黑地排队呢。那个时候也没狗仔队，更没手机和互联网把大家给曝光，所以大家可以很愉快地站那儿排队。

我小时候还曾经在大清早五点多、六点多去西单的天福酱肘子排队，排到李金斗前头，也是黑灯瞎火的谁也没看见谁，突然李金斗一说话，大家立刻就能听出来，那时候相声演员地位极其高。

我们在水煮鱼那儿排队，怎么排也排不进去，人一吃就吃美了，不下桌。我就往里边张望，想看看有没有认识的人，进去跟他们蹭一桌，哎，突然发现老田震正吃得美呢。田震也是北京姑娘，也一身的北京姑娘那个劲儿。田震的劲儿，跟老徐的劲儿还不是一路子，不太一样。我说："哎，老田，我们不想排了，我们蹭吧。"于是就愉快地进到店里，把老姜给晾外头了继续排队。

我到现在都记得水煮鱼那家店的菜单，菜单上大概一共只有五六道菜，不会超过六道。就一张纸，上面写着：第一，水煮鱼；第二，霉干菜什么……反正不是梅菜扣肉，是切的五花肉的肉丁，用霉干菜炒的，那叫一个好吃！后来那道菜在别的地方好像很少见，就他们家有，暂且叫霉干菜炒猪肉吧。还有一个蛋炒饭，还有一个叫什么包菜，反正不是湖南菜里的手撕包菜，就那么几道菜，但是大家就永远吃不腻，吃得香极了。我们还跟那个老太太聊天："哎呀，您这应该申请专利啊。"老太太说："我哪儿懂这个呀，我就做了，大家就吃就完了。"我们说："您得开连锁呀。"老太太说："哎哟，我哪儿懂这个呀。"结果，果然叫我们给说着了，她也没申请专利。但是我怀疑呀，我没研究过这事儿，菜应该是没法申请专利的，因为关系到国计民生，关系到亿万人民的嘴，要是叫您申请一专利，大家都吃不着了，这也不太好，也没听说过菜有专利，上所有饭馆去，比如吃烤鸭还得交专利费，估计也很难。总而言之，她也不做宣传，结果人家沸腾鱼乡一出来的时候，大部分的北京人都认为水煮鱼是沸腾鱼乡发明的。其实不是，很久很久之前就有水煮鱼。后来呢，大概是"水煮鱼"被人注册了，或者是不能叫饭馆名字，那饭馆后来确实开了几家连锁，我记得就在西坝河旁边路边上开了一个大点儿的，后来在中关村好像还有一家，但是名字改了，因为不能叫一个菜名儿，就像开一个饭馆叫"烤鸭店"，估计是不行的。它就改名叫"红京鱼"了。虽然后来菜单越来越厚，但是基本上我每次去还是这几道菜，就是水煮鱼、霉干菜炒猪肉、蛋炒饭，再点个虾，一定要点这 4 道菜。

总而言之，水煮鱼虽然不是清朝民国传下来的老字号，但是在北京属于我印象中新式的饭馆里头，已经可以写是 since（自从）多少多少年开到现在的一个老字号了。而且文艺圈的人曾经在里边其乐融融，发生过很多有意思的事情。文艺圈特爱扎堆儿，吃饭一会儿大家全都跑这家饭馆，一会儿又都不去了，跑那家饭馆。那会儿也不流行把明星的照片挂起来，那会儿的人都特纯朴。红京鱼前身就是那小水煮鱼饭馆，那老太太如果把跟老姜文、田震的合影（老徐那会儿好像还没那么火）等等很多很多明星的合影都挂起来得多火。

今天明星只要去饭馆吃饭，人家绝对不会放你走，一定说合张影，合张影，8 个服务员架着你也得合张影挂上去。现在的人有商品经济意识，那会儿人没有，我估计老太太也不认识大家，她也不太听歌，也不看电影。

记得当时还有一家，大家全都去的北京菜的饭馆是在新中街，就是三里屯的西边那条大街。北京人有一毛病，不知道街名，说地方永远就说一个点，然后以这个点为坐标，告诉你向东西南北多远。所以北京人会说：鼓楼往北 300 米，或者鼓楼往西、三里屯往西，第一个红绿灯往北，等等。不像上海人，因为上海的路不是横平竖直的坐标型的路，上海的路全是歪的，所以没办法说从这个地方向北、向南，上海人指路就说哪条路跟哪条路的交叉口。上海人知道路名，北京人知道地名儿。所以那条路叫什么我也忘了，反正那儿有一个北京菜叫作“庚午”，就是天干地支的庚午。那会儿的饭馆挺有意思，特别像西餐米其林餐馆，米其林餐馆进去就那几道菜，你爱吃不吃，没有那么厚的一本菜单让你点去。庚午也是，好像就那么几道菜，我每次去就是点它的米粉肉，简直太好吃，还有菠菜丸子、元宝肉——元宝肉就是红烧肉里有蛋。庚午也是这圈子的一个重大聚点，以至于都不用约人，你就上庚午吃去吧，进去一看，都是熟人。老板也是跟大家都倍儿熟，这老板跟南方来的水煮鱼大妈不一样，北京人，但是他也不照相，每回来就说：“告诉你啊，昨儿谁谁来了，前天谁谁来了，怎么怎么着……”如果当“娱记”他比卓伟厉害，因为那个饭馆特小，一共就两间屋，也就能摆个八九桌，他如果支起耳朵听大伙儿酒后这个骂那个，谁揭谁老底，谁跟谁好了，嚯，他就厉害了。但是那时候也没想过这些，也不合影，也不听八卦，就跟大家倍儿高兴。

我在庚午也度过了很多美好的时光。但是后来这个饭馆就没了，我说这么好的饭馆大家都愿意来，为什么没了呢？我也不懂人家到底是什么买卖，总而言之，很怀念。从庚午之后其实我就很少再找到这样的北京菜，就是有几道特别特别好吃的这种家常菜的饭店，特别难找。现在街上挂着北京菜菜名的饭馆，进去吃都不太地道，包括炸酱面都不地道。

两次负伤

> 自从开了瓢儿以后，突然学习变成全班第一名。在初中之前我是单眼皮，后来自从被射了一箭之后，就有一只眼睛从单眼皮儿变成了双眼皮儿。所以看来福祸相依呀，焉知非福。

北京的孩子特别爱聚到一块儿吹牛，所以就养成了长大吹牛刹不住的习惯。到了公共场所，就跟大家吹得没完没了。长大一点儿以后就吹女生呗：哥们儿我有多少女生追，我怎么怎么着……我记得在明显大家都还是处男的时代里，就有很多人开始吹自己有经验了，其实现在回想起来他们肯定没有。因为有和没有吹出来是不一样的嘛，我当然也没有了，我很晚很晚、晚极了才有，但是我也陆陆续续实在是扛不住，大家都说自己经验的时候，轮到我也只好编造一点。没办法，小男孩的虚荣心全世界恐怕都一样。我看西方的电影，美国的青少年成长电影都这样，大家互相吹。

但是北方的孩子还吹另外一个事儿，就是自己打架负伤的光荣经历，特别喜欢说："哥们儿当年啊，多少人围着哥们儿，哥们儿一人干多少多少个。"这个可能是北方男孩子才有，我不知道南方的男孩长大的时候会不会吹这个。反正我们是竭尽全力地吹，而且要精确地吹认识这个院儿里的流氓、外边的流氓，大哥是谁谁谁，对北京孩子来说，这个特别重要。每次都得给人看："你看你看，哥们儿这伤疤，看见没有？叫人砍的。"

或者“哥们儿这伤疤是叫人开了瓢”。吹恋爱经历是容易的，因为没证据啊，但是吹打架负伤就得拿出点儿伤疤让人看才行，要不然怎么跟人比画呀？

我小的时候，家里偶尔来一些“老革命”。那个时候北京很有意思，北京的所谓的干部子弟，分成两类。一类是知识分子的孩子，就是大教授、大院士这些人的孩子，觉得家里人有文化，家里都是书，大家比着怎么留过学；另一类是部队出身的，部队大院儿子弟，他们比的就是爸爸是“一野”“二野”“三野”“四野”的，爸爸如何如何打过仗。这两拨人互相还看不起。部队子弟觉得这些知识分子家里的级别低，说：“你们什么级别？我爸，我爷爷，都是中将、上将、大将级。”知识分子说：“你们家，你爸文盲，你爸不认字，你爸泥腿子。”包括在当时的一些高官子弟学校里，大家都是这样的。我小时候也见过那些“老革命”，到家里来聊着聊着，眼一闭就掀衣服，数枪眼儿，操着各种听不懂的口音。当然了，这都是为了中华人民共和国付出了牺牲的，值得尊重。但是我小的时候因为也听不懂人家说什么，新四军来的说着江南的话，就觉得展示伤疤挺有意思的。结果长大了自己也得展示，每次到这时候就得说说打架、伤疤和比较惨痛的几次经历。

说实在的，跟人家说打架我都说不出口，我从小受过那么几回伤都特别可笑。

第一回，我觉得我可能是完全彻底地中彩了，才会受这种伤，基本上跟被雷劈了一下差不多。我走在放学的路上，阳光很灿烂。我现在回想起我小的时候，只有大学的一段时光会觉得好像没出过太阳，总是阴天，那段时光可能确实比较压抑，整个时代，包括自己的青春成长各方面吧，总而言之，回想起来就比较肃杀。但是我回想少年时代，都是那种阳光特别明媚的天气，我独自愉快地走在放学的路上。我也不知道为什么我独自走，怎么人家都三三两两放学，我就一个人走在放学路上？总之就是很愉快地走在放学路上，回家去吃午饭。那是个冬天，北京冬天的阳光是最美的，夏天的阳光很让人讨厌，因为热，尤其是晒到柏油马路上的时候，柏油马路都晒软乎了，踩上去都是脚印儿。受不了那种阳光，尤其是树叶子很大，反射出来的阳光非常脏，就不好看。我喜欢北京的冬天，没有树叶子的树杈，阳光从那儿下来的时候，还有月光从那儿下来的时候，特别美，心情特好。

我还能回忆起来，我心情愉快地走在放学路上，突然间当的一声，眼前一片发黑，然后就感觉到有两股热流从脸颊两侧流下来了，赶紧一摸，满手是血。我心想这怎么回事？怎么愉快地走在路上突然间就飞来了横祸，这什么玩意儿？四处看了半天，结果是一什么东西给我开了瓢儿呢？是一个白菜帮子——就是大白菜底儿。当时北京冬天只有冬储大白菜，其余啥吃的也没有。每年深秋的时候每家买几百斤大白菜，用巨型的大秤称了，院儿里头，楼梯上，到处搁着，也分不清是谁家的。那会儿人大概也没那么坏，所以大家的白菜可能也都挤到一块儿。问题是搁外面当然冻了，那会儿也没冰箱，可是在冬天冻得很结实。那个时候没有全球变暖，北京也没那么多车，冬天比现在冷得多得多，那时候结冰结好几个月，得穿大棉鞋，大棉袄，戴大皮帽子。所以那白菜底儿到冬天就冻成一板儿砖。吃的时候，一刀下去先把底儿给切了，也不知谁家那么缺德，就从窗户里直接把底儿给扔出来了，正好尚未开窍的我走在阳光下，居然就被一个白菜帮子正砸在脑瓜顶上，于是血流满面。

当时我正好走到一个叫“24 号楼”的地方，默默地捂着脑瓜顶上的伤口，血流得特别多估计是静脉还是什么破了，我也不懂，总而言之，捂着脑袋走了两栋楼，走到 22 号楼。22 楼门口有一个卫生所，在我印象里，那个时代好像卫生所特别多，幼儿园也特别多，不知道现在都躲哪儿去了？那个时候到处都是卫生所，人烟也稀少，大家都很熟悉，我走进一个卫生所，卫生所里的工作人员也不知道叫医生还是护士，好像就是我们同学的妈，我一进去，人家就说：“哎哟，你怎么啦高晓松？”我说：“不知道，叫一白菜帮子给开了瓢儿。”人家以为我是勇敢地跟人打架什么的，于是就给我包扎，最逗的是在脑瓜顶上竖着缠了一圈绷带，我觉得特别难看，因为那时候看过很多战争片，《南征北战》《小兵张嘎》《平原游击队》等等，尤其是看解放战争时代的电影，每当我军战士负伤了，绷带是沿着脑门儿这么横着包一圈儿，我军的重伤员是横着包完了竖着再来一圈儿，特别英雄的样子。每次看到敌军败退的时候，伤兵一瘸一拐，脑袋包扎都是竖着包的。我就想我怎么能竖着包呢？“这不是跟国民党反动派一样吗？这不行，你必须给我横着包。”人家护士说：“你这开瓢儿在脑瓜顶上、正中间儿，这横着包包不着，横着包只能包脑门儿跟后脑勺。”我说：“那你这样，你给我竖着包完了，横着再包一下。”人家说：“横的地儿你没受伤啊。”我说：“我没受伤我也得这么包，我不想当国民党反动派。”从小就很正义，于是，护士又给我横着包了一圈儿，我就自个儿回家了。

我妈一看说：“你怎么回事？”我说：“走到街上不知道怎么回事，叫白菜帮子给开了瓢儿。”我们家从我小时候管理就比较松，不是说“咱们找人家拼了”那种人家，于是一家子就接着吃饭了，也没当回事，也没有跑到 24 号楼底喊：“谁家那么缺德扔白菜帮子”之类的。第一次负重伤，就是这么一个经历。

第二次，也特别可笑，也不是特英勇。就是我妹在过年之前被院儿里几个小男孩拿着鞭炮追，小男孩嘛，就是三天不打上房揭瓦，手欠嘴也欠。那时候过节之前大家都拿几个小鞭炮吓唬女生，追着我妹放炮，结果我妹吓得跑过街的时候，因为太急了，就被一辆卡车给撞了，脑袋和肩膀居然被卡车撞出俩坑，这些都是我后来知道的，那时候也没手机。我当时已经上初中了，第一次开瓢儿是小学的时候，这是我初中的时候，在北京四中上学，离家就远了，所以我通常回到家都下午挺晚的了，有时候还住校，那天好像也是很冷的天，我回到家天都快黑了，家里居然没有灯光。我心想："这人都跑哪儿去了？"打开家门儿一看，一个人都没有，吓我一跳，我到处找邻居问，他们说："哎哟，你可不知道，你赶紧去吧，你妹妹让车撞了，在宣武医院。"宣武医院在南城，离我们家可太远了，是全北京脑科最好的医院，因为北京的医院都附一个研究所，比如说积水潭医院是骨科最好的，地坛医院是传染病科最好的。我十岁出头儿，也不认识路，打听好了怎么坐公共汽车，就准备去宣武医院。那时候北京到处都在建设，堆了一大堆石头子，我对少年时代的北京的印象就是工地，到处是沙子堆、石头子儿堆，预制板一层一层的，还有那种大管子，没埋到地底下去之前都在地上搁着，到处都是。我记得我初恋全都是在那种大下水管儿里谈的。

我走到我们院门口的时候，我们院一个小孩拿着一个弓箭说："高晓松，玩弓箭。"我说："我不玩，我要去医院，我妹叫车撞了。"他说："不行，你必须玩儿。"我说："不行，我要走。"我不理他就往前走。他说："你再往前走，我就射箭了啊。"我说："你射呗。"我就继续走，结果这哥们儿也不知道是缺心眼儿还是怎么，当！真射一箭，正射在我眼睛上。结果，哗一下，我眼睛流血了。但是我当时也顾不上了，我想我妹让车撞了，还是赶紧去医院吧。我就捂着眼睛坐了大概 40 分钟车，跑到宣武医院去了。到那儿我妈正跑前跑后给我妹挂号，本来都急得不行了，突然间看到我捂着流血的眼睛，我妈当时彻底疯了，说："怎么回事儿？今天什么日子？怎么女儿叫车撞了，她哥哥还眼睛流血。我天！"赶紧又拉着我挂号。

我直到初中为止，都没有真的打过架。只是受过两次这么倒霉的伤，都是飞来横祸。但是，各自有好一处，小学时候叫人给开了瓢儿，估计是从那时候我就开了窍儿了，原来其实我是很笨的一人。我妈说我 4 岁了，教我认一张牌上的"J"，教了一天我也不认识。但自从开了瓢儿以后，突然学习变成全班第一名。在初中之前我是单眼皮，后来自从被射了一箭之后，就有一只眼睛从单眼皮儿变成了双眼皮儿。所以看来福祸相依呀，焉知非福。

北京四中（上）

> 在四中度过了 6 年特别美好的时光，应该说我回想自己年轻的时光，四中这 6 年就没有过阴天的时候，想起来全是灿烂的阳光，在那儿完成了一生的大多数第一次。一生中最美好的时光都留给了那里。

我的母校北京四中，是北京比较年久的中学之一，清华大学正好是辛亥年 (1911 年) 建的，四中比清华还要早 4 年，于 1907 年建校。1987 年，我在学校就读时，参加了四中建校 80 周年的校庆。我还记得那时候，我人生中第一次找人签了一个名儿，可能也是最后一次，就是我们一个著名的校友、中国科技大学的校长。他回到母校，大家排长队请他签名。我们的校友实在是灿若星河，科学界的、政界的等等太多了。就只说说文艺界的就已经很吓人了：大诗人冯志、李敖、王蒙 (曾经还当过文化部长，作家当过部长，那时候还挺少见)，大作家从维熙，大导演谢飞 (谢觉哉的儿子，1957 年在四中毕业，读了电影学院)，陈凯歌导演 (1965 年就读四中，这一年的学生比较倒霉，后来叫“老三届”，就是 1966 年、1967 年、1968 年毕业的学生。“老三届”被安排去插队，陈凯歌去插队很多年回来又考上电影学院，他也是大导演陈怀凯的儿子)。四中当时集中了大量的名流的孩子，包括高干子弟，所以我们也不说今天有多少领导人是四中毕业的。反正文艺界是很多的，还有我师弟滕华涛导演，于丹师姐。如雷贯耳的北岛算是我们当代诗人里排第一名，多次获得诺贝尔奖提名，无论诗集怎么编，在朦胧诗选和当代诗选中北岛都排第一个，后面是舒婷、顾城、海子等等，可能次序有变化，但是排第一的都是北岛。其他就不一一提了吧，总而言之，四中应该算是当时北京中学中的象牙塔，通常大家说大学是象牙塔，但是四中是一所从建校起一直就是北京最好的中学，又集中了很多精英的孩子，所以就变成象牙塔。

四中的学生通常有一个毛病。上了大学，以及毕业以后到社会上经常觉得清华北大的人就有点儿牛哄哄的，出来言必称“清华、北大”。反正我也有这毛病，对不起，但是这真没办法。这四中的人就更牛，言必称“四中”，比言必称“清华、北大”还厉害，因为清华、北大学生多嘛，好几万人同时在校，而四中就这么点儿人，大家都认为自己厉害。其实这些人的性格都挺相似的，谢飞导演、凯歌导演、滕华涛导演、北岛、李敖、于丹师姐，都是特别敢于说话，特别自信，大概就是四中影响出来的一种集体气场吧。李敖大师伯在四中上学的时间比较短，因为他父亲那个时候在北京的时间比较短，所以李敖就读了一阵子，最后去台湾才完成的学业。

那是 1949 年前的四中，算是当时北京最优秀的中学，谦虚点儿加个“之一”吧。中华人民共和国成立以后那时候号称“四巨头”的北京中学，首推北京四中，还有实验中学（原来叫师大女附中，后来叫师大实验中学，那有很多很多我的大学同学），然后就是师大附中，还有由师大二附中改来的一〇一中学（前身是华北育才中学），那是我党在根据地建的唯一的一所正规的中学，因为那个时候张家口已经被占领了，后来又被国民党占领了，1946 年迁到华北解放区，从张家口开始成立育才中学，后来迁到北京的时候相当于是革命老区迁来的中学，当然都是干部子弟，然后跟师大附中一部分合并在师大二附中，后来又叫“一〇一中学”。所以现在师大二中是在那之后又成立了一个师大二附中。我母亲、我舅舅都是一〇一中学的。

最开始的时候，包括中华人民共和国成立后，北京四中还叫“男四中”，不招女生只招男生，到我读书的时候就已经很幸福了，男生女生都有。我是 1982 年进到四中，大概也是因为年纪小，觉得很光荣，每天戴着北京四中的校徽进进出出，我到清华大学读书，都没怎么戴过校徽。但实际上比较倒霉，1982 年我进校开始没多久，四中就开始大建设。好像是说那时候被联合国教科文组织指定为试点中学，听说还有联合国投钱，号称当时最有钱的中学。我记得那时候每次上课老师都说："哎呀，你们要珍惜呀，你看人家学校一个班一台显微镜，你们每个人一台。"还每个人一台洛伦兹力演示仪，反正很贵的，各种各样的仪器特别多。四中自己还有一个天文台，号称北京市第二大天文台，仅次于国家天文台，有大天文望远镜。还有各种各样的设施，但是都画在图上。最逗的是我只享受了大概一年，因为前 5 年一直在建设，我们被轰来轰去。一会儿没操场了，在外边借人家皇城根小学的操场；一会儿教室又搬到北边平房里，因为南边盖教学楼；一会儿北边的平房又变成了食堂……在各种各样的艰苦条件下读了 6 年四中，艰苦到因为都是临时房，需要在里面生炉子，包括宿舍都是。每天早上起来去生炉子，那叫一个痛苦，冬天 6 点钟爬起来，擦着黑摸到学校去，又不太会生火，乌烟瘴气，烟雾缭绕，一边咳嗽一边点报纸，再点柴火，最后把煤弄着，全班围着一个火炉子上课。不过现在想起来挺有意思，因为围着一个火炉上课就有俩同桌，左边一个右边一个。我们的宿舍还曾经发生过一氧化碳中毒的情况。那时候我们大概已经上高一了吧，在我们班女生的宿舍，突然间就有人爬出来说："不行了，煤气中毒了。"然后，哇！男生们都疯了，赶快冲过去救女生，怀着极为激动忐忑的心情，结果冲到那儿特别倒霉，高三的男生们已然把着门口不让我们进，那个时候差两岁差一头呢，高三男生就特别英勇地冲进了我们班女生宿舍，把女生们都抱出来了，把我们给气的，一帮高一的男生站那儿就想杀人。总之，特别艰苦，但是苦中作乐嘛。

我记得一件特别有意思的事，我们发现了学校里有地道。后来才知道北京大概整个中心城区地下都是挖空的，因为从 1969 年开始发生珍宝岛事件，打算跟苏联随时准备开战。如果苏联从内蒙古打进来的话，北京离得太近，当时我记得还有说修密云水库是准备掘开水库阻挡敌军。北京从 1969 年就开始挖地道，挖出了无数的盘根错节的地道，据说光从崇文门那儿下去就 30 多公里，比当年河北任丘的地道要壮观得多，到处都有储藏室，还有电影院、理发室，总而言之，准备全城人民都转移到地下。为防苏联帝国主义用核武器来打击，据说地道一直通到西山去，说得很邪乎。但是以前没见过，结果学校施工，有一天突然就挖出了一个口子，我们大家特别高兴，就开始把宿舍里的笤帚拿出来说："咱们去那个地下看看吧。"

地道特别长，特别蜿蜒，又冷又湿。我属于胆儿最大的，走在前面，举着一个火把，就是班里的那把笤帚，还指挥大家一起喊："左转，左，右，左……"然后记下来，因为往回走的时候就得倒着来，要不然就迷路了，一帮男生女生倍儿激动。男生在前边走，女生在后边儿吱儿哇乱叫。青春的荷尔蒙就是这样的。女生愈发"啊啊"地叫，男生就愈发地沉稳、勇敢地在前边走。结果走着走着从另外一头出去了，出来一看是一个乒乓球台子，出口在台底下，非常隐蔽。估计是未来如果敌军来了，他们乒乓球打得也不好，就发现不了这出口。后来那里就变成了大家谈恋爱的地方，北京的地下室纷纷变成了小卖部、小咖啡馆等等。慢慢地外来人口多了，听说住了百万级的人，也不知道最近的生活如何。

总之，在四中度过了 6 年特别美好的时光，应该说我回想自己年轻的时光，四中这 6 年就没有过阴天的时候，想起来全是灿烂的阳光，在那儿完成了一生的大多数第一次。一生中最美好的时光都留给了那里。其实回想起清华大学倒没觉得出过太阳，觉得都是阴霾，可能是清华大学的女生太少的原因吧。

四中有无数美好的回忆，让我热泪盈眶。

北京四中（下）

> 不知道老师是成心的，还是我命好，两个“同桌的你”都长得非常漂亮，大概都是我们班最好看的。

我这个人呢，只能非常且必须不谦虚地说，从小就是一学霸，在小学的时候学习就特别好。每一次速算比赛都是两个老师站在我旁边掐表，因为必然是我第一个做完。我还特别张扬，我从小大概性格就这样，使劲算，使劲算，算到最后一道题还要大喊一声：“做完啦。”把卷子一扔，俩老师一掐表，再去旁边看其他同学有没有做完。大概没有过什么特别艰苦的学习经历，或者是曾经的艰苦我给忘了。总而言之觉得好像挺轻松地就读了四中。

我曾经还差点儿上了北京市外校（外语学校），也不知道那时候是我们家人怎么拧巴了，我那时候那么小让我上我就上呗，口试、笔试什么的都通过了。这都没什么，对我来说考试是一特别简单的事儿，结果到检查身体的时候，我这人天生就特别怕痒，从小人家治我特别容易，打架不怕，骂人更不怕，就怕人挠痒痒，一挠痒痒我就浑身受不了。结果北京外校医生一摸我肚子，我立刻就满床打滚，哈哈大笑，并且拒绝被摸，检查身体就没过，没上北京外校。不过当时也并不沮丧，因为那不是还有北京四中呢吗？于是就顺利地读了北京四中。

我考了应该不是双百就是一个 100 分一个 99.5 分，具体成绩忘了，反正特别好。好像还加试了体育，那个时候好像都要加试体育，加试好像分成了跑步、跳远这种必考项，还有一项是自选投手榴弹或者爬竿儿。我当时很弱小，那时候真的是“矮大紧”，我大概到初中才突然间也不知怎么呼呼地个儿长起来了，长到一米七八。那个时候我个儿矮，看人投手榴弹就觉得特羡慕，我投不了手榴弹，只能爬竿儿。我还记得有同学在我前面爬竿儿，爬着爬着突然爬不动了，然后一激动，一想到伟大的北京四中即将从眼前失去了，在那竿儿上直接就尿了。我进到北京四中，最深的印象就是有人从竿儿上尿了，给我气坏了。我说：“一会儿我还要爬这个竿儿呢。”

第二个让我很扬眉吐气的事儿是一起参加体育加试的，还有一个我小学时的对手张 ×。当时参加北京市小学生智力竞赛还是知识竞赛，他得了第一名，我大概是得了第二名。我那天特别特别生气，哭得不行。比赛完回学校，正下雨，我把给我的奖品——一支钢笔从公共汽车上扔到了窗外。那时代钢笔还挺贵的，主要是我觉得我特别亏，因为这哥们玩赖，为什么说他玩赖呢？就是他把所有题都给答了。我们不是一人一铃吗？就是一出题就按铃，我这么纯朴的一个少年，我肯定得先想好了才能按铃。结果这哥们儿，只要一出完题，他就把铃给按了，导致最后我们俩对决决赛大概 9 道题，我一道也没答成，我就坐那儿看他按铃把 9 道题都做完了。但是他答对了 5 道，答错了 4 道。其实他赌得也挺凶，如果他答错了 5 道，答对了 4 道，那我就得冠军，我就变成一个一道题都没答的冠军。他太气人了，会的题他按，不会的题他也按，结果他最后得了冠军。就在四中加试题的时候我又看见他了，在那儿也不知干吗呢，拧巴了半天，被淘汰了，就没上了四中初中，好像高中的时候这哥们儿又来了，锲而不舍。

我就这样在工地里开始了在北京四中的学习生活。学习当然是比较好的，但是也比小学的时候下降了。我记得我被家人打过几回，有一回是小学旷课，我不知道为什么要旷课，可能唯一原因就是没旷过课想体验一下，那天我和一个比我还矮的小精豆子叫“徐谦”的说：“徐谦咱俩旷课吧。”徐谦说：“太好了，那我们旷课吧。”于是我们俩就旷课了。然后我们就跑到北海看捞鱼的，捞出来的鱼跟船差不多大，两米多长，一条船上放了两条鱼。我们还说：“这么大的鱼啊，天哪，从来都没见过。”比徐谦都大，当然比我也大一点儿。又看到首长身边的工作人员来买鱼，(我长大后被人家叫作“腕儿”，经常听人家说：“唉，你身边的工作人员……”我就马上说：“千万别这么说啊，‘身边的工作人员’必须得是党和国家领导人才能这么讲，我们叫同事。”)结果他买了一条小鱼走了，大概一两斤重，没买大鱼。当时我们俩特别奇怪，问：“有这么大的好鱼，为什么首长不吃这么大的鱼，要吃一小鱼呢？”旁边人说：“废话，大鱼都 100 多岁了能吃吗？当然买小嫩鱼了。”哦，我们那时候才明白。结果那次回家以后由于旷课被胖揍了一顿。

上中学以后我被揍了两次，一次是我考了个 92 分，我记得非常清楚，但是我不知道用一支什么愚蠢的笔，把 92 改成了 100，这也挺奇怪，92 怎么能改成 100 呢？可是那个时候居然就丧心病狂地改了。我妈是学建筑的，是建筑师，天天画图，怎么能看不出来 92 改成了 100 呢？然后她就胖揍我一顿。还有一次是我们正在操场上列队，上体育课，我们当时的体育老师是北京市最著名的体育老师，叫韩茂富，大概是中国第一批国际裁判，经常执法篮球的国际比赛。我们学校的精英教师基本上跟大学老师水平差不多，全部都是名校出身的，语文组都是一些特儒雅的大儒，全是得过奖的人，全是从这儿那儿调过来的最好的老师。只要好的老师就往北京四中或者“四巨头”的其他几个学校调。所以那个时候教育资源确实也不公平，倾斜得厉害。我们正列队在操场，忽然就有人说考试分出来了，来报分。最后念到我的时候说："高晓松 85。"我当时大概都初三了，也不管有女生在，就痛哭流涕起来，哭得跟王八蛋似的。但是还好，虽然因为初恋起伏了两下成绩，但是我到最后中考的时候还是考得非常非常好，我记得我们中学的时候一共 6 门课，总分是 760 分，有的课分多，有的课分少，语文数学 140 分，其他的 120 分，好像是这样。反正 6 门课 760 分，我考了 752.5，一共只扣掉了 7.5 分，简直就是无敌的大学霸。

我小学的班级同学其实没有建立起很好的感情，我也不知道为什么，我们小学同学好像从来没有聚会过。可能是因为小学还是就近入学，但是在初中就不一样了，都是北京最好的小学生考来的，大家就拉得比较齐，所以可能大家共同语言比较多，感情非常好。我记得好像我们初中的班长就是我幼儿园的同学，不知道后来为什么成了我们班长，我当了小队长，还是个小干部。我们经常组织同学们出去郊游，而且一郊游都去特别远的地方，门头沟等等。

全班一起去潭柘寺那次，下着大雨，留下了极为美好的回忆。因为我们第一次看到云在山腰，仿佛我们在云上面走。女生打着红色的伞，男生们恨不能都冲过去，女生没伞才好。结果我们走了特别远的山路，男生没能使上劲儿，因为下雨，走迷了路，走到潭柘寺的背面，找不到门，不知道怎么进去，男生们就提议说："我们爬进去吧。"于是幸福的时光就来了。爬进去就得托举女生，男生们就拼了一样，当然我是因为个子比较小，我大概只托举了我们的班长，因为幼儿园就跟我一个班的。然后男生们奋勇地把女生们都托举上去，从红红的潭柘寺的墙上爬进去，大家一起在那儿度过了美好的一天。每一次初中同学聚会都要聊起我们去潭柘寺那些事情。

后来我们都毕业了，上了高中。我记得特别清楚，第一次中秋节，我们都没有和高中同学聚会，是我们全体初中同学来到了北海。（哎哟，又去北海了，不知道为什么老去北海……）在北海的一片果园里，大家突然都觉得长大了，其实从毕业到中秋节一共也没几个月吧，但是就仿佛久别重逢一样，大家都觉得自己长大了，由于离别又产生了很多情愫，尤其是我。于是大家在那儿唱起了歌，我记得特别清楚，女生唱："轻轻地捧着你的脸，为你把眼泪擦干。"男生唱："这颗心永远属于你，告诉我不再孤单。"一边唱一边浑身上下都有电流通过，我现在说起，身上还有鸡皮疙瘩起来。因为能回想起当年那个电流通过的时光。

但是初中的时候，我觉得最重要的是在四中养成了一种非常好的宽广的思维习惯。四中的教育特别宽广，不是说非要应试，反正进来的学生都是好学生，不管怎么着，学习都没太大问题。当然什么事都是双面刀，我们高中分班也比别的学校晚一年，别的学校是高二就分文理班，我们到高三才分文理班。初中也是，老师教大量的课外的东西，教很多诗词歌赋。所以我在初中的时候养成了非常好的学习习惯，也养成了不好的习惯，就是四中的人身上都有一股那种挺让人不喜欢的劲儿吧。但是这都不是最主要的，最主要的是"同桌的你"。也不知道老师是成心的，还是我命好，两个"同桌的你"都长得非常漂亮，大概都是我们班最好看的。

跨年演讲

> 发展和文明，不是线性的，它是一骨节一骨节的，有时候它就突然向前猛冲一阵子，有时候它就摔一个大马趴。

2018年1月1日，阳历新年，我的心情非常愉快。虽然等我爬起来一看才发现去年——应该说是2017年12月31日，在浙江卫视的跨年演讲我讲了一个多小时，结果只播出一个零头，一个小小的小尾巴。

我原本是讲“文化自信”的话题，所以认真地讲了我们文化自信的方方面面。当然主要是从历史来讲的，从公元4000年前开始讲起的。就是讲我们和西方怎么此消彼长，如何你追我赶，后来与其齐头并进、正好人家进入第一个黑暗时代，就是所谓的荷马时代，我们急起直追三四百年。

我讲的就是说，很多时候其实不是你在追，而是别人会停滞。因为发展和文明，不是线性的，它是一骨节一骨节的，有时候它就突然向前猛冲一阵子，有时候它就摔一个大马趴，有时候它就突然倒着退着往回走，就像西方连续出现了黑暗时代的倒退，中国后来也出现过明清黑暗时代的倒退，这就是人类的发展。所以也不要怕我们落后得太久，因为人家倒退了以后我们追上来了，于是到了所谓的轴心时代。

轴心时代是德国人起的名字。“二战”后的一个德国哲学家卡尔·西奥多·雅斯贝尔斯，痛苦于自己的祖国，开始研究人类，就发现有一个时代（公元前 800 年至公元前 200 年之间）特别美好，就叫“轴心时代”。在希腊出现了苏格拉底和他徒弟柏拉图，以及柏拉图的徒弟亚里士多德等一票大师，到今天依然是指导人类的明灯。同时代中国出现了诸子百家：孔子、孟子、老子、庄子……思想一直贯穿到今天，依然指导人们的生活。同时代印度出现了释迦牟尼，耶路撒冷出现了犹太教、《圣经》。在同一个时期，人类思想突然间进入到伟大辉煌的时代，这特别神奇，关键是大家也没商量过就一块儿来了。

在这之前我还专门在演讲里解释了为什么思想会这么出现。我当时讲的是说：因为我们和西方同时从低能国家——我们管它叫“黑社会时的统治”，进展或者说进化到了高能国家。低能国家就是黑社会式统治。什么是黑社会统治？就是不收税，也没军队，是以领主们跟着老大一块儿打仗，一块儿分享战利品的方式。在黑社会里这种角色叫“堂主”“乡主”，在那个时代就叫“领主”。有战利品大家分享，要打仗的时候领主们各自带一拨人来打。所以也没有常备军队，老大（教父或者君主）身边也没有自己的禁卫军，全靠领主们赏脸。第一代领主当然是听老大的啦，因为地都是黑社会大哥分封给他们的嘛，但问题是传了几代之后这个制度就实行不下去了。因为每个儿子都觉得领地是我爹给我的，不是你给我的，凭什么你让我替你打仗我就替你打仗呢？咱们这儿不就出现了“烽火戏诸侯”吗。咱们以前老开玩笑说古人每次失败就先怪在女性身上，说就怪在褒姒、妲己、杨贵妃身上吧，这都是历史的假象。真实原因就是诸侯们不想帮你打仗了，即使你没有“烽火戏诸侯”，诸侯也不想帮你打仗。于是大家就从低能国家向高能国家前进，前进的方式就是收税，收税养常备军，养国家权力机构。于是也不需要这些领主了，也不需要我点烽火，你们也甭帮我忙，你们从贵族转变成了官员，都听我的，领主下面也别有自己的武装了。这就叫“高能国家模式”，就是高收税，养军队。这两个制度相辅相成，有军队才能强迫人民缴税，人民缴了税才能养军队。

中国是鲁国最先开始收税养常备军，西方是亚述帝国。中国是楚国第一次废除贵族，让他们变成官员，这都是东西方同时的进展。但是东西方同时进入“高能国家”(我起的名字)之后，就需要高能国家的思想。高能不光是手段高能，思想也得高能，这样才能把这个国家长期统治下去，于是在高能国家的需求下，东西方同时进入了辉煌灿烂的轴心时代。那么多伟大的思想一直影响到今天，犹太教《圣经》影响到今天，释迦牟尼的佛教影响了今天，我们的儒家和道家思想影响到今天，几乎还是中国人生存的两法则：进取用儒家，后退用道家。西方的希腊文明光辉也一直照耀到今天。文艺复兴，复兴的是什么？复兴的就是当年的希腊文明。

所以进入伟大辉煌的轴心时代，东西方并驾齐驱了。我又讲了这之后很多很有意思的东西，但是被删掉了，我觉得好可惜。两个文明发展到极高的时候，突然都被西部边陲的一个小国给统一了，而不是由文明内生的国家去统一。希腊文明最终是被罗马统一了，罗马是在希腊西部边陲的一个国家，结果把希腊文明的中心地带都征服了。中国也是，秦国是整个中原文明的西部边陲国家，开始是边陲小国，根本就不是中原文明的核心，中原文明的核心是齐、鲁、赵、魏、韩、宋，结果居然被西部边陲国家秦国统一了。东西方齐头并进到这个地步，然后又齐头并进变成蛮族入侵，灭掉罗马，那是过了很多年之后了，但是几乎是同时我们也是三国之后晋国南渡。为什么呢？就是因为东西方同时被蛮族入侵，但是在这个时候我们超过了西方。

我们怎么超过西方的呢？就是因为我们有江南,有巨大的缓冲余地,“游牧民族内迁”，中原文明能向后退、能向南退，南渡之后有巨大的回旋空间，南方又没有强大的政权势力来灭掉它，所以在南方生了根，而且在北方几乎同化了少数民族，说得更准确点儿，叫大家融合在一起。北方的少数民族和汉族，最后和南方一起融合成了从隋唐帝国开始的崭新的中华民族。应该说从那个时候才可以叫中华民族，之前只能叫中原文明，因为那个时候是中华民族的多民族血液真正融合在了一起，成为崭新的隋唐帝国，傲视全球，领先世界，一直到宋朝，这么漫长，领先了西方一千年。

欧洲蛮族入侵罗马，罗马比较倒霉，向南没有缓冲，因为向南是地中海，向西是大西洋，也没有缓冲的余地。所以罗马帝国向东退，最后退成了拜占庭帝国，或称东罗马帝国，但是向东正好撞上当时最最强大的阿拉伯文明，最终是奥斯曼土耳其灭掉了东罗马帝国，因为这个欧洲陷入了一千年的黑暗时代，而且是大步倒退。我讲了很多例子：罗马时代的罗马帝国的首都罗马有百万级的人口，但是到了中世纪的时候罗马就只剩了两三万人口，一直到哥伦布出海，1492 年的时候，罗马帝国已经被灭了一千年了，经过一千年欧洲的黑暗时代，哥伦布出海的时候，欧洲的文明程度、发展程度刚刚大致和恺撒时代差不多。所以你看，中国昂首向前一千年，欧洲进入这么悲惨的中世纪一千年，最后人家不也追上来了吗？人家不也文艺复兴、工业革命，大步向前吗？人家落后一千年都没沮丧，落后一千年都没有妄自菲薄。

我们曾经领先辉煌到宋朝的时候，东京汴梁和临安是全世界最大的两个城市，百万级人口。当时世界上十几万级人口的城市数十个，印度也有一些很大的城市，但欧洲当时最大的城市人口过十万人的，大概只有一个威尼斯。

我们领先成那样，到元朝的时候，意大利的马可·波罗——虽然他可能没来过中国，但是他记载的中国、听说的中国依然那么辉煌。到明清怎么就被人家迅猛超过，而我们大步倒退呢？我在节目里讲了七八条理由，有的是很多学者总结的理由，但是我比较质疑，有的是我觉得挺有意思的理由跟大家探讨，总而言之，列了七八条理由分析中国为什么在那个时候又倒退了，为什么敌人来的时候被超过去。

这里列举两个我比较认同的理由：一是我们的世世代代、千年来一直眼睛向北方看，因为我们所有的威胁都在北方。为什么在北方修长城而不去做海防？塞防一直比海防重要，因为我们的内心一直对着大漠草原，我们的英雄都是封狼居胥，我们的英雄都是“不破楼兰誓不还”，都是“但使龙城飞将在，不教胡马度阴山”，所以我们的眼睛一直就冲着北方看。直到清朝，最终征服了北方，乾隆最终征服了所有草原大漠，结果敌人从海上来了，这是一个道路的选择问题。二是我们的科举制度导致了我们领先一千年。从隋唐开始，优秀的平民都做官去了，而欧洲没有这么先进的制度，只有贵族才能做官，老百姓没地儿去。可是任何事都是福兮祸所伏，任何事都是双面的，我们这个制度领先了一千年，可是制度僵化以后也导致了一个问题，就是民间没有精英，精英全进了政府。西方的制度是导致大量的民间精英没法做官，因为你不是伯爵，你爸也不是公爵，那怎么办？精英去搞科学、做生意、开银行、发明保险、出海去海外当殖民者——出海了就没有贵族一说了，不然在本地，没有科举制度，你永远也出不了头——结果导致落后成了西方前进的动力，民间储备了大量精英。但是以上只是其中两个原因，还有很多很多宗教的原因、文字的原因等等。

我的跨年演讲只留了一个小尾巴，就是关于我们现在又要领先了，应该怎么办的话题。哪怕只有三句话，也是我说的话，也代表我的表达，所以很感谢浙江卫视。

加州大火（上）

> 房子当然是有保险的，可是家里的东西没办法有保险。你的记忆怎么保险呢？你所有的珍贵的、属于心灵的东西怎么保险呢？火已经把你的照片都烧掉了，保险公司能拿什么赔给你呢？

2018 年 11 月，一场雨终于浇灭了南加州洛杉矶的大火。这场大火已经跟我的生活息息相关，因为我们阿里在帕萨迪纳的大文娱总部，离火场就八九公里之遥。这个是加州有记载以来第一大山火。

加州经常着火。这次大火烧了两三周以后，烧了 28 万英亩地，1 英亩约等于 6 亩，成为加州第三大火灾，破坏一直在扩大，后来变成第二大火灾，现在终于成为加州有记载以来最大的火灾。

我在洛杉矶这么多年，每年夏天那里都会着火，但是雨季着火很少见。以前是夏天干燥、热，因为洛杉矶在南加州，是没有四季的，所以人在那待着就会变得比较懒。南加州就只有两个季节，一个叫作雨季，一个叫作旱季。其中旱季大概有 10 个月之久，所以着火也正常。雨季就是一二月份，下点儿雨。想不到 2018 年特别可怕，大概有 10 个月都没下雨，一直到圣诞节也没下雨。所以圣诞节的时候浓烟滚滚，最终烧了 28 万英亩，相当于 168 万亩都烧掉了。圣诞节的现场照片都是消防员们戴着圣诞帽去灭火。我们每个人都在手机里装了一个单独的 App，每天能看到所有的火灾，政府能够及时通知疏散。

不管你睡不睡觉、手机静不静音，这个 App 必要时都会发出尖锐的警报声，国内的手机好像没听过有这功能，美国的手机号有一个功能，有不由你强制关掉的报警，但是之前只是一年最多一两次 Amber Alert，意思就是“安珀警戒”，就是所有拐卖儿童、绑架儿童的未成年人侵害的事情发生的时候，方圆不知道多少里之内的手机，都会收到尖锐的报警声，特吓人，那声音不是任何一种铃声，之后会告诉你说车是什么颜色的、车牌号是什么、车主人是谁、他是什么人、他绑架了一个什么样的男孩女孩……以前只是这个时候会响警报，现在是经常收到这种红色警报，夜里也被吵醒，如临大敌，就算不被警报吵醒，也会被风吹窗户缝儿发出的尖锐的嚣叫声吵醒，醒来赶紧看哪儿又着火了。学校也停课，没办法，因为离火场近，要不然就是因为烟雾太大，整个人进入灾难电影似的场景里。

华人区的朋友都开始自嘲：“你看，因为我们这儿树少所以烧不着。”美国是越富的地方，树越多，房子越少，越普通的地方房子越多树越少。当然这是开玩笑，加州的房子全是用木头盖的，因为南加州主要的任务不是防火，是防地震，木头房子在地震的时候对人的伤害会轻很多，但是火来的时候就彻底没办法，生活在这么一个地方，又有地震又有火灾，那只能两害相较取其轻。火一过来木质房子马上就一大片一大片烧掉。

过了新年以后这一场雨才终于把火灭了。

起因是洛杉矶有一种非常可怕的落山风，叫作“Santa Ana winds（圣塔安娜风）”，我在世界的其他地方还没经历过这样的风。说起来叫“落山风”好像挺美，但那是指中国台湾那边，顺着山下来，从山往海吹的风。但是南加州是大沙漠，从南加州一直到 Las Vegas（拉斯维加斯）到 Nevada（内华达州）都是沙漠，它不是山里往海里吹的风，是沙漠里往海里吹的风。

这个风有多大？我曾经在杭州看见一次十级以上，把苏堤上的树都拔掉的台风，那是1989年的夏天，我看到过最大的风，几乎就是这样的风，在南加州多天多夜地吹，不是就突然一阵儿，让人没法睡觉，就觉得房顶要被掀走，房子四周发出地狱一般的怒号，这风把所有的南加州标志性的棕榈树都吹弯到30度以上，向着海的方向，哇！简直太可怕。我早上出门一看，邻居的一个比汽车还大的大垃圾在我门口，差一点儿就把我的车给撞了，邻居吓得赶紧给我写信说对不起。那么大一个铁垃圾桶，能装好多好多垃圾，居然吹得翻滚，滚到我的车前头去了，非常可怕。

好莱坞电影中很多拍这个风的画面，因为好莱坞就在洛杉矶嘛。有一部卡梅隆·迪亚兹，凯特·温斯莱特和裘德·洛主演的著名的电影《恋爱假期》，里面专门有台词写道："When Santa Anas below，anything happen."——圣塔安娜风只要一吹，就全完了。这个风吹来以后，晚上酒吧里的派对都以打架收场，特别温顺的贤妻良母小媳妇因为这个风变成恶魔，把雕刻刀搁在老公的脖子上准备行凶。所以就知道这个风有多么可怕，而南加州又已经连续好几年干旱了。我记得2017年年初的时候，下了相当长一段时间的雨，当时还想南加州的干旱终于缓解了。结果没想到紧接着就是漫长的旱季，一滴雨都不下，以至于我后来不管离开洛杉矶到哪儿去，回国也好、去欧洲也好，只要看到下雨就觉得幸福，不带避的，走到雨里去。尤其是到爱尔兰这种湿润的地方，立刻觉得特别幸福。

这次大火不是一两个地儿发生，是东西南北中同时爆发了五六个火点，我还给中国驻洛杉矶总领馆的领事参赞写了一封信，我说这是不是恐袭呀？你们要不要关注一下啊？因为这恐袭的成本太低了，扔一个烟头儿就烧几千户人家，上万人疏散，几十万亩地烧掉了。这会不会刚开始是因为圣塔安娜风起来了，只要扔一个烟头马上就烧起来，开车经常能看着旁边山上烧起来了。领事赶紧给我回复说："你说得很对，我们去研究一下这个事儿。"我看国内的媒体上流传最广的视频是在Getty Center（盖蒂中心），因为那视频就在 405 高速公路上拍摄的，清楚地看到前面那个路牌写着 Getty Center，那里着了大火。Getty Center 是洛杉矶最好的博物馆、艺术中心，不光是因为里面收藏了梵・高、毕加索等等艺术家的当代艺术品，建筑本身就是一个艺术品，特别漂亮，可以坐着专门的小火车上山，从山上的一侧俯瞰洛杉矶，另一侧俯瞰大海，美轮美奂，餐厅也好。所有来洛杉矶玩儿的朋友问我先去哪儿，我都首推 Getty Center，而不是迪斯尼或是环球影城，我说："那都不着急，其他城市也有，但是只有 Getty Center 一定要去。"结果这回，好家伙，给我吓坏了。这可怎么办？这里面梵·高、毕加索怎么弄？Getty Center 好像还出了个声明，说他们把大门都关起来，"感谢当年的设计师，整个 Getty Center 设计的是完全密闭防火，只要把门全都锁起来，火是烧不到里面的。"我这才松了一口气。

但是好多朋友就没那么幸运了，围绕 Getty Center 这边是海，那当然就是富人区了，于是好多好多朋友就被强制疏散了。因为我在好莱坞工作，认识很多好莱坞的明星、制片人、导演，于是收到各种人的电话、来信，说凌晨被要求紧急撤离，"哎哟，警察怎么夜里挨家挨户敲门，一个街区一个街区开警报，播报要求限时离开。"很多人就为了不把自己房子烧了，在屋顶上用水管子给房子浇水，撤离之前，把街区的房子浇一遍水再走，家家户户都说："咱们把浇草地的水干脆开着吧。"因为草地如果浇得很湿的话，当火过来的时候至少还能拦住一道。我的一个好朋友，他的姑姑的前夫和前夫的现女友，跑到前妻——就是他姑姑家里来避难了。因为他们家风太大了，接到紧急撤离的疏散通知时，大火已经烧到他们街区了，以至于他们什么都没带，开车往外跑的时候，从后视镜里就看到自己家的房子已经着火了。结果这位朋友的姑姑还特别大度，主动打电话说："那就来我这儿避个难吧。"于是前夫带着现女友到前妻家去避难，进去一看十好几个人都在那儿避难了。每个地方只要有灾难，就会出现患难真情、多难兴邦这种故事。

房子当然是有保险的，可是家里的东西没办法有保险。你的记忆怎么保险呢？你所有的珍贵的、属于心灵的东西怎么保险呢？火已经把你的照片都烧掉了，保险公司能拿什么赔给你呢？所以还是很伤感的。

加州大火（下）

> 美国的政治家，治理出了严重的民主病，这个病导致很多非常恶劣的结果。民主制度是不是可以到了该当反思、反省的阶段呢？

洛杉矶的大火导致整个 12 月份都过得灰头土脸。这“灰头土脸”不是一个情绪形容词，是真的灰头土脸，到处风声鹤唳，雾霾非常严重。太阳变成了一个惨白的光圈在天空中，只有两种情况：要不然就是大风吹，火势就迅速蔓延；要不然就风一停，浓烟吹不走，然后就陷在那种呛人呛鼻的烟雾中生活。简直就是地狱。

大家都赶快去超市抢购，我们也一样，买各种瓶装水、食物罐头，对我来说倒还好，因为我平时就很爱吃罐头。最逗的是在停车场，看到大家打开的车后备箱里，放什么的都有，甚至还有人把电视给放后备箱里，这哥们儿吓我一跳，估计家里东西不多，最后后备箱还有地儿，把电视也装走了。我是买了一堆防火袋，就是真的烧了，也不会烧袋子里面的东西，把什么值钱的东西放进去呢？青春啦、记忆啦，想来想去，最后还是把阿里的股票放里边吧！幸亏现在是数字化时代，数字化时代阿里的股票不会被烧掉。

比较惨的是消防队来要求家家户户把所有的室内通风管都封上，这导致空调开不了，暖风也没有，因为当火星飞过来的时候，如果关着窗户，它通常会从烟囱里或者排风管里进来。南加州的房子家家户户都有烟囱，因为不知道什么地方就有壁炉，圣诞老人也从那儿钻进来的嘛，火星就从那儿，或者空调的排风管等等钻进来，所以把它全封住以后火星倒是进不来了，可是比较可怕的就是 12 月毕竟天气很冷，也没法儿开空调，所以就只能在家盖三床被子冻着。

大家互相提醒着，包括邻居们、朋友们都说第一，车的油箱一定要加满，第二，停车的时候一定要车头冲外，这样撤离起来一踩油门就跑了。床底下一定要放运动鞋，床头柜一定要放手电筒。大家都要学习如何在没有电的情况下打开小区的大铁门，因为铁门一旦没电了，跑的时候车开不出去，人可以跳出去，问题是人跳出去不能“腿儿着跑”吧，火的速度一小时好几十迈，开汽车都不一定能逃得了，再加上所有的细软都在车后备箱里，这大门开不了，人可以跳出去就跑了，这些东西怎么办呢？所以需要培训大家。所有人都被物业带过去，到小区的铁门口说，现在教大家如何在没有电的情况下，拆掉旁边那个没有电动机械的箅，怎么用手拉那个箅把大门打开以便逃出去。

要带“6 个 P”，就是 6 个以“P”打头的单词所指的东西。

第一个 P，叫“People and pets（人和宠物）”。人和宠物是一个 P。宠物是最可怜的，因为它的嗅觉、神经、平衡力等等很多指标要比人高很多很多，狗的耳朵能听见人类远远听不到的声音，所以灾难来的时候，宠物比人要害怕多了。特别轻微的地震，人类感受不到，但是动物都能感受到，所以宠物很可怜，要把它带走。之前佛罗里达就曾经出现过，佛罗里达经常有飓风暴雨的灾难，于是有一张著名的照片，就是佛罗里达州飓风来的时候，一只狗狗，自己叼着自己的狗粮——它的细软，往高的地方蹒跚着走去，它也知道向高的地方就能避开洪水。

第二个叫“Papers phone number（文件和电话号码）”，你得把你最重要的文件、电话号码本什么的都带上。这对年轻一代来说没有太大问题，年轻的一代没有多少重要的纸的文件，但是对老一代人来说，那些纸的文件都很重要。有遗嘱、房产证，有各种各样的纸质文件。

第三个叫“Prescription（药方）”，就是要带上处方药，最重要的那些药，包括眼镜等等，这些保证健康的东西要带上。

第四个叫“Pictures（照片）”，所有有纪念意义的东西，包括Trophies（奖品，奖杯）——我没有什么奖杯，以前得的奖杯都不知道扔哪儿去了，经过各种生活变迁，搬到这儿搬到那儿，经常换地儿，所以我也没有这种东西。

第五个就是“Personal computers（个人电脑）”，自己的个人电脑、硬盘什么的都带上，这跟前面的Papers, pictures是一样的，今天年轻人Papers, pictures全都在Personal computers里。

最后是Plastic（信用卡，塑料制品），就是你的各种信用卡。美国人管信用卡就叫“Plastic”，因为它确实是塑料做的。

Twitter（推特）上有篇转发率非常高的帖子，是说让大家在自家后院儿放一碗水，这是典型的西方人的习惯，因为西方人天天总想着环境、地球、野生动物。万一野生动物从树林里被火烧出来，逃到你家后院的时候，你放的那碗水也许能救一只动物。还号召大家不要把自己的宠物放出去，因为当野生动物逃到你家的时候，万一你家狗把人家轰出去怎么办呢？所以就把狗锁在屋里，以便给野生动物一条生路。还有个著名的视频说，一个小伙子冲到火堆里去，救出一只野兔。洛杉矶有很多很多野兔，还有野鹿、臭鼬，coyote（郊狼）和bobcats（山猫），各种各样的动物。据说山里头还有熊，但是我没见过，其他的我都见过，我还见过鹿被郊狼吃掉，只剩了两条腿和一个脑袋，吓得我满地打滚儿。野生动物大家要救，视频里这个小伙子救了野兔，网上都吵得不可开交，有的人批评他说：“万一这只野兔子是要回去救自己的小兔崽子呢？你把它捞出来，那它的小兔崽子死了，它多难受！”西方人是很有意思的。

南加州在大风和大雾霾之间，反反复复折腾了那么久，最后人们终于查出一些原因，有的说是流浪汉在山里头煮饭结果烧着了，有的说是高压线短路。美国的基础建设已经太落后了，都几十年了——这是早富的坏处，太早就富了，那些设施越搁越旧，中国所有东西都崭新漂亮，到现在美国洛杉矶大部分的电线杆子还是木头做的呢，那木头都斑驳成那样了，电线大部分都在空中裸着，很少埋地下的，因为太老了，那种空中裸着的高压线一短路就着火。大风天里，电力公司为了防止高压线被风一吹就短路起火灾，居然懒到提前拉闸，导致大面积停电。我有个朋友赶早班机，结果他们那儿强制拉闸，小区大门没电实在开不了，他也没学怎么用手动开，最后就爬出去了。这就是美国的整个基础设施瘫痪落后，整个政府机关的官僚懒政导致的。

《疯狂动物园》里边为了讽刺他们公务员的懒，把公务员安排成树懒的形象，几乎就是这样的。我之前还遇见过鸟儿撞到高压线上，当的一声，吓了我一跳，看到一只烤熟的鸟儿在地上，导致好几天停电，他们修复也很慢。在美国你想找任何活人来干的事儿，都特别慢特别慢。所以在美国留学、生活的华人，都比在中国生活的时候能耐，练就了一身过硬的动手能力，自己能修各种东西，因为你没办法指望有人来帮你修，自己能修汽车、修冰箱、修电力等等。连我这种手无缚鸡之力、在中国从来不动手干任何事儿的人，在美国也练成了一个勤劳勇敢、善良坚忍的男人。电力公司的股票一落千丈，因为被不停地起诉。但当地政府还没有因为不按规定准备充足的灭火设备而被起诉，很多水泵都没有水、没有电，过得一塌糊涂。

可怕的是，在南加州大火之前，10 月份北加州才刚着过一次大火，那时候把 Sonoma(索诺玛县)都给烧了，Napa Valley（纳帕谷）是美国最好的红酒产地，结果吓得全世界不管是哪儿的人都跑到店里去把 Napa Valley

产的酒都买光了，就怕那酒庄给烧了。好在我最喜欢的那个酒庄还没烧，打听半天还在。我 5 月份才去过 Sonoma，就是跟马化腾他们去打猎的地方，现在不知道烧成什么状态。

看新闻，“大草包”州长说：“这是我们的‘新常态’啊。”让人十分愤怒，完全在摆烂嘛，你怎么那么积极地拿人民纳的税去保护那些非法移民呢？加州从 2018 年 1 月 1 日开始，正式成为美国第一个非法移民庇护州。全国的非法移民都会往加州跑，因为加州法律法令严禁查非法移民，而且禁止加州的所有公务员配合联邦机构抓非法移民，一定要保护非法移民。这当然是因为加州的合法移民很多，非法移民都是他们的亲戚，为了选票去做这些事儿。花掉纳税人那么多钱，精力全都在选举、选票上，大火的事儿，他说：“没办法，我没辙。”你把预算都拿去干那个了，你可不是没辙吗？他也想不出什么办法，就只能表示“新常态”，说民众应该接受我们的“新常态”。美国的政治家，治理出了严重的民主病，这个病导致很多非常恶劣的结果。

火终于灭了之后，大家刚回到家里，由于山上植被被烧光了，光秃秃的，一下雨又山体滑坡了，至少压死了 8 个人。加州可是作为全世界最富庶的地区，最强大的地区。加州一个州如果当一个国家在全世界排名的话，也排在前几名，2 万多亿美元的 GDP 大概仅次于德国，比整个俄罗斯的 GDP 还高，比印度的、巴西的都高，可能跟英法差不多。这个级别和体量的富庶的地方，硅谷、好莱坞、航天业、酿酒技术、农业、军事工业都是世界级的，最强大的，结果居然连一点儿火灾都不知道怎么防范。

所以我经常说：民主制度是不是到了该当反思、反省的阶段呢？

拉斯维加斯 CES

> 中国公司的国际化目前只是刚刚起步，我们的内生市场太大了，导致大量的公司只是在中国内生市场上挖潜力，拼能力。

我到拉斯维加斯参加了第五十一届的 CES（国际消费类电子产品展览会），CES 是全球最著名的国际消费电子展，是电子设备爱好者不容错过的展览之一。其中大部分是消费电子展，消费电子即大家能直接用上的设备，黑科技迷当然不能错过。此次，我是代表阿里文娱去参展的，不光是看看世界各大厂商在文化娱乐方面的新科技，也为阿里的展台区轮番站台，这是我在阿里义不容辞的义务。

首先我当然是觉得骄傲，因为每次去 CES 能明显地看到中国的企业越来越多，今年已经占到了小半壁江山。但是我看见网上有一个图，内容是说深圳的企业有四百多家，美国的企业有九十多家，接下来依次是东莞、广州等等，然后是日本、韩国以及很多中国城市。其实比例没有那么恐怖，这张图是根据公司名称中嵌入的地名来统计的。而中国的工商注册有规定，企业名称里必须要加地名，“北京 ××× 公司”或者“中国 ××× 公司”“深圳 ××× 公司”，所以中国在这个排行榜里占据最大比例，而其他国家很少有加地名的公司名称，比如在美国，很少有公司注册成“加州 ××× 公司”或者“洛杉矶 ××× 公司”，美国公司都是以自己创始人的名字命名，或者起一个奇怪的名字，所以在这个排行里就很吃亏。

但是在本次 CES，中国依然是最大的参展集团。一共有三四千家公司展商，参展的中国企业就有上千家，其中有大量的“老大哥”级别的企业，我在里面看得眼花缭乱，深深地为中国经济的蓬勃而骄傲。阿里巴巴在展览中也有很大的展台，我在里面试了阿里云的各种技术，支付宝的 Face ID 识别等等。因为阿里文娱不产硬件，所以我只是去学习和捧场。但是阿里的各个公司、各个事业部都推出了很多东西，包括阿里投资的小鹏汽车，是原来我在大文娱的战友何小鹏开创的，他原来是 UC 优视联合的创始人。

四处观摩之后，在骄傲之时我还有一个小小的感受，就是中国的企业还是比较勤俭的，没有像其他国家的公司那么铺张。当然铺张有铺张的好处，那些传统的巨头公司，三星、LG、Panasonic（松下）等等企业，一个展区就是一个公司，十分豪华，推出来各种各样的新科技。

我在 Panasonic 的展区里看到一个科技产品，觉得对未来的科技很有启发意义，就是智能场馆的解决方案。场馆对文娱来说很重要，而 Panasonic 的智能场馆的解决方案针对“演出时如何把场馆智能化？”“如何让所有的观众在看演出、看比赛的同时能够更加方便，更加智能？”“能不能不用远远地看着一电视，不能吃不能喝，还不知道厕所在哪儿？”等等问题，进行了全方位的解决方案，里面使用了大量的 AR 科技，让未来的演出可以做得更有意思，甚至有颠覆性的改变。

我也是很期望中国的公司，未来能够做到像其他优秀的企业一样，习惯性地在国际上亮相。因为中国公司的国际化目前只是刚刚起步，我们的内生市场太大了，导致大量的公司只是在中国内生市场上挖潜力，拼能力。所以跟那些早已经全球化的大企业相比，在国际上亮相这方面还有更多的学习空间。

我是一个不赌博的人，我觉得我的命已经实在是太好了，所以我要是去赌博还能赢钱，那简直就没天理了。于是我去拉斯维加斯通常就是为了俩事儿，一个是工作——通常就是颁奖礼，像 Billboard（公告牌）音乐奖，再一个就是参加一些比赛或者是开会、录音。

美国拉斯维加斯每个酒店都有不同的特色，有的是演大 show（秀），有的是开演唱会。我这次住在恺撒皇宫，这里常常有美国各种“过气大腕儿”的演出。曾经 Celine Dion（席琳·迪翁）在恺撒皇宫里驻唱了好几年，一年唱七八十场。后来还有小甜甜来这里驻唱。我也去拉斯维加斯一个很好的录音棚里给 Celine Dion 录过《茉莉花》。

拉斯维加斯是世界文娱的重要中心，全世界最大的秀都在那里。所以除了工作以外，我通常就是看秀。我曾经看过太阳马戏团的 KA 秀、O 秀，在 Wynn 酒店里有一个我特别喜欢的秀叫 Le Reve（梦幻秀），是一个天水秀，非常漂亮，还有让我感动的 Beatles 秀——以 Beatles 的故事创作的 Beatles-love show，以及纪念 Michael Jackson（迈克尔·杰克逊）的秀等等。

拉斯维加斯是全世界的做秀大中心。因为秀的成本非常高，如果不是赌场给补贴，只靠卖票的话利润很少，尤其是上亿美元的大秀，通常都只在拉斯维加斯有。可能澳门未来也会出现更多这样的大秀。

这次我看了一个不大的秀，叫作“Absinthe”，苦艾酒。

苦艾酒是地中海沿岸一种非常烈的酒。我还记得我第一次喝苦艾酒是参加戛纳电影节的时候。我在美国的第一个制片人是个有钱的法国人，他们家在法国还有院线，所以他虽然一年才去一回戛纳，但是却在那有一栋房子，我就去他家住了，跟着他喝了一次苦艾酒，喝得我晕头转向。

这个秀很有意思，叫作苦艾酒，虽然它不是那种色情的脱衣舞秀，但是未成年也看不了，它尺度很大，相当于脱口秀加杂技秀。因为拉斯维加斯的秀通常是全世界各地的杂技高手、马戏高手的表演，通常会包装得特别好，有情节有故事，类似 KA 秀，O 秀。苦艾酒这个秀规模不大，所以通常就不用宏大的情节跟故事渲染，而是用一男一女两个人做脱口秀这种方式串起来。但是尺度太大了，我是已经走南闯北而且都这岁数的人了，听得我都脸红心跳。不光是“性”方面的尺度大，还会开各种各样的玩笑——黑人的玩笑、犹太人的玩笑、亚洲人的玩笑、白人的玩笑，吓得我直往后躲。要不然就是下来跟观众互动，搞得观众脸红心跳。还会把观众叫上台去，叫了一个白人男性，一个黑人男性，一个亚裔的女性，让两位男性勾引姑娘，可以看出白人跳舞特别傻，因为都是来参加CES大展的科技公司的Nerd（书呆子），黑人表现了空前的现场表演天赋，让大家笑得不行。全场表演下来我笑得流了一杯眼泪，非常精彩。

全场有十几组演员，都是从世界各地来的能在拉斯维加斯登台的顶尖高手，没能登上KA秀的舞台或者没能加入太阳马戏团，肯定是他们的遗憾，但是不能否认，他们的技艺确实非常高超。其中有一家瑞典人，一个父亲带着俩孩子玩帽子戏法，仨人6只手同时玩儿十好几顶帽子，还有能在空中飞的等等。杂技演员、柔术表演者都非常厉害，有来自中国的，来自俄罗斯的，来自东欧的。来自那么多国家的演员，一起在一个帐篷里给大家演那么久，票价却只有几十块钱。现场一共三四百人，算下来可能他们辛苦演一场，减去场租、老板拿走的钱等等，一个人拼命演一晚上最多能挣几百块钱。我看了以后还觉得挺伤感的，因为这些技艺的练法跟唱流行歌不一样，跟演戏也不一样，它不但是童子功，而且通常都是家族传的，从小练了那么多年，才能在舞台上辛苦地表演。

文娱这个行业不是那么简单的，大家只看到了大明星，没看到千千万万从小努力地练功，练这些技艺的人。当然了，对他们来说，最终能来到拉斯维加斯，已经比在当地表演要好得多，还是有机会能到太阳马戏团等等舞台上表演的。

这个秀给了我很好的感受。

但是我还要吐槽一下恺撒皇宫酒店。

我以前没有住过恺撒皇宫酒店，这次因为秀在这儿，而且三四千家公司在 CES 参展，肯定酒店难定，车也难找，所以我就订了恺撒皇宫酒店。我觉得拉斯维加斯的酒店都挺好的，而且又便宜，就没太当回事儿，结果这次把我给害惨了。预订的时候我问："有没有 view（观景房）啊？"说："有啊，有 court view——对着外面的大堂，也有 pool view——对着游泳池。"结果我白天跟阿里云的美国领导开了很长时间的会，讨论阿里云和大文娱怎么合作技术跟内容，晚上又看了秀，等秀看完了才去 check in（登记入住），住到酒店房间里一看，不但没有 view（风景），连窗户都没有，这还是我第一次在拉斯维加斯住到一个连窗户都没有的套间。墙上只有一面镜子。拉斯维加斯的酒店大多是套间，但是我住的套间特别逗，卧室没有窗户，外边那间倒是有窗户，但是更可怕的是窗户外边相隔一尺的距离就是一堵墙，靠在那儿觉得跟监狱一样，从窗户往外看，视野只有一尺，一堵大墙把风景全挡上了，还不如没窗户呢……如果有幽闭恐惧症的话，在这里头基本上是活不下去了。卫生也差，仿佛恺撒死了以后再没收拾过，导致我都不敢坐沙发，于是又打电话要了一床床单儿铺在沙发上之后才敢坐。屋里充斥着烟味，由于我不抽烟就特别受不了烟味在不通风的地方沤着，散发着不知道沤了多少年的味道。打电话要拖鞋也没有，给我造成了严重的心理阴影。

环境差可能是因为开 CES 展览房源太紧张吧，我也就忍了。但是我更要投诉的是：服务实在太差。拉斯维加斯的酒店都是连酒店带赌场一体的，所以特别大，结果因为我是第一次去恺撒皇宫，便天天迷路，每次找人问路，所有的工作人员仿佛被统一训练过似的，不管想去哪儿，他都给我指去赌场的路。我走了几次才发现，其实很近的路，非要让我绕到赌场，就是想让我被赌博吸引坐下来赌两把。我走的那天早上，特意试了他们一下，我都看见大堂就在那儿，但是我又专门问了一个工作人员：“大堂在哪儿？”他居然还给我指另外一个方向说：“在那儿。”我说：“我都看见了，大堂就在这个地方，我走 30 步就到了，你干吗给我往赌场指路？你永远给我指远的路吗？这是你们训练的吗？”结果人家说：“没有啊，我只是觉得这条路 easier（不费力）。”他不敢说这条路省时间，因为他自己也知道他指了远路，于是他说“easier”，对他们来说能让更多人去赌钱是“easier”了，但这个态度让我觉得实在是难以忍受。

我通常很少吐槽，因为我在全世界各地跑，经常住得很差或者吃得很差等等，但是这一次实在是难以忍受，尤其是指路的服务态度。

老牌酒店——恺撒皇宫，我这辈子也不会去住了。

乡村教师

> 慈善和公益是不一样的，慈善就是捐钱布施，公益是要花自己的时间、精力、热情等等，真正地投身进去。

每年的一月份，为了参加马云公益基金会做的乡村教师颁奖礼，我都会去趟三亚。其实每年都有很多感触。2016 年是我参加的第一届乡村教师颁奖礼，有一百名从全国贫困地区的乡村学校选出的教师来参加颁奖礼，看到他们的事迹，我哭了一晚上，真的特别感动。我在大城市里生活，在中国、美国、欧洲跑来跑去，其实很少能见到真正的贫困乡村的样子，尤其我又是一个“城市动物”，虽然号称走遍世界，但准确地说其实是走遍世界的大城市，很少到偏远山区去，偶尔去也只是去那些旅游的地方。所以，真正地见到了这些让人崇敬的老师们时，我特别感动。

他们每个人都有很多的故事可讲。有的是自己拿老婆卖菜攒了好几年的 5 万块钱去修校舍，导致家中崩溃；有的是全家人辞掉所有工作，一起帮老爸来办乡村小学等等。以至于每年看了这无数令人感动的故事以后，我都主动说：“马云有钱，他来做这些大的事儿，我也尽点自己的力量。” 我加入一个叫“真爱梦想”的基金会好些年了，他们做乡村小学和中学的多媒体教育中心捐助项目，我每年都会捐几座这种教育中心，也到他们的拍卖会上去拍一些儿童画的画儿等等。本来觉得只是做做慈善，但加入后见了很多教师——之前还没有见过乡村教师真正的样子，这也让我想了很多。

马云基金会的很多想法其实都非常实用。最开始大家只是捐钱，后来慢慢发现乡村小学真正需要的其实更多的是教室环境的改善以及软性设施的增强，而不是给点钱就完了。马云也说得很对，他说慈善和公益是不一样的，慈善就是捐钱布施，公益是要花自己的时间、精力、热情等等，真正地投身进去。所以在马云公益基金会的号召下，也有很多企业家真的到各个地方的乡间去，帮他们培训老师，帮他们开设新的课程，尤其是美育的课程。我也给乡村教师讲过音乐、文学等等课程，因为我觉得如果在乡村，尤其是贫困地区，也按照一整套的应试教育的方式去教育，是不行的，如果最后应试教育没有成功，那对学生的人生而言很多东西都错过了。我希望那里的孩子们能学到对他们的人生有益处的知识，比如说对美的认知，这对整个人生都有很好的引导作用，所以我也在这方面努力地做一点事情。

我连着两届作为主持人参加了乡村教育的论坛，发现他们正在努力推动做寄宿学校这件事情。主要原因是人口流动导致山区的孩子越来越少，而剩下的留守儿童由于父母都到外地打工而得不到应有的照顾。中国有6000万的留守儿童，他们因为没有得到家庭的温暖，所以也产生了一些问题，其他国家的解决方式也无法照搬，比如欧美就不存在这种大规模的留守儿童以及因此带来的问题。中国的贫困地区只有老人跟小孩，这两个问题集中起来导致很多撤校的情况出现，比如说当初大家捐的希望小学等等，一所学校最后只有十几个学生，生源越来越少，哪怕再有理想的老师也没办法教下去了。当然还是有老师坚守在那里，但是大部分老师说："我也愿意投身乡村教育，但是我希望教育更多的孩子，如果五六个年级，一共只有十几个孩子，那么学习的环境以及各方面都没有办法跟上。"所以撤掉了很多学校，逐渐合并成更加集中的学校。

集中的学校就出现了更多的问题，其中最突出的就是孩子们平均去学校的距离更远了。现在这些孩子平均的上学距离，差不多到了五点几公里，相当于在城市的平地上走一个小时，但是山区的孩子走这五点几公里就不止一个小时了，他们可能要走三四个小时，要上坡、下坡，因为没有桥，路也不好走。我去年捐了100万元给茅以升基金会，为山区的小学建桥梁，但是这些都不治本，大家在努力地想真正的解决办法，现在的方案就是建寄宿学校。

对这些留守儿童来说学校太远，往返学校要走4个小时，下了课回家不安全，上学动力也降低很多，而且回到家里没有父母照顾，做成一个中心的寄宿学校，我觉得非常重要。所以这次颁奖礼结束以后，我赶快让茅以升基金会的负责人和马云基金会的负责人建立了联系。茅以升基金会为小孩们修桥修路，但是如果学校被撤掉，合并到别处，那修建的桥梁和路就都浪费了，所以我就帮助大家尽量地多协调，包括真爱梦想基金会，全国各地的基金会，都一起来协商，大家把劲儿往一处使，肯定会更好。当然了，企业家出资去培训寄宿的管理员，这也很重要。因为如果管理员只是作为看门的阿姨，那其实跟在家里没有父母是一样的，毕竟学校里会出现打架等等的事情，所以需要培训大量的懂心理学、懂教育学的宿舍管理员。

我原来一直是精英思维，所以花了很大力气去做杂书馆，今后不但要在北京做，还在其他城市也做下去，这是我人生的重要理想之一。但是我慢慢地也开始有一点点转变，就是不能光做杂书馆给那些已经受过很好教育的人，还要做很多更基础的工作，让这些孩子们从小成长得有尊严。他们没有父母的陪伴，但是如果能有尊严地成长，对他们一生的身心健康也会有很大的好处。也希望他们的父母，能在大城市里有尊严地活着。我觉得一个国家进步了，富有了，重要的使命就是让它的人民更加有尊严地生活。

去年的乡村教育论坛上，有一点让我稍微地难过了一下。在我的主持下，两位乡村的中学校长，和一位中央的官员进行对话。官员说：“我觉得乡村不要搞应试教育,因为教育资源没有办法覆盖那么多地方,比如大学教育，更高的教育，其实没有办法覆盖到那里。所以希望乡村的教育只需要做到让孩子们未来能成为守法公民就好了。”官员肯定提前调研了包括升学率在内的等等信息，他提的其实是挺实际的方案，但是他说的话让在场的两位乡村中学校长特别难过，于是两位校长就说：“为什么城里的孩子有远大的梦想，鼓励他们‘诗和远方’，而我们乡村的孩子只要求教育到守法公民就可以了？其实乡村的孩子跟城里的孩子有一样的梦想，他们没有区别，所以不能这样。”其实我也理解那位官员的意思，因为目前全世界都一样，都不能做到人人都去上大学。美国上大学的人数比例大概只有总人口的百分之三十几，当然美国人不上大学可能更多的是在于自己的选择。当时在论坛上,就让我挺感动的,两位乡村中学的校长替孩子们说了很多“大家有公平的梦想”之类的话。

其实这些东西都是要一步一步去解决的。公益和慈善的区别就在于，做公益最重要的不是捐钱,而是脚踏实地地先把这些寄宿学校集中做起来，让每所学校有 500 个孩子，这样硬件的设施、寄宿环境，各方面都能提高，这个是目前非常好的一个方向，我也会在未来继续努力和大家一起推进这个事情。虽然心情稍微有点沉重，但是每年看到有那么多乡村教师、乡村学校依然在艰苦的环境下坚持着，内心还是充满了希望。

爱荷华州与美式婚礼

> 得梅因这样安逸的美国中西部城市，没有纽约的嘈杂与夜生活，但适合岁月静好，到了这儿要耐得住寂寞。

朋友在美国中西部地区的一个小城办了婚礼，我有幸受到邀请，很有意思。

这是一个非常干净漂亮的小城，在美国中西部地区的城市，除了底特律这种已经衰败的大城市以外，都干净漂亮。这个小城叫 Des Moins（得梅因），城虽然小，但是爱荷华州的首府，Des Moins 因为是法语的发音，所以其中的两个“s”都不发音，就像 Illinois 的“s”也不发音，中文叫“得梅因”。

得梅因是整个爱荷华州人口最多的城市，市区人口有 20 万人，基本上和中国一个小县城差不多，整个大地区包括郊区等等，大概有 60 万人口。爱荷华州挺大的，占据美国地图的一大块儿，但是整个州才 300 万人，在美国的 50 个州里排名第 30。大洛杉矶地区一共有 1500 万人口，超过美国 42 个州，所以美国东西海岸人口非常密集，中西部地区就地广人稀。加上得梅因又干净又漂亮，所以非常适合生活。

城市虽然不大，但得梅因一直是爱荷华州的首府，所以有很多很大气的历史建筑。美国有一百多年历史的就是很老的历史建筑了，那有美国最雄伟的州议会大厦之一，有 5 个大穹顶，远远一看以为到了欧洲。中西部地区的人民非常纯朴善良，房价也很低，到那儿去生活简直是太幸福了。一个三室两厅，带独立车库，有前院儿有后院儿的房子，只需二三十万美元，想起来都幸福得不行，且不说跟中国的房价比，跟洛杉矶房价相比也差了好几倍。同样的房子在洛杉矶要七八十万美元。当然洛杉矶的房价跟中国的房价一比也还是低的，因为在中国的和洛杉矶相似的大城市里，买一个独立的别墅，首付七八十万美元都是很勉强的。所以得梅因非常适合结婚生子，过平静的日子，物价比美国平均物价要低 15%，工作也很容易找，因为人口少，失业率只有 3%，而且有各种好的商业政策，因为美国是联邦制的国家，所以每个州有自己的政策，其实中国也一样，中国虽然不是联邦制国家，但是每个省也在招商，甚至每个县都给出更好的政策。美国也是，为了在自己的州发展更好更广泛的商业，会给出很多好的公司政策，所以有很多美国的大保险公司总部都在得梅因，也有几家世界 500 强公司在这儿。当然，如果想创业，想出人头地，发大财，那还是得去纽约、洛杉矶、硅谷这些地方。得梅因这样安逸的美国中西部城市，没有纽约的嘈杂与夜生活，但适合岁月静好，到了这儿要耐得住寂寞。

爱荷华州在美国的政治版图上有一个非常重要的地位，它是美国总统大选的党内初选第一州，所以两大党的党团会议——Caucus，就是“党内的选举会”，通常都在爱荷华州开始第一次真刀真枪对决，所以好多候选人都把竞选总部就设在这里，因为初选的时候候选人不只是两个人，是每个党里都有好几个人，有的时候有七八人之多，所以竞选成了这儿的一个小生意。

这次婚礼的主角都是民主党的党员，积极参与民主党的各种活动，他俩其实就是在奥巴马初选的时候认识的，在经历了各种风雨后终于结婚了。

有几个有意思的发现，虽然中西部地区看上去感觉好像挺闭塞，结果跟大家一聊天，发现这对儿新郎新娘的父母、亲戚、朋友同学中大量的人都去过中国。没去过的人反而是少数，这让我挺意外的。因为在洛杉矶这么繁华的大城市，去过中国的人都没那么多，甚至去过洛杉矶华人区的洛杉矶本地人都不是很多，“华人区”不是指 downtown 的唐人街，是指新的在东边的华人居住城市，像 Monterey Park（蒙特利公园市）、Alhambra（阿罕布拉市）这些华人区，很多洛杉矶人都没听说过，尤其那些生活在比华利山庄（Beverly Hills）的老白人，问他：“你去没去过华人区？”他会很傲慢地说：“I' m too old and too rich to go there.(我太老，也太有钱，我不需要去那种地方。)”当然了，去华人区主要是为了吃好吃的，美国人也不太爱吃。

爱荷华州最近几年在中国突然变得很有名。因为习主席跟爱荷华州的州长有很好的关系。爱荷华州的州长是一位传奇州长，叫 Terry Branstad，特里・布兰斯塔德。1983 年，他第一次当选州长的时候才 36 岁，是当时全美国最年轻的州长，也成了美国任期最长的州长。一直到 2016 年，特朗普当选以后他还在当州长，从 36 岁当到 70 岁。1983 年 Terry Branstad 刚当选，就推动爱荷华州跟河北省结成了友好省关系，访问了中国。1985 年的时候，当时习主席还是河北省正定县的县委书记，就率领过一个玉米考察团访问过爱荷华州。过了 27 年，习主席作为中华人民共和国副主席，再次访美的时候，专门又去了那儿。习主席从县委书记变成国家副主席了，Terry Branstad 依然还在当州长，所以两个人关系很好，他访问过中国 6 次。以至于特朗普刚当选，新郎就给我发过短信说：“我们州长要当驻华大使了。”我当时还觉得不太可能吧，Terry Branstad 一辈子就在中西部地区的一个 300 万人口的州当州长，也没有干过外交。但是美国不一样，美国现在的国务卿，也没干过外交，之前是大企业的董事长 CEO，现在倒干起了国务卿。果然过了一个月，特朗普提名后就让 Terry Branstad 当了驻华大使，大概就是因为看中他跟习主席的个人关系吧。当然他还有另一个身份，他又是共济会的成员。

基于婚礼男女双方的家庭中很多都是民主党的政客，所以婚礼上聊天儿当然就逃不开聊政治，关起门来大家又愤怒又紧张，说："这怎么办呀？咱们以后不能从大城市选人了。" 吐槽自己的州说"我们这州的很多政客都是 Des Moins 首府的人，我们以后要走向农村，从农村培养政客，倾听大众声音"等等。当然这些政客是关上门骂人，政客永远是有很多面的，面对那些选民、那些民主党铁杆支持者打来的电话，他们都快成心理辅导师了，很客气地开解对方说："哎呀，特朗普还是做一些实事儿的，比如说你看他任命了我们州的州长做驻华大使，做得也不是多坏嘛。"

中西部地区是所谓美国传统文化的最重要的传承地，因为这里的移民少，比较传统。婚礼上最有意思的就是跟互联网电商的结合。以前的婚礼上，每人要买样东西送给新婚夫妇，比如酒瓶架子、晾衣架、帽子等等，不需要包红包，买的东西也都很便宜，但是大家经常会买重了，导致家里放了七八个放红酒的架子，就浪费了资源。所以他们想了一个很有意思的办法，就是新郎新娘先到电商网站上，在购物车里装满他们觉得新婚需要的东西，再把这个链接发给所有要参加婚礼的朋友们、宾客们，让来宾自己去挑一样付款，这样保证不会买重。相当于参加婚礼的朋友们集体帮他俩清空购物车。

婚礼上的证婚人——牧师也特别幽默。美国人本身就很幽默，这牧师基本就是一个脱口秀笑星，他主持婚礼说："今天其实是一个招聘会，新郎是来新娘的公司应聘 CRO。""R"就是 reminding，是提醒的意思，"首席提醒官 CRO"，就是指夫妻双方这一辈子都要互相提醒、互相勉励，成为更好的人。完全做了一个面试的仪式。然后让新娘跟着他重复"恭喜你，获得了这个职位！"也就是结婚了，最后说："来应聘的人很多，但是你打败了所有的竞争者，你胜出。"全场因他的主持哈哈大笑。

拥有一个"中国胃"，让我不得不吐槽一下中西部地区人民吃的东西。

他们还算节俭，200 个人的婚礼，一晚上花了 4000 美元场地费，加上餐饮酒水一起 1 万美元，美国的酒比吃的贵很多，但是大家主要就是喝酒。再加上婚纱、戒指、装饰、花乱七八糟的等等，这个婚礼总共花了 3 万美元。

美国很少有能一次拿出 3 万美元的家庭，能一次拿出 5000 美元的家庭在美国都没有一半，而且还没法分期付款。所以婚礼的费用是女方的家长从养老金里支取的，因为女方的爸妈都是高中老师，现在在拿退休金。在美国，尤其是中西部地区的传统中，是由女方来出婚礼费的。这两家都是有 3 个孩子，女方有 2 个哥哥，而且都结婚了，她是小女儿，等于家里是最后一次为婚礼出钱。俩哥哥结婚都是人家女方出的，这次小女儿结婚就一次性把费用负担了，很慷慨。新郎的父母是农场主，中西部地区的农场主经济条件肯定比中学老师好，但是男方的父母喝多了偷偷跟我说："我们这次真的没办法拿出很多钱，因为我们家这儿子是老大，后面还有两个女儿，这俩女儿未来的婚礼费都得我们负担，所以这次我们只好就花了一点钱。"也就是他们付了婚礼的前一天 rehearse（排练）的钱。

婚礼流程简单说来就是先宣誓，然后就吃饭（特难吃，但美国人也不在乎），主要是喝酒。之后新郎新娘先跳第一支舞，接着新娘和爸爸跳一支舞。新娘跟爸爸跳完这支舞，新郎跟自己妈妈跳一支舞，说明了父女感情好，母子连心，最后大家一起翩翩起舞。结束的时候大家都喝美了，双方的父母以及退休的老头儿老太太把鞋也脱了，光着脚狂跳，从下午 5 点钟开始一直跳到半夜。

婚礼结束之后，单身的女宾要抢新娘手里的捧花，新娘背对着一扔，谁接着了谁就是下一个幸运儿，就能结婚。在美国，新娘扔完捧花以后，还有一个环节就是所有单身男士，要来抢新娘的吊袜带，新郎钻到新娘的裙子底下，用嘴巴把吊带袜叼下来，扔给单身男士，谁接着了谁就是下一个能结婚的人。所以不光是中国闹新娘、闹伴娘，外国也一样。

春　节

> 我觉得这个年大概是我这一辈子过得最荒唐的一个年，但是谁让那时年少呢，谁让那时花还开呢，那时候年少，那时候就应该荒唐。

每年最高兴的就是过年时给亲朋好友拜年。因为这意味着过去一年，无论是成功还是没成功，是实现了什么还是什么都没实现，这些都不重要了，接下来要努力地向着“一条狗的理想”靠近，“一条狗的理想”就是：有人养着，有人疼，而且可以不劳而获。这难道不是最美好的一个梦想吗？虽然很难实现，尤其是长相平庸就更难做到能被别人养着，那就自己奋斗吧，希望有一天可以奋斗到不用再奋斗了，奋斗到可以躺在那儿看书，想想各种闲事。“竹里消消无事福，花间看看未完书”——一定会有那么一天。

除了拜年，还要怀念一下乡愁。在洛杉矶过年当然也非常热闹，因为有很多华人，我会陪着我妈到处看看，有庙会，也有大游行，很有意思。但还是很怀念故乡北京的春节，炖一个大猪头，早晨起来吃两个饺子，跑到雍和宫去上头香，在庙会里挤得东倒西歪。小时候我穿着军大衣去地坛挤庙会，吃各种瞬间就凉了的东西，不知道是因为别人手上的油蹭到我身上了还是因为什么，回到家一身的油，但是充满了欢愉。

我曾经过过的最倒霉的一个年，不是我小时候在沙发上蹦跶，说要驾着马车给苏联送情报，结果大年三十被痛打一顿的那一年，那不是最悲惨的，那时至少还跟家人在一起。家里人丁兴旺的时候，一过年可以聚集好多的人，大家吟诗作赋，打桥牌，现在已经不复往日的大家族时光了。

最悲惨的那年，我还正处在青春期的末端，非常纠结、痛苦。因为那年我刚刚离了婚，我的外公也去世了，以前我每年都是陪外公过年，我母亲也会回来。结果我外公去世了，我母亲也在美国没有回来，离婚后的我一个人百无聊赖，正不知道怎么过这个年，突然想起了从前那段纠缠了好久的所谓的恋情。

那个时候折腾在一个三角恋里有两三年之久，来来去去，拉拉扯扯，两边都是分也分不开，搞得非常痛苦。我的第一部电影《那时花开》其实不是一部表现主义的或者魔幻主义的电影，那就是我的真事，基本上就像电影里演的那样，女主角星期一到星期五归一个人，周六周日归一个人，不然我也不会写出那样一个剧本。那些青春的慌张、纠结最后能拍在一部电影里，让我无论什么时候看起来都觉得还挺有意思的，想到自己年轻的时候居然能过那样的生活。

其实我们已经彻底分手很久了，但是一个人实在是百无聊赖，也不知道去哪里过年，于是在路上开着车就想，与其这样过年，还不如飞到她所在的城市去找她，不管发生什么，都比自己煎熬着好。于是毫不犹豫地跑到机场买了张机票，飞到了一个相当遥远的城市。

因为已经分开了相当长的时间，那个时候我已经没有她的电话了，所以我起飞的时候并没有想到她的电话号码，我就想，落地以后如果能想起来，那我就打电话给她，结果落地的瞬间，这一串电话号码在我脑海里清楚极了，我于是拨通了电话。

结果接听的是一位男士，但不是跟我当了好几年情敌的那位男士，是一位未谋过面的男士。他说："你是高晓松吗？"我说："我是啊。"他说："我是 ××× 的老公，她让我转告你，以后就不要打这个电话了，不要再骚扰她了。”我就赶紧说，没有没有，我只想拜个年，没有别的意思，不要误会。

于是我就这样换了个城市百无聊赖，也没有告诉她我来到了她的城市。大年三十跑到一个陌生的城市，我一个人也不认识，那个时代也没有社交工具，便跑到酒吧街喝酒。结果在那儿碰见了两个女孩，也在那儿喝酒，就聊起来了，说：“这大年三十的，你跑这儿干吗来了？”我说我来找从前的女朋友，然后失败了，人家已经有人了，我不知道去哪儿。其中一个女孩特别好，她说：“你不知道去哪儿，要不然你跟我回家过年去吧。”我说好啊，反正也没地儿去。而且我本身就是特别能浪迹天涯、四海为家的人，走到哪儿都随遇而安。那之前为了疗伤我还跑到欧洲待了好长时间，跟着流浪的街头乐队去荷兰、比利时到处去演出，走哪儿算哪儿。年轻嘛，干吗要有那么多明确的目标呢，年轻的时候就这样也挺好的。

我就这样跟她回家过年去了。她家可热闹了，七大姑、八大姨、舅舅都在，一大家子人，特别逗的是她叫舅舅，我就叫舅舅，我跟着她叫了一遍。我那个时候还很清癯，才 102 斤，觉得自己长得玉树临风……因为那时候施行独生子女政策，这家就一个闺女，大年三十突然带回家一位青年，基本上就是定了快要结婚的意思，所以大家就给我疯狂敬酒，其实刚认识一个多小时。那个地方的人很能喝酒，灌到最后我就特别忧伤地躲到她家阳台上，试图从阳台上看到前女友家，因为我之前也去过不少次，但是看了半天也没看见，就给她发短信，结果那天晚上大概数以十亿计的人都在那个时刻发短信，爆发了有史以来最大的信号瘫痪，我举着手机在阳台上站着、倒着、拿大顶，但是短信怎么也发不出去。我当时还想，万千的思念就这样全被它给吞进肚子里了。

从头到尾这女孩也没问我叫什么，我也没问她叫什么，我们俩都不知道对方叫什么名字，大概双方都觉得这样的故事还挺有意思的，就不要再自投罗网开始一段可能很没意思的故事了。所以第二天早晨道了别，我就走了。

当然我也没回北京，因为那时候我回北京也没事干，我就跑到重庆去了，到重庆找了几个朋友，在那儿混着，后来又跑到成都，总而言之我一个人东逛西逛地过了一个年。

故事本来就这样结束了，结果又发生了一个小尾声。

又过了若干年，大概"非典"之后，后海开始有了好多酒吧，那之前，北京大概只有三里屯有酒吧。有一天我百无聊赖一个人在后海逛悠的时候，突然碰见了当年一起纠缠了两三年的情敌，在《那时花开》这部电影里，朴树跟夏雨演的就是这一对情敌。我们两个人遇见了，就坐在那酒吧窗外，对着湖喝酒聊天，花了好几个小时，举出好多例子，辩论她当年到底是更爱我还是更爱他。如果那个时候是刚分手，俩人肯定心都彻底破碎。但是因为那时候已经过了好多年了，而且谁也没赢，最后人家跟了一个不知道哪儿来的人，所以我们两个人还可以云淡风轻地坐在那儿说，当时有好多对方不知道的事。互相讲了好多伤害对方的事情，讲到大概早上5点，天都快亮了，起身准备结账，结果老板就坐在窗里头，说不用结了，我们说为什么呀？他说："我也百无聊赖，坐那儿听你们俩聊了一晚上，这事儿挺有意思的，你们俩最后谁都没有跟那位姑娘在一起，然后你们俩还在这儿辩论了一晚上，她当年到底更爱谁这问题。"

我觉得这个年大概是我这一辈子过得最荒唐的一个年，但是谁让那时年少呢，谁让那时花还开呢，那时候年少，那时候就应该荒唐。

女权主义

> 一件事如果变成一项运动，它经常就会矫枉过正，因为公众的极权、多数人的暴政，其实是一件更可怕的事，比一个独裁者还要可怕。

由于哈维·韦恩斯坦（Harvey Weinstein）这个导火索，“MeToo”运动（反性骚扰运动）蔓延到整个西方世界。这么多年来好莱坞其实都知道哈维·韦恩斯坦是个混蛋。以他为代表的好莱坞也确实存在casting couch（潜规则），有性交易，甚至性侵犯等等这些事情。所以这个事爆发出来以后，从好莱坞蔓延到了全社会，“MeToo”，意思就是“我也是（受害者）”，倡导所有的女性站出来指控这些贪婪的男性，指控这些性侵犯等等。

这运动规模之大，已经盘踞了西方主流媒体好几个月之久，而且以“摧枯拉朽之势”蔓延到全球，其实主要是西方世界。但是这个运动在法国遭遇了一场严重的舆论反弹，法国的著名的女演员凯瑟琳·德纳芙（Catherine Deneuve）——我们那个年纪的人都看过很多她的电影，当年是大美女，现在已经70多岁了——由她领衔的100名娱乐界、出版界、学术界等著名的法国女性，在法国最大的报纸《世界报》上发表了一封公开信，对“MeToo”运动以及法国相应的叫作“BalanceTonPorc（揭发你的猪）”的运动，进行了公开的控诉。她们认为这些人在社交媒体上，详细地描述被性侵犯、性骚扰的经历，逐渐成为一场矫枉过正的猎巫行动，而且是零和游戏。“你们这些男的就是王八蛋”这种严重的思潮造成了一种极权的氛围，这些女知识分子们在警惕另外一种情况，就是这两场运动也许最终会导致一场压迫运动，导致一场猎巫行动，极权行动。

“猎巫行动”发生在中世纪的时候。由于黑暗的宗教统治的中世纪，科学并不昌明，宗教统治跟压迫非常严重，一旦有了黑死病、饥荒等等此类社会危机的时候，大家马上就进入到极端对立的状态，进入极端行动。包括新教出来以后，天主教和新教之间互相迫害，大家一起开始抓魔鬼，也就是抓巫师跟女巫，污蔑他们跟魔鬼通灵造成这些灾难。结果造成一场空前的大冤案，这就是持续了大概 200 年之久的“猎巫运动”。到后来主要都是猎女巫，开始还猎男巫，但是男巫师和一些知识精英为了“政治正确”而站队，写了各种有关魔鬼女巫的书，让大家坚定地认为是女性的肉体和女性的色欲，导致了魔鬼的降临和这些灾难。那个时候的“猎巫行动”，和“MeToo”运动中说是因为男性的性欲以及权利导致了所有的灾难，确实很像。当时猎巫行动有数以十万计的女性被火刑烧死，一开始是绞刑，后来又有人写书说，只要她们的尸体还留着，就会变成吸血鬼。于是就改用火刑，或者用大石头压死，很残酷，甚至连圣女贞德都被诬蔑为女巫，所以这是非常可怕的一场运动。一直延续到 17 世纪末，在美国还有这样的裁判所，而且不光是宗教裁判所，世俗法官也去猎巫，女巫一旦被世俗法官抓到，她所有的财产就要被没收，于是大家简直就像狂欢一样去搞猎巫行动。

法国精英女性在这个声明里就说到了这个问题，就是这场行动有可能会导致成当年的猎巫行动。我们当然要支持跟声援这些女性受害者，但是有些事情已经太荒谬了。英国的前国防大臣，15 年前碰了一下一位女记者的膝盖，当然是有点暧昧的意思，但是女记者明确拒绝之后，他就放弃了，也没有继续追求对方，没有更多的行动。结果去年，女记者偶然间说出这件事儿，结果正好撞上“MeToo”运动的枪口，于是这位官员不得不宣布辞职，就连女记者本人都觉得实在是无厘头到不可思议的地步。他在接受媒体采访的时候说，他的辞职是宇宙中有史以来最荒谬的辞职。

Kentucky（肯塔基州）共和党的一名众议员，前一阵儿被指控他很多年前性侵过少女，他召开新闻发布会，表示针对他的指控，是彻头彻尾的错误，说这是他的政治对手用来击败他的策略。政治斗争中都会拿“污蔑”当武器，可是由于正赶上“MeToo”运动的风潮，在舆论压力之下，他开完发布会的第二天，就饮弹自杀，结束了生命。

Alabama（阿拉巴马州）的参议员，也是在特别选举中代表共和党参战。阿拉巴马州是深红州，共和党大本营州之一，而且他是这个州的最高法院的首席大法官，叫摩尔，本来他胜券在握，结果最后关头又被曝光，说他20世纪70年代，就是40年前，曾经猥亵过未成年女子，于是在阿拉巴马州这样的深红州，他居然落选了，民主党获胜。

已经九十好几岁的老布什更倒霉，也被一个女明星指控说4年前合影时摸了她的屁股，而且还有照片为证，就是他的胳膊耷拉下去了。都90岁的人了，被曝出合影的时候胳膊耷拉下来，碰到了女性的屁股，我觉得老布什简直太冤枉了。

这些都是哈维整个事造成的巨大效应。真性侵一定要绳之以法。但是几十年前的事儿现在也没法绳之以法，只能拿出来用舆论来审判。但是一定也是存在污蔑行为的，那么我们怎么去判断呢？虽然是几十年前的事情，但确实是把男人对女人的一言一行，都放大到了很极端的地步。北欧、瑞典、丹麦曾经夸女人好看都不行，夸女人好看就是物化女性，就是性别歧视，已经到这地步了。

两性之间的求偶、追求是不是本能呢？一定是一上来就一见钟情吗？那追求过程中的语言、动作等等，都可以拿出来说。爱美是人之天性，这么自由地正常地表达爱美，赞美女性的容貌，都不行了，已经到了风声鹤唳的地步。这不仅可能伤及很多无辜，被用来当作政治斗争的手段，而且在自由了这么多年的西方加重了一种奇怪的思潮，就是仿佛女性都是受害者。严重压抑了这么多年的解放，包括性解放，其中基本的自由，包括女性的性自由，都倒退了。

这封公开信里说得很清楚："清教徒主义的实质，即所谓保护女性，以促进女性解放为名，让她们永久待在受害者的角色中。"这就是当年的清教徒——要给女性穿上铁裤衩儿，要给女性保护起来等等，让她们成为大男子主义恶魔笼罩下的可怜人，仿佛回到了妖术盛行的旧时代。她们还在信里特别强调说："写公开信的目的并非要去代替或者反对任何言论，也不是阻碍任何角度和观点，而是打开辩论的大门。"一位女性的信里写道："一位女性不需要因为一次在地铁上被男性的猥亵就受到永远的心灵创伤。作为女性，我们不认为自己是这样的女权主义者，在谴责权力滥用的同时，还要戴上仇恨男性和性的面具。我们认为一个人必须知道如何回应别人的冒犯，而不是以被捕猎者之姿，把自己完全与他人隔绝开来。"这是她们写的，女性的自由从解放身体开始，解放身体意味着她们可以自主决定接受或者拒绝男人的追求。公开信里尤其提出：不要将女性的身体神圣化，也不要用身体构造定义女性。

这位74岁的老演员德纳芙，她曾经和写《情人》《长别离》的著名作家、导演玛格丽特·杜拉斯（Marguerite Duras），以及弗朗索瓦兹·萨冈（Francoise Sagan）等343位法国女性，在1971年呼吁解放的时候，联名签署过波伏娃起草的《三四三宣言》。西蒙娜·德·波伏娃（Simone de Beauvoir）是萨特（Jean Paul Sartre）的情人。著名的女权主义者波伏娃起草的《三四三宣言》里面说："在法国每年都有100万的女性堕胎。因为当时堕胎不合法，所以她们必须偷偷摸摸地冒着感染的风险，在极度危险的情况下进行手术，然而其实在有正常医疗设备的条件下，这只是一项极为简单的手术。这个社会让这数百万名女性禁声，我也是她们中的一员，我在此宣布，我也曾经堕过胎。同样，我们也在此要求各种避孕法以及堕胎的自由。”那个时候是争取女性权利的时代，当时这个宣言受到社会的强烈抨击，那个时候社会保守，所以掀起了舆论媒体的狂潮，把它称为“三四三荡妇宣言”。德纳芙还在信里说：“现在这种审查气氛让人无言以对，我十分担心社会的未来，从大趋势来看，全球各种各样的艺术，如果这么清洗下去，都有危险。”当年那些伟大的被收入《七星文库》的作品，《索多玛 120 天》要不要销毁掉？达·芬奇也被人指责过曾经是恋童癖，是不是把达·芬奇的画儿也销毁掉？保罗·高更也曾经在大溪地和原住民少女有关系，所以是不是不再展出高更的作品了？是不是要把席勒的画作遮住关键的部位？

更夸张的是连《卡门》都被改了。大家看戏，结局之后，都会全体起立鼓掌。我也看过《卡门》，很长很长的四幕大长戏，《卡门》原来的结局是卡门被杀，于是就有人说“这是观众在为一位女性被害而鼓掌”。于是所有意大利佛罗伦萨的剧院要求导演修改剧本结尾，佛罗伦萨的市长也站出来表示赞成，因为这样才“政治正确”。于是就这样比才写的经典《卡门》中的吉卜赛女郎在这戏里的命运，就这样倒过来了，变成了她杀死了求爱的对象唐豪塞。如果这么清洗下去，这么“猎巫”下去，西方的大量的文艺作品是不是都要改变？

这封公开信的起草者之一，伊朗裔的法国作家沙尔马尼有自身的体会，她说：“我担心法国文化倒退，担心文艺作品被禁演。在伊朗，我们的社会风化曾猛烈倒退。”伊朗曾经在 20 世纪 70 年代非常自由开放，女性穿着超短裙，大学里大家一起上学，是非常现代化的一个国家，后来就是按照她说的“猛烈倒退”，先是让女性戴上头巾，后来就审查书籍并关闭现代艺术博物馆，到去年才重开，这些对伊朗女性带来了深刻的不利影响。

这样下去，是不是会走到一个极端去呢？女性要不要戴头巾？女性要不要倒回到当年宗教时代那样的保护中去呢？女性的自觉，女性的解放，女性的自由又在哪里呢？这伤害的不光是那些可能被诬陷的男性，不光是可能被用来做政治斗争牺牲品的男性，同时在这场运动中女性如果越走越远，对自己来说也是一种自由的倒退。

我完全没有歧视女性，歧视种族等等的意思。我其实非常支持 LGBT 同性恋平权、种族平权、女性平权，但任何一件事如果变成一项运动，它经常就会矫枉过正，因为公众的极权、多数人的暴政，其实是一件更可怕的事，比一个独裁者还要可怕。

女性朋友（上）

> 女性不是男性的敌人，女性也不是因为打赢两性战争才成为独立的女性。女性独立不是把男性踩在脚底下，女性独立是女性有选择权。有选择的底气跟承担结果的勇气。

理论上讲，女性不是男性的敌人，女性也不是因为打赢两性战争才成为独立的女性。女性独立不是把男性踩在脚底下，女性独立是女性有选择权。尤其在西方，因为在整个西方的文化环境里女性是被尊重的，女性从小就独立成长，有选择的底气跟承担结果的勇气。

所以讲讲我生活中的几位独立的女性朋友。

我的一位德国女性朋友，是大美女艺术家，简称“A”吧。

A 大概比我大 11 岁，因为她刚刚过了 60 岁生日。可是她看起来只有四十多岁，是十分优雅、知性、干练的短发女性。就是让人一看就觉得，必须要平等的女性。她属于政治观点非常犀利的女性，如果碰上革命年代，她肯定是先锋型的领袖。美国人通常开 party 都不大爱谈政治，自从特朗普当选以后就谈开了，但是谈得都很无聊，没有什么独特的观点，都是在说“这么土的人，这么傻的人，这么二的人怎么当选了？”但是因为 A 是德国人，所以她有很深刻的思辨思想，哲学家最多的国家就是德国，所以她聊政治，聊宗教，都可以聊得很深入，不像美国人在 party 上通常就聊体育、娱乐。所以每次跟她聊天我都深受启发，她也从来不避讳任何的敏感话题，也从来不为了美国式的“政治正确”——其实就是起哄，顾左右而言他。她有时候会说：“你看这些美国人聚会就是喝酒说笑。”确实，美国人聚会的时候就爱说笑话，大家哈哈大笑，特别捧场。但欧洲人聚会，大部分的时候都在深度地聊天，当然了，也分人，那种特别轻松的人到欧洲也会觉得有压力。

A 每次出现都带着她老公。初看她老公就觉得好不般配，因为她成熟干练，非常漂亮，但是她老公是一个大胖子，特别胖，而且比她大 20 多岁，可是见过一两次之后，会发现两个人感情特别好，属于灵魂伴侣。她老公很少发言，发言的时候说着带德国口音的英文也不是特别容易懂。如果我的妹夫不是一位德国人，我都快听不懂了。A 不一样，她说的英文非常标准漂亮，这就是我经常体会的一个问题，我发现女性的口音变化比男性要快得多，而且优雅漂亮得多，女性像水一样，流到每个地方，都像在容器里，自如地成为填满的状态。其实不光是说英文，跟女生聊天经常都不知道她从哪国来的，因为她说的语言非常标准。跟男人聊天基本上听个三五分钟就知道他是哪国来的，因为每个国家的口音都很不一样。不仅在国外，在中国也是。在北京遇见的外地女生，基本上都听不出来她是哪儿的人，因为都说着特别标准的、漂亮的普通话，甚至是北京话，但是听男性说话，一会儿就知道他是哪来的，因为男生口音比较难改变。

她老公在全世界各地都有工厂，包括中国。所以我们还聊起中国的事儿，我说：“哎哟，你居然还去过中国的这么小的地方啊？”他说：“对啊，因为我在那有个工厂。”因为她老公知道她喜欢旅行，所以去世界各国谈生意都带着她，他俩除了南极哪儿都去过了。我跟他们聊天最高兴的就是我去过南极，其他地方他俩都去过了，但是南极没有生意。现在她老公 80 多岁，但身体还是不错的，虽然肚子特别大，须发皆白，夫妻俩还是满世界飞来飞去，这样的年龄差在国内肯定又该被网友喷了，说人家图这个图那个……其实真的不是图她老公有钱，因为她自己就把事业做得非常好。她20多岁就被富商老公求婚，然后她就跟他说："我愿意嫁给你，但是我这一生有很多使命。"其实人都是有了召唤才来到这个世界。如果能感受到这个召唤，生活就会非常有能量有密度，所以她说："我有很多召唤，孩子不是其中之一。"

有很多女性也很伟大，觉得孩子才是她们的重要召唤。A说："可是在我的召唤中间，孩子并不是其中之一，你能接受吗？"当时富商已经40多岁了，但是这富商跟她说："我虽然自己本身非常喜欢小孩，但是更重要的是我爱你，所以我尊重你，我娶你是因为我想和你共度一生，有没有孩子其实没关系。"所以他俩结婚之前就选择做丁克家庭。

A自己独立发展事业，成了著名的建筑设计师。在很多西方人的心目中，伴侣之间的爱情是高于亲子关系的。不像东方人，很多人觉得好像两个人在一起就为了生孩子。这俩人过得也挺好，几十年下来满世界转悠，过二人世界。A后来爆发了极强的艺术创作灵感，艺术其实是通的，八大艺术里，建筑、雕塑、绘画这些空间艺术都是通的。所以她就从建筑设计师变成了一个"空间艺术家"，在家里弄了一个工作室进行创作。她的作品被各种"土豪"，包括中东的"土豪"追着收藏。大热天儿的还跑去古巴办展览。我去他们家看到她丈夫在旁边满头大汗地为她打下手，那场面特别感人。她在洛杉矶也做了很多展览，还做很多互动的公益项目等等。但是本地又有人妒忌她，说："你们这一对德国夫妻跑到这儿来搞得风生水起。你这么成功，这么有钱了，还来我们这儿抢这饭碗干吗？这些事儿都是穷艺术家干的，你去别的地方办展览吧。"她就回答说："我成功是因为大家喜欢我的作品，这是钱买不来的，不是因为我有钱，我就不能做这些。人人都有通过艺术表达自己的权利。"

我去参加了她60岁的生日聚会，那天她特别自信，特别棒，底气十足地走上台，对所有的朋友说：“I don't get old,I just became a classic.(我没有变老，我只成了经典。)”“老”和“经典”当然不是同义词，但是她却成了经典，成了传奇。

我还有一位正相反的女性朋友，是一位埃及人，她是一名大律师，就管她叫“B”吧。

B和她老公都是土生土长的加州人，是第二代移民，俩人都是学霸，分别上了名校，都能说英语、西班牙语、阿拉伯语。但是她老公的阿拉伯语比她好很多，这违反了我刚才说的男性女性的“语言定律”。但其实也不违反，因为女性接受新的语言更快，而男性传承旧的语言更好。以至于他俩的3个孩子阿拉伯语说得不够好，她老公说：“就是因为我老婆只是勉强能说阿拉伯语，跟她的英语西语比差很多。”

他俩的父母都是从埃及来的第一代移民，4个老人现在也都生活在加州。她老公是个著名的医生，而且是现在加州医疗系统Medical Board的负责人，相当于中国医疗协会的负责人，B是做企业法的大律师。在整个西方世界，医生跟律师都是一听就能挣好多钱的职业。通常医生和律师组成的家庭，就特别特别有钱。

他俩生了3个孩子，都非常漂亮。其实童话里的王子和公主都是阿拉伯王子、阿拉伯公主。因为童话这个文学类型就是阿拉伯人发明的，像《一千零一夜》等等。欧洲人是很晚才学过去的，他们从阿拉伯人中间学习了很多东西。从如今欧洲的王子和公主就能看出来，像威廉王子，结婚的时候头发都没了，而迪拜王子，就长得太漂亮了。我朋友他们的孩子也是那种大眼睛，浓密的卷发，蓝色的眼睛像蓝色宝石一样、蓝色的海洋一样，睫毛翘翘的，盯着我看的时候，我觉得心都要融化了。而且他们的鼻子属于那种整容根本整不出的，生而漂亮的。因为孩子们长得太漂亮，所以他们的每个生日我都去看看他们。

按照公众号里的鸡汤标准，我朋友就是“人生赢家”。但是 B 最近做了一个决定，而且是在我去她最小的孩子的生日宴时，她跟大家宣布的，她说：“我离职了，我不再做律师了，我要专心带孩子。”男女双方的父母听完都“疯”了，因为美国律师一小时赚 400 多美元太正常了，大点儿的律师一小时赚 800 美元、1200 美元都有，就是“活体印钞机”。因为律师到底花了多长时间替顾客工作，顾客根本也不知道。其他的账单来了都会仔细看，但是律师账单来了就别看了，按照律师给算的时长付钱就完了。所以双方的父母都求她说：“我们都退休了，我们可以轮流给你带孩子啊。”阿拉伯人也有很强的家庭观念，三代在一起生活也很正常，她说：“不行。”虽然她的父母特别以她为骄傲。

他的父母作为第一代移民，到美国生了一个女儿，而且她考了名校，成了律师，多值得骄傲啊！她的爸爸妈妈见到每个人都问人家说：“你也是律师吧？”你“也”是律师吧——那意思就是说“我女儿就是律师”。中国的父母大概也这样。

但是 B 坚持要自己带孩子。她说：“自己在家接一些案例其实也可以，但是现阶段我的人生就想以孩子为主。”因为挣钱什么时候都可以，但是错过了孩子的成长以后是补不回来的。其实以她俩的收入，完全可以花钱雇保姆，或者是把孩子留给 4 位老人带，但是 B 一定要亲力亲为，因为她爱这些孩子。她父母对此一点办法也没有，唯一小小的抗议就是，每次看到新来的人还会偷偷地问：“你也是律师吗？”

所以其实女权没有什么统一的标准，A 和 B 这两位女性朋友，一个选择不要孩子，另一个选择为了孩子事业都不要了，但是她们都是成功的女性。

女性朋友（下）

> 实际生活里的这些女性跟银幕上刻画出来的已经类型化的、脸谱化的女性其实是有很大的不同。

总有人问：“是不是女性在家庭跟事业之间只能二选一呢？”其实也不是，我的另外两位女性朋友的故事就可以回答这个问题。

C 是一位犹太女性，而且跟我关系非常好，他们夫妻俩都跟我是特别好的朋友。我曾经参加过一次犹太人的生日宴会，就是去的他们家。那次是 C 的公公过生日，而且我是唯一一个不是他们家人的参与者。我跟她很熟悉。她这个人可能有点极端，但是不妨了解一下德国的女性、犹太的女性，全世界各种不同的女性怎么生活。她们对女权的想法我觉得还是挺有意思的。

C 是一个大富家女，经常在 Beverly Hills（比弗利山庄）或者在海边儿开着开着车就指着一栋楼或者指着一栋大宅子说：“这是我爸妈的产业。”因为她爸妈主要是做房地产的，也做其他的生意，盖过很多漂亮的房子，她自己住的房子也特别漂亮。

她和她老公很有意思，两个人青梅竹马。犹太人很抱团儿的，其实华人也一样，大概是因为文化差异，所以我见到很多在这儿生，在这儿长的华人的另一半也是华人。ABC 找 ABC，留学生找留学生。真的嫁一个纯西方人的，当然也有，但不是很多。

他们俩十几岁就好了，是初恋，年轻时候也分了很长时间的手，两人各自去生活。她也去工作，当教师等等。她老公是犹太知识分子家庭出身，他们家都是名校生，都从事医生、律师之类的职业，她老公自己也是律师，虽然其实也不穷，但是跟 C 这个大富豪还是不能比，所以她父母一看他们俩分手了特别高兴，说："太好了，你跟那穷小子分手了，赶紧给你介绍华尔街大鳄呀。"华尔街根本就是犹太人控制的，她坚决不要，因为从小在那种家庭长大，她特别叛逆，最后还是跟初恋复合了。

其实他俩住的房子很小，她开玩笑说："我妈住在别墅里，她那大衣帽间就跟一个卖衣服的商店似的，挂满了衣服和鞋。我妈那个衣帽间比我这房子都大，她天天骂我说我穿得像流浪汉。"她特别叛逆，就不弄那一套奢华的东西，穿得破破烂烂的。

她老公是一个特别好的人，我特别喜欢他们夫妻俩。她老公在历史方面特别好，连中国历史都知道，经常跟我聊历史。她老公在美国算是比较好的律师了，正常应该是 800 美元一小时律师费，但是他报价 800，经常就收 200。因为只要熟了，他跟各种客户都特别好。

有一次，她老公和她特别高兴地和我说："唉，我们开车来接你。"我说："什么事儿呀？""没事儿，就是来接你，咱们出去转转。"结果俩人开了一辆特别豪华的车来接我，我说："哟，这车好厉害呀，这车贵呀！"她说："哎呀，我们的一个客户特别有钱，豪车特别多，说借我们一辆开开。"这就说明她老公跟客户关系是非常好的。他们去全国各地玩的时候，客户就说："我那有套房子，你去住两天吧。"他俩的物欲都不太高，大部分时间就是看书，对于犹太人来说，读书、教育是最重要的，要不怎么能得一百多个诺贝尔奖呢？他们在节日时送的礼物大部分都是书，他俩还定期举办读书会，定期去旅行，但也不是豪华旅行，就是为了看看世界。

他俩去印度，看到堆成山的废弃锂电池，对当地的污染极为严重，后来就问人家说："这都哪儿来的？"回说："这都是西方国家的垃圾呀，我们穷，人家给我们点钱，就把垃圾运到这儿来了。"所以他后来在这儿，只要看到以"我开电动车，我环保"为荣的"白左"，就跟人家说："你开电动车是环保了美国，但是你有没有想到废电池去哪儿了？最后污染了多少贫苦地方的人民？人家水都没得喝。"她就是这样的人。

我在拉斯维加斯参加 CES 大会，其实就是跟他们夫妻俩一块去的，结果恺撒皇宫的酒店没窗户，大白天都得开着灯，环境特别差。她老公根本不在乎这件事，我们在拉斯维加斯的时候他也不玩也不跑，一直在打电话，跟法庭，跟客户沟通，帮人家解决问题，一打电话就是 3 个小时。但是 C 对这房间实在承受不了了，第二天她特别可爱地跟我说："如果我妈看到这样的房间，她一定会走的。"她不说她受不了，而是说她妈妈受不了，弄得我也很不好意思。

他们俩会定期观星冥想，也不生孩子，收养了一大群各种各样的狗，交了一些好朋友，包括我。大家跟他们交朋友其实最重要的就是他俩充满正能量，属于"岁月静好型"。她不生孩子有一个重要原因，就是她自己是被收养的，所以她可能原本不是犹太人，被犹太家庭收养了之后成了犹太人。她的生母是一个未婚先孕的加拿大人，但是那个时候在加拿大堕胎是非法的，而美国恰好有几个州通过了可以堕胎的法律，她生母就想办法从加拿大到了美国，结果最后还是没能满足堕胎的条件，最后只好把孩子生下来了，送给了当地孤儿院。其实到现在在美国都能看到医院里有些告示，就是说如果你觉得你不能好好抚养你的婴儿，你可以选择把孩子留在医院，医院会负责把孩子送给孤儿院或者想要领养孩子的家庭，而且不需要留任何信息，你有自己的选择权利。最后她就被送到她养母这里来了。

她养母还曾想尽一切办法去调查她的生母是个什么样的人。但是 C 从小就特别独立，她从小就跟她养母说：“如果你非要知道我生母是谁，这是你的事儿，我没有这个意愿，她把我抛弃了，我并不想知道她是谁，你可以继续去调查，但是你就别给我讲了。”她的养母是在家不出门都得把全套首饰戴上的美国式大贵妇，特别优雅，而且从来不晒太阳，不做任何家务，说英文都是用那种贵族大词儿，不怒自威。所以她跟她的养母有很大的距离感，她也不喜欢那种上流社会的作风，她绝大部分时间都不化妆，大概极其偶尔的时候才会化。

其实她结婚以后怀孕过 3 次，但就是不想生出来，这可能就是原生家庭带来的问题，因为自己是一个被抛弃的孩子，是一个被收养的孩子，所以她对于这种感情有所畏惧，每次都选择流产。犹太人是非常重视家庭的，所以她妈对这事儿简直都疯了，但是她就不生，对她爸妈说：“爸妈对不起你们，我很感谢你们从孤儿院把我抱回来，我也很爱你们，但是我不是传宗接代的工具，我觉得这种事儿没有意义，我是一个独立女性，这个地球上已经有太多人了，我只想做公益，我只想保护动物，保护环境，我对这种事没兴趣。”

这就是我的犹太人好朋友 C 的故事。

D 呢，是爱尔兰大美女，是电视剧里都很少看到的大美女，艳光四射，留着爱尔兰式的红色长发。电视剧里这种女性一出现，就会联想到 *Mad Men*（《广告狂人》）里的超级大美女，在影视剧里通常被刻画成大花瓶的形象，就像女强人在电影、电视剧里都被刻画成长相严厉、暴跳如雷，性格极为 tough（跋扈）、dragon lady（母老虎）那样的形象。其实生活中并不这样，生活中 D 其实就是一个美丽的女强人，但是她充满了爱，她的事业非常成功，是奥普拉（Oprah Winfrey）的大制片人，奥普拉之前很多年都是美国脱口秀中的执牛耳者，是非常强的黑人女性。

D 是奥普拉的大制片人，可以说她的事业做得非常成功。我原来不知道她的家庭如何，后来我去参加了爱尔兰朋友们的家庭聚会，在那里碰到了她，她跟她老公带了5个孩子来的，而且前3个孩子都快上大学了，最小的居然还在蹒跚学步。再一问，这5个孩子都不是她亲生的，她24岁的时候就得了宫颈癌，切除了子宫，丧失了生育能力。她康复之后，她的小姑子未婚先孕了，并且选择生了下来。生下来之后她就问D说："嫂子，你要不要这个孩子，我也没结婚，又那么年轻，不方便养育。"于是她就收养了自己的外甥，又从一个儿童服务机构收养了一儿一女，一边养这3个孩子，一边工作。

做脱口秀是非常累的工作，得天天开张，写稿子、请嘉宾、策划，尤其是"奥普拉脱口秀"这么大的品牌。原本这样过了很多年，她以为自己的名字都已经不在领养机构的系统里了。结果领养机构又给她打电话，问她要不要再收养一个孩子，说她的家庭对这个孩子来说可能是最好的。但其实领养机构肯定对每个人都会这么说，她心一软就又收养了一个新生儿。

这新生儿跟哥哥姐姐年龄差距特别大，本来以为这已经到头儿了，结果过了10个月以后，机构又给她打电话说："10个月之前，你刚收养的这个新生儿的未成年母亲又生了一个孩子。"领养机构又劝她说："你看，这俩孩子其实是姐妹俩，如果你都收养了呢，这姐妹俩一起长大还能更健康一点，那是亲姐妹俩嘛。"结果D又同意了。就在她的事业如日中天，孩子们好容易长大了，自己可以轻松的时候，家里又多俩婴儿，又得从头开始带。

那5个孩子那天都去了，聚会的时候彬彬有礼，都教育得特别好。而且他们5个孩子都知道自己是被领养的，周围的人也都知道，因为在美国这很正常，没有人说三道四。其实我觉得在中国随着现代化的开放，大家也都好了很多，不像以前东家长西家短的，连拖油瓶都有人说。

这5个孩子特别健康，完全不像大家担忧的有心理阴影之类的疾病，他们都很高兴。我就问她和她老公说："你们怎么能做到呢？"两个人边工作边养这5个孩子，还养得这么好，他们兄弟姐妹之间关系非常融洽，3个大的孩子也没有像美国典型的青春期小孩一样叛逆。她老公就说："她有too much love（太多爱）。"其实我见过很多这样的美国家庭，都是说"我太太有too much love"，有的是自己有孩子又去收养了好几个，包括好多明星，Brad Pitt（布拉德·皮特）和Angelina Jolie（安吉丽娜·朱莉）他们俩也收养了各种肤色、从各种地方来的小孩。所以她说："养5个孩子不是那么难的事，最关键的就是不要太焦虑，不要把养孩子当成一个细致的科学实验，不要像个直升机一样整天在孩子头顶盘旋。"其实现在这种精细教育把很多父母都逼得走投无路。在中国，一个孩子不但快逼疯父母，而且爷爷、奶奶、外公、外婆6个大人都快被"逼死了"，每天上各种课，从早到晚轮流陪。其实孩子不需要这些，也不需要跟人攀比，都是家长自己心理的问题。

我的这4位女性朋友，都拥有坚强独立的女性故事。其实在西方看到的女性，相当一部分都是坚强独立的，虽然也有各种拜金的，但是人类社会就是正态分布。所以实际生活里的这些女性跟银幕上刻画出来的已经类型化的、脸谱化的女性其实是有很大的不同。社会环境也造成了不少差异，比如说更完善的法律保护、更宽松的社会环境，都造就了不同的性格。西方的社会更宽松一点，大家都不太涉足别人的私生活，是同性恋也好，是变性人也好，是收养的孩子也好，大家都觉得很正常，所以没有那些压力，大家也会叽叽喳喳地说邻居的事儿、院儿里谁谁的事，可能也是因为大家住的房子都比较大，没有那么多邻居可议论。

我说这些故事，没有站着说话不腰疼的意思，没有倡导向哪位坚强女性学习的意思，我只是想说其实女性有更多的选择，有更多的权利和自由。

与卡卡游俄罗斯

> 俄罗斯的这些艺术好像都有点儿悲伤、绝望、压抑，大概跟这国家辽阔而又寒冷、一年中有半年的时间都生活在漫长的黑暗里有关系。

从俄罗斯的冰天雪地里回来后，短期之内都不想再去了，因为太冷了。这一次去俄罗斯，比印象中要差了不少，不知道是因为我自己的眼睛更加毒了还是怎么回事儿。从前去的时候对俄罗斯还是有很多好感的，因为去了普希金的故居、陀思妥耶夫斯基的故居，还跑到柴可夫斯基故居外边儿鞠了个躬，再加上俄罗斯的音乐，在历史人文方面给了我很好的感受。

这次去也有很多美好的有趣的感受，跟他们当地的音乐家一块儿弹着巴拉莱卡，拉着巴扬手风琴玩儿。但可能是因为不适合冬天去俄罗斯，其实我去的时候在北京已经是春天了，但是俄罗斯还是冰天雪地，就给我造成了一个很不好的印象，

所有的车都脏得一塌糊涂，但是也没法洗车，因为地上的雪被轧成烂泥，一开车就溅得玻璃上到处都是。每辆车得带好几桶玻璃水，一会儿就用完一桶，穿着貂皮大衣的俄罗斯女人们走在街上，也是在充满“雪泥”的城市里走，又黑又暗又冷。再加上不知道是中餐的水平下降了，还是我自己这嘴越来越刁了，从莫斯科到圣彼得堡怎么也找不着好吃的中餐馆，对我来说“吃”可是最重要的事儿，这回没吃好，以至于心情就低落很多。

但是这次去是给世界杯预热，我跟卡卡一起录节目还是很开心的。在节目里我跟卡卡踢球，因为我要赖，所以成绩其实相差并不多，实际上技术方面差了十万八千里。我们俩还打了乒乓球，没想到他乒乓球打得也很好，我发现体育跟文艺有点像，有天赋的人可能都是通的，在这领域里什么都会。

卡卡很有意思，是一个非常单纯的少见的好孩子，虽然他已经36岁了。他问我："今年什么年？"我说："狗年。"他说："那我属什么的呀？"我说："你哪年生的呀？"他告诉我之后我一算，我说："哎哟，你就是属狗的，今年就是你的年。"他说："有什么讲究吗？"我说："有啊，就是你得穿红内裤。去年是我的本命年，我已经穿了一年红内裤，今年是你的本命年，你就得穿红内裤。"他赶紧让他弟去买红内裤，很简朴。

卡卡只带了一个弟弟来录节目，不像那种大明星要带着七八个人前呼后拥，如果对比一下贝克汉姆出动的阵势，就觉得卡卡简直是太朴素了。卡卡得过世界足球先生，我还说："那时候是你的黄金时代啊。"记得曾经在十几年前巴西对阿根廷的比赛中，梅西追着他追了半场。但是他依然摆脱了梅西，成功射门，还得分了，他自己都说："那时候是我人生中特别美好的回忆。"他特别热爱足球。然后我说："那如果现在梅西再追你呢？"他乐着说："现在当然不一样了。"

卡卡得了一届世界足球先生，C罗得了5届，梅西得了5届，所以他其实绽放的光芒没有那两位大，但是他还有其他的优势，就是他长得特别帅，他比C罗长得帅，在球星里的颜值属于第一线。但是长得帅的人通常会有很多绯闻，体育圈本来就挺张扬的，经常看到马拉多纳在家里开裸体派对，体育圈里每年都看到很多这种新闻，比完赛出去喝酒，毕竟大家身体好，或者是叫一大堆女性朋友。但是卡卡特别老实，他弟也特老实。

他弟长得也特帅，比卡卡还高。卡卡本来就挺高的，我虽然有1米78，但是他比我高一截儿，关键脸又小，我跟他一块儿溜达，就对比得很不好。

他弟弟长得特别像本·阿弗莱克，我问他弟弟：“有没有人跟你说你长得像本·阿弗莱克？”他说：“还没有啊，你是第一个。”后来我就管他叫“本”，因为他弟弟的名字特别长，不像卡卡有一个 nickname（绰号），其实葡萄牙人的名字都很长。但卡卡其实是意大利后裔，所以他在巴西那种肤色很深的国家里特别鹤立鸡群，包括在场上踢球，其他的巴西球员大都是深色的皮肤，只有他出来像一位特白净的白面书生。我就问他：“你长那么帅，怎么这么老实啊？”卡卡不太爱说话，我们俩在一起主要都是我说话，我带他逛红场，逛克里姆林宫，逛冬宫，给他讲冬宫里各种艺术品。传统印象里都觉得搞体育的人好像都没怎么念过书，但是卡卡还挺好，跟他聊什么他都能反应出不少有意思的东西。于是这一路聊得还挺高兴。到最后两天的时候他一天到晚黏着我，让我觉得特别可爱。因为他跟其他人都不熟，也不是特别爱交际，不录节目的时候他也在我身边待着。他每次都比我早到，特别有运动员的纪律感，每次我一到他就特别高兴。

我们俩为了做节目，长谈过两次，所以成了特别好的朋友。他曾跟我说：“你一定要来圣保罗。”卡卡退役了以后就搬回圣保罗去了，在那养着俩孩子。我问他：“意大利那么多美丽姑娘，你在米兰待了 7 年，有没有过艳遇？”他说：“真没有。”然后他弟跟我说：“我们家家教特别严格，信宗教。”我们俩在一起都是我给他讲艺术，讲历史，他给我讲宗教，因为宗教是我的一个盲点。所以他对画儿、宗教薄都如数家珍。卡卡和他弟弟都属于老实型的 “佛系”大帅哥。我说：“你什么时候有空来洛杉矶，也来找我玩儿。”然后我们俩就约了 4 月份再见。

他说：“我在意大利的时候，已经订婚了，后来又生了俩孩子。”当然后来他也离婚了，前妻是巴西的姑娘，现在的女朋友也是，长得好看的巴西姑娘有很多，巴西大超模吉赛尔·邦辰等等。卡卡从开始很腼腆的一个男孩，到后来也能够兴高采烈地玩儿点儿有意思的事儿，打打雪仗、打打乒乓球，所以从这角度说，这次俄罗斯之行还是非常愉快的。

我还跟他说："你长得那么帅，有没有想过来好莱坞演电影啊？"

他特别高兴地说："要是有机会，你一定要给我介绍一下啊，从来没人找过我，但是我退役了，正在想要做什么。"

他说："我暑假可能要去哈佛看一看，沾染点那里的气息，看看能学点什么。"

他说："我听说你也在那儿，咱们在那儿再见。"

我上一次去俄罗斯是四五年前吧，之前看航展、参加活动也去过很多次，这回隔了 4 年多再去，并没有什么变化。大概是习惯了中国的日新月异，数月的不见就让人倍感惊讶，也或者是习惯了美国的不变化，因为美国 old money（原有资金）已经积累了那么多了，早就什么都有了。美国有过一百多万公里的铁路，最后都给拆了；有过全世界最大的工厂，最后都搬到中国了。但是今天美国的基础设施越来越破，体制也有很多问题。但是这种不变和俄罗斯的不变是不一样的。俄罗斯没有经历过那个阶段，它不是因为已经高度发达了而停止，它就是单纯地不发展。

我也问了不少当地的俄罗斯人："你喜欢普京吗？"这次明显感觉到喜欢普京的人减少了不少，我觉得可能跟经济有很大的关系。因为俄罗斯经济太过依赖石油，只要石油价格一跌，就一点办法都没有，只能就在那儿停滞着。只有石油价格涨了，才能兴奋一点。但其实中东国家、海湾国家，像迪拜、阿布扎比等等也靠石油，人家却已经发展起了多元化的经济。俄罗斯油价高的时候也没见政府有什么举措，油价低的时候就更没办法。所以这次去感觉路还是那么破，莫斯科到圣彼得堡一共就几百公里的距离，相当于从洛杉矶到旧金山，但是到现在也没有高速公路，大概就只有一小段高速公路，大部分路还得进村儿走，往返一共三条车道，想要超车还得在一段规定可以超车的路段才行，看着特别像 20 世纪 80 年代初中国的那种样子，高铁也没修起来，在机场还能看到他们航空公司各种老旧的飞机。

俄罗斯的国产车原来只有拉达等等牌子，现在依旧还是只有好像出土文物似的拉达，韩国车倒是满街都是。一个国家怎么能称自己是强大的国家呢？要是连手机、汽车都生产不出来，哪怕你有很多武器、核武器，有很多报废的核潜艇，都不是一个国家真正的实力。所以能明显地感觉到俄罗斯的衰落。

俄国曾经出过那么多璀璨的照耀世界的巨星，从普希金开始一直到苏联时代，还是有很多大师的，像梁赞诺夫、肖斯塔科维奇等等，结果这二十多年来，也没看到出现特别牛的大导演，或者大作家、大音乐家，哪怕是流行的明星，好像都想不起来有谁。一个曾经照耀了世界一百年，后来又让世界害怕了小一百年的国家，如今变成这个样子确实让人很难过。尤其是我们这一代人，包括我们上一代人对俄罗斯是有很多很多感情的。因为俄罗斯的文化历史深深地影响了我们的成长，包括我自己的音乐风格、自己写过的《彼得堡遗书》。

所以我想短期之内不会再去让我感觉压抑的俄罗斯了。当然可能也是因为这种压抑才诞生了俄罗斯独特的绘画、音乐、文学，俄罗斯的这些艺术好像都有点儿悲伤、绝望、压抑，大概跟这国家辽阔而又寒冷、一年中有半年的时间都生活在漫长的黑暗里有关系。像我这种特别怕压抑的人，只喜欢阳光，就爱待在加州，最好天天都出太阳，所以俄罗斯可能不太适合我。

网上点餐

> 我相信，在远远超过美国的运营能力以及市场能力的基础上，再加上厉害的产品，未来中国的互联网企业一定能走到世界最前列去。

朋友要来我在洛杉矶的家中做客，于是我想那就点俩菜吧。其实平时我通常都不在网上点餐，因为美国服务非常差，网上点餐选择很少还费劲。在美国点餐还处在很原始的阶段，给饭馆打电话点餐，如果饭店可以delivery（配送）最好，如果不送餐就得自己开车去取。实在不行的话我有时就用Uber（优步，打车软件）叫辆车，告诉司机在哪儿有一个人等你，你帮我把菜送来。但是Uber就贵多了，所以这次我心想试一下网上点餐吧。

我住的地方比较偏，几个网上点餐平台都说："对不起，你那个区域还没有送餐服务。"于是我就用PayPal，PayPal是美国的一个支付工具，有点像中国的支付宝，但是功能比支付宝差太多了。它实际上只是一个链接，不像支付宝是一个真正的金融工具，可以干好多事儿，不光能付款，还可以贷款，还有芝麻信用、花呗、口碑外卖等等。我看PayPal里有一个点餐功能就打开了，饭馆还挺多，很惊喜。于是我就在一个也不是中国人开的中餐馆里点了几道菜。

我早上10点钟就下单了，预定下午五点半送到。因为在中国习惯了，以为这就可以了，于是踏踏实实等到下午，朋友们都来了，左等右等饭还是不来，我就拌了一个凉菜，结果凉菜吃光了大家面面相觑，都 5 点 50 分了还没送来。我就给饭馆打电话，我说怎么还没送来呀？结果饭馆说了一句话让我震惊了，他说："PayPal 的传真 5 点 40 分才传到。"我说："啊？这个还要发传真吗？"他说："对啊，PayPal 需要发传真给我们，把订单下了我们才能做，所以我们收到传真刚 10 分钟，现在正在做。"最后 6 点 40 分才把餐送来，也不说一句对不起。

我于是愤怒地打电话给 PayPal 客服。美国的客服简直太可怕了，通常不打十几二十分钟是接不通的。要让人选各种东西，要识别你说的话，英文说得不标准接听的机器人还听不懂。终于接通了，沟通了半天，客服说："我们就是这样的，我们就是要发传真……"最后我就有点不高兴，我说："你是不是应该觉得有点抱歉呢？饭馆当然不说对不起了，那不是饭馆的责任，你也不说对不起吗？" PayPal 客服想半天才说："如果你坚持的话，我可以说句对不起，但我们的工作方法就是这样的。"在美国很少听到服务业人员道歉，而且进到美国每个饭馆儿里边儿，都会有一牌子，上面写着：我完全有权利不为你服务。不像在中国的服务业，客气周到得一塌糊涂。

当天晚上我跟国内的同事开电话会，正好谈论有关互联网技术的问题，聊到为什么美国人没干这事儿，我们为什么要干这个事儿。18 年前我在搜狐任职的时候，大家干什么事之前都得先问问："美国有没有这事儿？美国人干没干？"如果美国没有这样的互联网模式，大家就觉得这事儿不用想了，肯定不靠谱。但是十几年过去了，真的不一样了。开会的时候我就说："美国人是没干这事，但是美国人连网上订餐都没干呢！"中国那边的伙伴满堂大笑，立刻将乌云驱走，说："好，没事，美国人没干没关系，咱们已经领先很多很多了。"

应该这么说，如果真的是基于互联网技术以及对未来的技术探索，包括人工智能这些前沿的技术，我们今天肯定是还没有超过美国。虽然技术上没有超越美国，但在互联网服务上，尤其是生活服务这一块，我们远远地超过了美国。其中有一个重要的原因就是中国解决了快捷支付的问题，中国的快捷支付从阿里开始，是全球领先的。阿里成千上万个店要卖东西，快捷支付这问题一定要解决，包括信用的问题、打假的问题。阿里解决了快捷支付的问题就等于攻破了中国互联网生活服务的一个最大难关。所以中国用互联网可以解决一切，点餐也好，打车也好，其实就是靠快捷支付解决了。

在美国，以前停车领个票，回来给现金就完了。现在在美国停车，人家说："你告诉我一个电话号码。"我说："干吗呀？"说："你得给我电话号码。"我只好说了电话号码，然后就给我发了个短信，说："这个短信中有个链接，你点一下就可以付停车费了。"我说："哎哟，这不是先进了吗？"结果点进去之后我发现它和 PayPal 是不连通的，不像中国的快捷支付是连通一切的，比如说用支付宝，就不用专门去输入支付宝号、信用卡号或者重新登录，都是连通的。结果回来取车的时候我还得在那输信用卡号，那么多号输完了，我的很多机密也输进去了，我说："我还不如给现金呢。"最可气的是还得输入邮箱。美国特别讨厌的一点就是干什么都得输个邮箱，买张电影票也得要。于是我就专门建一个邮箱干这个用，每天收到无数的推广邮件、垃圾邮件。要真的用我自己的邮箱，早爆了。但是美国人不觉得，美国人没去过中国，去中国也没用过支付宝，所以他们觉得这样很正常，这就是生活。

快捷支付只是解决了基础问题，但是中国互联网企业的运营能力真是太厉害了。对此我有两个想法，其一是美国线下消费场景经营上百年了，都是"old money"，经过这么多年在线下努力地耕耘，确实没多大缝隙去突破，这现象确实太厉害了，都已经连锁了，已经标准化服务了。所以线上去撼动线下不是那么容易，虽然 Uber 和 Airbnb 这两个新的产品是革命性的，但是大量的线下消费场景是难以撼动的，而且美国人也没那么大革命的愿望，因为美国人觉得生活挺好的。在中国由于发展太快，确实线下的很多东西不够完美，总有短板。这些短板给互联网公司留了巨大的空间，让他们进入市场，提升服务质量。其二是中国人飞快地奔跑着，希望生活每天都在改变，每天都更好。美国人没这需求，他们就这么懒。中国用 DVD 好几年了，美国还在用录像带呢，现在中国已经没有人家里用 DVD 机了，但是美国家家都有 DVD 机，还在买 DVD 看呢。所以两个国家在互联网方面差距非常大。

美国的互联网产品是非常好的，虽然不能说每样产品都比中国好，比如说美国就没有中国的微信。美国的通信工具——Whatsapp，功能太简陋了，Facebook Messenger 纯属就是 copy（复制，抄袭）微信，而且功能也差很多。美国人到现在都还在用邮箱，但是邮箱不管怎么设计，找东西都得找半天，附件永远沉在最底下，简直就是麻烦。美国人连“我到了”这仨字居然都要发一个邮件。但是美国的产品一直领先，目前全球 7 大互联网公司，除了中国的阿里跟腾讯，其余的苹果、微软、亚马逊、谷歌、Facebook，其实都是美国产品立足，大多数都是由技术人员创业的，靠产品做起来的。中国是靠运营，其中中国人多是一个重要的因素，再加上中国产品的问题，运营就更要加强。

其实不光是互联网，两个国家的各方面都是这样，包括战争也是。武器就是产品，战术就是运营。对于喜欢武器的军迷来说当然喜欢美国了。但是对于喜欢战术的人来说，看美国人打仗，不管是“一战”“二战”还是其他战争，总觉得很无聊。怎么永远打不出一场包含穿插、分割、包围、埋伏等等这些战术的漂亮仗呢？

美国的军事思想跟它的社会思想是一样的，就是以产品为主，不要去想那些奇怪的运营方法，不要想奇招，就专心把飞机做得特别棒，P–51 野马飞得又远，火力又猛，美国的炮、航空母舰等等所有产品都做得特漂亮。战术上就靠轰击，不需要什么战术，冒那险干吗？大炮猛轰，轰得敌人毛干脚净，冲上去就行了。而对于产品落后的一方就得天天想各种漂亮的战术，想特别有创意的战术，比如说朝鲜战争中，中国跟美国打，中国的产品当然不如人家了，美国那个飞机大炮多厉害，但是中国也打得挺好，中国有各种战术，比如说发明了让美国人想不到的反斜面战术。原来都是在山头上驻阵地，结果美国飞机大炮一轰炸，整个山头上大概有一米都给削平了，后来发明了反斜面战术，就在山这边驻阵地。山那边迎着美军，跟山顶一样惨，可是如果在山这边驻了阵地，就不一样了。美国的炮弹是有抛物线的，一过去，就打不着这反斜面了，飞机也一样，俯冲过来打不到敌人，那就得飞过去，之后再往回俯冲才能打到敌人，那个时候后方就在山里挖洞，挖到对面去，上甘岭等等地方都是这样。如果美方为了打反斜面把炮拖得特别近，中方就冲锋打美方的炮兵阵地。如果美方拖远了，这抛物线低就打过去了。

到了互联网时代其实还是这样。但是我相信中国产品的未来发展，而且今天我们已经有了几样产品，甚至比美国还要好。比如说支付宝、微信，这都是比美国远远厉害的产品。但是我们的运营更强，我在阿里这几年深刻地感受到，运营有多么重要。阿里每次表彰的“铁军”全是强运营。

在强运营下市场大，市场缝隙又大，原有的消费还没升级，线下场景没有美国那么完整，以致中国互联网公司有大量的事可干。美国的互联网公司可干的事就是造新产品，所以美国的硬件很强，造出大量的类似GoPro这些新产品，因为美国得增量市场。原有市场所有的线下的产品也都在线上卖，所以美国亚马逊的市场占有率远远没有中国阿里巴巴大。

美国线上卖的电影票才占到百分之十几的票房，中国已经恨不能快占到百分之百了，对中国人来说买票方便极了，有手机就行了。美国人还跑到电影院门口排队呢。从这一块就看到中国强大的经济力量。而且中国的互联网公司基本都是民间的公司，以强大的运营能力、学习能力，以及学习方面的创新能力获得市场。中国第一代互联网的创业者基本都是海归，回来以后基本都是 copy 美国模式——美国有这个我就干这个，美国有那个我就干那个。美国有 Google 我就干百度，美国有 yahoo 我就做搜狐，连名字都差不多。从第二代开始就不是海归创业了，而是更了解中国和中国人的这些人，走出了跟美国互联网不同的道路，才创造了这些大型的互联网公司，积累了大量的资本，未来会将大量的精力投入到研发中去。

我在阿里能清楚地看到这点，所以未来中国产品也跟上的时候，运营能力又是美国所不能比的。美国没这基因，美国的几个大公司都是只干自己这摊事儿，苹果干苹果的事，Google 就干 Google 的事儿，亚马逊就卖它的东西，连电影票也不卖，虽然收购了全球最大的影迷网站，但是这个网站就不卖电影票。在中国这都是不可想象的，这叫浪费流量。它就是为了让自己拥有那些版权，Amazon Prime（亚马逊金牌服务），有一个流量入口就够了，其实浪费了大量想看新电影的流量，但它就不卖票。不像中国的帝国型企业，上来就四面出击，空降也来、炮火掩护不到的地方也要去，就打硬仗，强运营，产品不行也先打，先运营着再改产品。所以我相信，在远远超过美国的运营能力以及市场能力的基础上，再加上厉害的产品，未来中国的互联网企业一定能走到世界最前列去。

书 馆

> 民间信仰承载了一个国家的信仰。

我真的没料到，杭州晓书馆开幕以后，受到大家的热烈关注，看到各种各样的朋友给我发来的文章，让我既受宠若惊又如履薄冰。我做一些公益事情，当然是希望能够被更多的人知道，带动更多的人一起来做公益。公益和慈善是不一样的，慈善通常就不宣传了，因为慈善就是捐钱嘛，就像我没做书馆的公益项目之前也就参加一些基金会，给一些小学捐多媒体中心，给茅以升基金会捐过一座桥。

做慈善和公益的区别就是，慈善主要就是捐点钱，我捐给小学的大部分的多媒体中心，我都没有去过，捐的桥也是在遥远的西南山区，我也没有去过，都是基金会的人去做项目，我就是支持一下。基金会的公益人员翻山越岭到每一个贫困的山区，去看哪里有需求，就到哪里去捐这些教学设施，或是为了方便孩子们的交通捐桥梁。包括马云公益基金会的人员，在中国留守儿童多的地方做寄宿学校，也是要翻山越岭做考察。他们是在做公益，我们这些支持的人就是在做慈善。

后来我终于也有了自己的公益项目，就是投入精力、时间、资源等各方面去做的书馆。现在在北京的杂书馆，主要还是因为有大藏书家愿意献出所有的百万级藏书，然后我们一起来整理归类，找地方，把它推广给更多的人。做这样的公益项目，我非常高兴。

做杂书馆两年多，就想到把它推广到更多地方去。那么为什么后来从杭州开的叫“晓书馆”了呢？主要的一个原因是杂书馆是古籍旧书，这样的收藏很难分出去，收藏的东西在一起才有学术价值，不能人家来做研究结果这 5 本在北京，另外 3 本在杭州；不能民国的杂志书放在北京，民国的戏曲书放在上海，这样就比较难弄，类目也比较难分。所以后来想来想去，北京的杂书馆就是以收藏学术价值为主的书馆，是一个大规模的更加学术性的图书馆。当然其中也有新书馆，较多收藏的是 1949 年以后出版的图书，我看大家去了主要还是阅读那些书。但是真正的古籍拿出来看看会觉得挺有意思，除了学者以外其实没有多少人真的去认真地读那里面的宝卷、古词、弹词等等。但是学者来了就会很高兴，这让我很欣慰。因为大量的收藏是民间的，真正的古籍善本和国家的大型图书馆是不能比的，不要说跟国家的不能比，跟哈佛大学的哈佛燕京图书馆都是不能比的，因为这些都是需要多年的积累，哈佛燕京图书馆有上百年的历史，中国国家图书馆，包括一些大的省立图书馆都是有多年历史积累的，所以得慢慢来。

但是杂书馆比较好的就是它收集了大量的民间的东西，比如说民间戏曲、教材、杂志等等，很多东西都是大的图书馆不太收的书。过去民间散落的东西是比较难收齐的，但是做杂书馆之后发现，中国现在有了孔夫子旧书网这种平台，可以在上面发现很多民间旧书，比如漏了的一期杂志，或者其他类目——古词、宝卷，又有东西出现了。所以目前依托互联网的信息收集能力以及平台的能力，很多民间的类目收得相当地全。

我前不久在哈佛大学东亚系做了一个有关杂志馆收藏的讲座，让我没想到的是真的来了不少人，因为原来只是安排在一个教室里，给东亚系哈佛燕京图书馆的这些学者们分享一下杂书馆的收藏。结果让我很高兴的是，不但是东亚系，包括汉学家、中国文学的教授、历史等各方面领域的人都来了，还来了很多热情的学生、老师等等，导致临时从教室换到了讲堂。我准备了一个90多页的非常详细的PPT，特别高兴地做了一次比较学术性的交流。不光是泛泛地介绍了杂书馆中收藏的门类，明清民国的杂志、民间的戏曲等等，而且偏学术性地详细介绍了其中一个比较偏的门类，叫作木鱼书。

木鱼书是广东地方的民间山歌，都算不上是大的戏曲，有点像北方那种敲着鼓的古词或者南方的评弹之类。因为杂书馆应该是收藏了全世界最多的木鱼书，所以我仔细地介绍了里面的历史沿革脉络风格，并且介绍了两个方向。

其中一个叫广东现象，就是从晚清到民国，广东贡献了中国改良革命最主要的人才，包括太平天国的洪秀全，戊戌变法的康有为、梁启超，孙中山等等，都是广东人。因为广东当时处在前沿，前有澳门后有香港，因此接受外来的新鲜思想比较多，所以我仔细地讲了新的思想在地方戏曲、民间文艺中间的体现。我自己一直以来都比较想去研究的方向就是民间到底是怎么改变的？民间的信仰是怎么改变的？这些现代的文明革命等等是怎么渗透到民间去的？大知识分子当然是影响了中国民间一部分，但是《新青年》发行量只有1000多份。即使中国当时影响最大的报纸——《申报》发行量也只有2万份，我估计到了韩寒的老家松江那儿，就已经看不到《申报》了，所以真正的广大的中国的改变、革命奋进甚至沉沦都和民间的改变有很大的关系。那么知识分子之间的那些东西能影响到什么程度？民间到底是靠什么渗透？民间戏曲当然就是最最重要的载体了，因为民间大量的是不识字的人。清朝民初，大家的识字率也就百分之几，那剩下的大部分人民是怎么接触到这些新鲜内容的？怎么改变呢？于是我仔细地讲了木鱼书对革命的题材的吸收，对新事物的吸收，包括对老的事物的改编、对《红楼梦》选曲的改编等等，通过这个讲了我的“信仰的观念”，就是包括里面的宝卷等等，都是民间的信仰。民间信仰承载了一个国家的信仰……

我那天讲了很多并且特别高兴，系里面的反应也很好。第二天开始不停地有大教授来约我吃饭，聊聊有没有这个，有没有那个。讲讲中国民间的东西，包括一些中心的主任、哈佛大学的大教授——也是世界上研究中国民间戏曲的大权威人士之一，因为没有在现场，专门给我写了邮件来说：看到你的图片里有木鱼书，有一本我特别感兴趣，叫作《故里淮选》。

《故里淮选》其实讲的是一个广东人，在南洋的奋斗以及辛苦，辗转流离怀念故乡。他说："我正在研究南洋华人的这些东西，突然看到这一本在你们杂书馆收藏着，特别高兴，你能不能把它扫描了给我看？"因为我整理目录就花了两年多的时间，还没有整理完，所以大量的东西还没来得及扫描，做一个图书馆，要在里面投入很多的辛苦。所以特别感谢那些藏书家，不但捐书，还有工作人员在那里接待所有的读者免费来看书、喝咖啡、喝茶、吃水果，服务大家，同时还要花大量的时间把目录内容等等梳理出来。因为这些原因，杂书馆的收藏就不动了，从杭州开始就叫"晓书馆"。

之后将会到中国五六个主要的城市去做书馆。杭州是第一站，也是我的老家，我祖籍杭州。也因为江南的读书气氛浓郁，正好我的工作单位也在杭州阿里巴巴，再加上杭州合作方非常热情地来表达了合作的意向，所以我当时在杭州也看了不止一个地方，跟别人没合作成也挺抱歉，人家都是很热情的。包括有政府出的地方，有河边漂亮的小楼建筑，最终我们选的是良渚文化村，因为它整个的配套都很成熟，再加上各方面的合作，谈得非常好，最终决定落户良渚。那个安藤忠雄设计的漂亮建筑也让我特别兴奋，晓书馆主要是以阅读为主，而不是以收藏和学术为主，我觉得是比较值得一看的。但是从特别值得看的书到比较值得看的这几万本书，我肯定不会都读过，我从小到大每天不干别的事，只读书也不可能把这些书都读过，但是我读过里面相当大的部分，而且大部分的目录我也是知道的。

读一本书的时候它里面就会提及引用了哪本书、参考了哪本书，所以基本上体系我是明白的，目录是知道的。

我们自己的小团队，非常高兴地做了选书工作。选书这个事当然是很愉快的，就比如说有人让你编一屋子关于中国整个华语音乐历史的书，让你从晚清民国开始，到旧上海、香港、台湾的所有歌中去挑选，你当然就很高兴了。高兴的不光是可以挑什么样的歌，连不挑什么样的歌，都让人很高兴。如果让我编一套华语唱片历史，有些歌是我非常不喜欢的，就不选进来。当然了，这不是学术性的，如果是学术性的我就必须要选进来，如果只是兴趣性地推荐给大家，那当然是选我欣赏的音乐。晓书馆也不是个学术性的书馆，不是一定要各种门类都齐全，这里面都是我喜欢的，我觉得不好的就没有选进来。所以我们有一天晚上讨论什么书不能进来的时候，非常有意思，大家在那儿一边说一边哈哈大笑，小小地行使了一把审美的权利。所以现在晓书馆里的书，是我觉得非常值得读的书，而且还有伴读者计划，我自己会在月底的时候到杭州去做第一个伴读者，在那儿做一个讲座，未来会有更多的读书人、知识分子、学者等等到那里去跟大家分享、读书等等伴读计划。我觉得整个都做得非常好，在一步步地进步，它的合作模式等各方面也都摸索得越来越成熟，所以我特别欣慰。

晓书馆开张以后，我接到了从上海、武汉、海口等等地方发来的邀请，有的甚至是市长亲自打电话说："晓松，希望你来我们这里开一家晓书馆。"有位我特别喜欢的当地建筑的负责人也说："如果你来开的话，可以用这块地方。"这个是之前我正好知道的，特别漂亮的建筑。大概今年还会有一两家晓书馆开业。但是我也不急，因为这个事儿也不是什么特别急的事儿，不像 GDP 一样一定要做到什么标准，我就一家一家稳稳地去做吧，找到最好的合作方，找到最好的地方。书目基本上已经定下来，将要把这 5 万本放在不同的城市去，这是一个美好的事情，这个公益的事情可以一直做下去。

再访欧洲

> 我觉得美国人对平等的认知以及胸怀、文明的程度跟欧洲还是有差距的。

有次在布鲁塞尔下飞机的时候给我吓傻了，以前只见过吴亦凡、李易峰有过这架势，结果这次是我一出机场，接机的人群水泄不通，至少百分之七八十都是裹着头巾的穆斯林。我也去过几个中东国家，都没见过这么多穆斯林，在迪拜也没见过这么多，让我十分震撼。

但是后来想想我可能是有点过虑了，有可能是一班从阿拉伯飞来的飞机和我的飞机同期到。我本来以为我在比利时已经见过这么多穆斯林了，之前在英国、法国、德国等西欧国家包括在北欧，都有大量的穆斯林。我在法国的酒店里看电视，英文台就 4 个，法语台大概有 10 个，阿拉伯语台有十几个，这个比例让我特别震撼。生活中遇见了很多很好的也不保守的穆斯林，反而遇见很多特别保守的犹太人，这个很有意思。因为在美国我自己的好朋友有很多是犹太人，但是美国的犹太人保守派其实并不多，在美国看到的大部分犹太人都是很世俗化的，穿得也很 Casual（休闲），跟大家随便聊天。大概只有过节的时候，他们才过过犹太人的节，很少看到戴着犹太人的礼帽，两边梳着辫子，穿着黑衣服的人。大概东岸有一些，在西岸是非常平等自由的。在比利时，尤其是在安特卫普，有大量的穿着传统的犹太人。

有一天晚上我遇见一个一看就特别有文化的，长得特别帅的穆斯林。都说王子长得帅，这个印象是怎么来的？那就是因为阿拉伯王子。《一千零一夜》等等这种童话类型的文学，最开始的形态就是由阿拉伯人发明的，后来传到西欧去，欧洲才开始写童话。欧洲盛行写童话的时候由于阿拉伯童话《一千零一夜》实在是太成功，导致大家都认为王子就是帅的，像迪拜王子长得太帅了，但是欧洲王子真没几个长得帅的。其实童话里的王子就是阿拉伯王子，阿拉伯的姑娘也长得很好看。我遇见的这个穆斯林也戴着眼镜，就跟其他人一样。他很斯文，讲一口流利的英文，荷兰人通常英文都很好，他尤其好，一看就是那种二代移民，大概就在这儿出生，受过非常好的教育。还有一个荷兰白人姑娘长得也挺好看的，但是能明显地看出年纪要比他大。我跟他聊了半天对荷兰的印象、对各个国家的印象。他俩都是荷兰人，给了我非常正面的印象。虽然从新闻上会看到很多负面的消息，但是也有很多人持不同意见，比如问荷兰人他会说："我们觉得穆斯林挺好的。"确实大部分人都挺好。他们会说："我们每个人都有穆斯林朋友。"几乎都听不到怨言。德国人会说："我们这么富有的国家为什么不跟别人分享？"问英国人、法国人，他们会觉得："从前我们殖民过人家，伤害过人家，今天我们 pay back（偿还），觉得也可以。"

但是如果是离得特别近的人，比如说我妹，她就会有一些看法了。因为我妹就不用跟我搞"政治正确"这一套了，她当然就会说一些怨言。她住在德国 200 人的小镇，后来来了 250 位难民，比本镇人口还多。当时她和许多人一起还敲锣打鼓去迎接他们，特别高兴，还专门写了首歌去镇上欢迎新的居民。但是慢慢地会发现一些问题。当然她可能也是心有余悸，她和她的丈夫——我妹夫是一个身高一米九七的德国人。他们俩都是结构工程师，走遍世界，他俩特别逗，最多在一个地方待两年，她老公就会申请要换一个地方当总经理。她老公是德国也是世界最大的建筑公司的驻外总经理，经常去做一些大项目，比如说当雅典机场、贝鲁特机场、台湾捷运工程的负责人。所以他俩每两年就都会搬家，一会儿在希腊住，一会儿在台湾住，一会儿在中东住。我还问过我妹夫："你干吗老换地儿？"他说："因为我怕你妹爱上别人。"这挺好，一来有新鲜感，二来也没有特别熟的邻居。原来全世界男人都会吃醋。

但是他们在贝鲁特的时候就曾经被伊斯兰极端组织给绑架过，给他们吓坏了。事情过了之后我妹才告诉我，给我也吓得一身冷汗。幸亏我妹是中国人，她就不停地说："你看我们中国一直支持你们的解放事业，一直支持巴勒斯坦人民的解放事业……我们这么友好的国家，你就把我们放了吧。"结果人家说："唉，确实我们是中国人民的老朋友，所以我们还是把你放了吧。"但是临释放之前，他们让我妹跟我妹夫俩人都吃了一块饼干，给俩人吓得腿都软了。释放以后俩人就飞奔到贝鲁特的医院准备洗肠洗胃，结果查了半天并没有什么事。那饼干是真的饼干，并没有被下毒。我妹可能对这些事心有余悸吧，所以她对穆斯林有点害怕。

包括跟我比较近的，我一个挪威朋友，有时候也在私下里跟我发发牢骚，公开场合他绝对不敢说。他说："你看难民去了挪威以后当场就能获得身份，获得挪威的各种福利。"挪威福利好到难以置信，虽然欧洲福利都好，北欧福利尤其好，但是像挪威那么好的还真是很少见，也不像荷兰、丹麦、比利时这些国家一样税都特别高。挪威靠北海石油养富了这个国家，于是这个国家就用石油建起了庞大的基金，每年用一部分基金收益养全国人民。但是因为他住在洛杉矶，还挺委屈地说："你看难民到了我们挪威，瞬间就能获得身份。我来美国奋斗 10 年了，如果再回到我的祖国挪威，我都得重新在挪威纳 3 年税。因为挪威政府认为我在美国，是在给美国纳税，就把我的福利都取消了。"他说："我还不如一个难民呢。"

欧洲国家是非常有意思的，如果不熟，他们不会跟你说这些话的。在公开场合说的都让人觉得他们都是国际主义战士，不过他们确实也很有平等的精神，这个是美国人和大部分亚洲人都做不到的。难民来美国，是美国人绝对不会同意的。即使是奥巴马也不会同意，更别说特朗普了。

其实这些难民大部分都是美国造成的，北非的那些难民都是美国到处搞阿拉伯之春造成的。还要有叙利亚难民，每一次叙利亚政府军要赢了的时候，在把反政府军都要歼灭的时候，他们就挑点事儿，说人家运用化学武器等等，人家都快赢定了的事儿，最后就剩那么点小地盘，就彻底把全国平定了，人家干吗还要用化学武器？只有失败一方才会狗急跳墙。这是最基本的逻辑，谁在赢定了的情况下还要冒天下之大不韪去干这事儿呢？我是比较不同意英美法的判断。美国不接受难民还有一个原因，就是美国人比较自私，他们觉得自己的血汗钱干吗给别人？美国连福利都完全不能跟欧洲比，就是因为美国人会觉得我为什么要给他们那些人福利？所以在民主党执政的州里民主党拼命地给那些人福利，大家就特别不满意。

美国穆斯林少，一个是不接受难民，再一个更重要的原因就是美国犹太人太强大了。就像我遇见的荷兰第二代穆斯林，我问他说："你最讨厌哪个国家？"他说："以色列。"我当时吓一跳，因为西方国家好像没有人讨厌以色列。他说："因为我是穆斯林。"我说："噢。但是你已经是一个受过高等教育的，在欧洲长大的二代穆斯林。"但他依然恨以色列。

其实在一起和睦生活了一千年也挺好，但是自从民族主义国家这些概念开始蓬勃以后，这两个本来在一起共生了一千年的民族产生这么大的裂痕。"二战"之前其实大家都还挺好的，"二战"以后互相仇恨到现在。

在美国，犹太人掌控了华尔街、好莱坞，甚至相当程度上掌控了硅谷，美国的主要经济是掌握在犹太人手里的。犹太人从来没有被选上过总统，他们就愿意在后面控制着。在犹太人控制的美国，穆斯林能来的概率就下降了很多很多，而欧洲多年都在开展一次次的排犹浪潮。希特勒这个灭绝人性的大屠杀是排犹的高潮，其实在希特勒之前俄罗斯等其他国家也屠杀过犹太人，也驱赶过犹太人，至少歧视过犹太人。哪怕像荷兰这么平等自由的国家，也曾经歧视过犹太人。一浪一浪地把犹太人赶走，杀的杀，于是大部分犹太人首先就赶到了美国，是犹太人中的职业精英来到美国之后才把美国的经济、大学教育、科技等等都搞起来的。在现在的欧洲，犹太人越来越少，穆斯林越来越多。我对于宗教种族没有任何的偏见，我觉得新的文明的相处方式与新的融合文明是一定会找到的。

我对西方国家对难民的态度及行为是非常不敢苟同。确实有点过分，是他们造成的这么多难民，加拿大还接收不少，而美国只接收了一万名，上百万难民最后被欧洲接收了。我觉得美国人对平等的认知以及胸怀、文明的程度跟欧洲还是有差距的。

亚美尼亚

> 临海的国家是特别容易被改变的，海上总有新鲜事物的到来，在山里的国家通常能把传统保持很久，也导致了悲惨的历史。

在洛杉矶每年都会发生亚美尼亚人对大屠杀的大规模纪念，包围土耳其使馆，造成交通中断等等影响。

十几年前，在来美国之前，我对亚美尼亚这个国家完全没什么印象。我小的时候地理特别好，从小背诵各国的疆土面积、人口、产量、首都等等。我背的时候还没有亚美尼亚这个国家，亚美尼亚是苏联解体后才有的，所以我只知道它是在高加索地区的三个国家之一，“亚美尼亚、阿塞拜疆和格鲁吉亚”，这三个国家每次背都是一串儿下来，就像背东欧波罗的海三小国，“立陶宛、拉脱维亚、爱沙尼亚”一样。但是因为那时候并不认识任何一个亚美尼亚人，所以没有什么直接的印象。

自从来了洛杉矶以后，我开始对亚美尼亚人有了明显的体感，最先是因为修车。我在不同的修车店修车，但是这些修理工每次要零配件的时候，都是用同一种奇怪的语言打电话。有一次我出于好奇心问他们：“你们说的是什么语言啊？”他们说：“我们说的 Armenian（亚美尼亚语）。”我当时居然都没反应过来这 Armenia 到底是阿尔巴尼亚还是哪儿，没想到亚美尼亚。接着我又特别不好意思地问人家：“这 Armenian 是哪国的语言？”

他一说在高加索，我立刻就想起来，我说："哦，原来你们是亚美尼亚人。"

后来就认识越来越多的亚美尼亚人了。我搬了几次家，包括在阿里的总部帕萨迪纳，越来越多的亚美尼亚人就出现了。洛杉矶的亚美尼亚人主要聚居在 Glendale（格兰岱尔）以及周边的城市，Glendale 大概是大洛杉矶地区最近几年发展得最好的市，高楼大厦林立，人山人海，是在洛杉矶地区很少看到的城市。因为洛杉矶地区都是大平层，分布稀疏，很少看到很多人在走路，Glendale 拥有少见的城市的景象，大家在那住公寓，人很密集，那里有大量的亚美尼亚人。我到了帕萨迪纳以后，开始出现了生活中离不开亚美尼亚人的情况，比如说洛杉矶北边儿这一大地区，最好的三家做蛋糕烘焙的店都是亚美尼亚人开的，其中一家叫 Rubens（鲁宾斯），这名字很像比利时大画家，做得尤其好。后来还发现离我不远的一个邻居，是亚美尼亚人，邻居聚会的时候我们聊了聊，我也在他家的后院儿里吃过亚美尼亚的食物，类似中亚食品馕之类的。

更多地遇见亚美尼亚人就是在 Uber 司机中了。我经常打 Uber，因为洛杉矶太大了，我实在是开不动车，一想到路上开一个多小时去开个会或者去干吗，还不如叫一个 Uber，我坐在车里还能工作一会儿或者哪怕是看看东西。我发现两三个 Uber 司机中间就有一个是亚美尼亚人，比例非常高，以至于后来我一听口音、看长相，就知道这是亚美尼亚人，他们变成了我身边很熟悉的人群。

高加索地区这三个国家我都没去过。世界太大了，我是一个从小特别喜欢海的人，所以多年来也是一直在沿海行走。后来住在洛杉矶，除了因为要工作也有一部分是因为它在海边，也是我从小的一个心愿吧。我对山一直没特大兴趣，亚美尼亚是山中完全内陆的地区，既不临黑海也不临里海，是完全封闭在中间的一个国家。

我通过这些年跟亚美尼亚的朋友们聊天，也基本上对这个国家有了相当程度的体感，不光是几个冷冰冰的数字了，在他们每一个人心里最最重要的历史就是大屠杀。每年 4 月 24 号是亚美尼亚最重要的纪念日之一，2018 年是大屠杀 103 年纪念日。“一战”中间，奥斯曼土耳其大规模地屠杀跟灭绝亚美尼亚种族，这是人类的历史上，尤其是近代史上反文明、反人类的事情。人类古代史中可能灭绝过各种各样的民族，毕竟那时野蛮，但是在 20 世纪，还出现过两次种族灭绝这样的反文明、反人类的事情，一次是“二战”期间纳粹对犹太人的种族灭绝，另一次就是 1915 年开始的奥斯曼土耳其对亚美尼亚人的种族灭绝。

亚美尼亚人跟犹太人有些相似。首先是宗教有些相似，犹太人大概是最早有《圣经》这种单一信仰的民族，所以犹太人很古老的信仰一直传到现在。而亚美尼亚是第一个拿基督教当国教的国家，所以它也可以叫“全世界第一个基督教国家”，比罗马帝国等等都要早。那个时候亚美尼亚还是一个比较大的国家，两边临海，它把基督教立为国教之后，对基督教起了重大的推动作用。但是它的教会比较不主流，因为我问了好几次都没明白，最开始问他们：“你们的基督教是哪一种基督教？是那种西欧式的天主教吗？”他们说：“不是，我们不遵从罗马的教皇，所以不是天主教。”我说：“哦，那你们是 Orthodox Eastern（东正教）？”东正教中的大牧首就相当于教皇。但是亚美尼亚的人说：“我们有自己的宗教领袖，我们既不遵从罗马的天主教，也不遵从希腊或者是俄罗斯的东正教，我们有自己的大主教。”可能是因为他们的宗教比较古老，加之山中国家较为封闭，所以一直保持了这个传统。

临海的国家是特别容易被改变的，海上总有新鲜事物的到来，在山里的国家通常能把传统保持很久，也导致了悲惨的历史，接连受到塞尔柱帝国、蒙古、突厥穆斯林的夹击，在奥斯曼土耳其那么强大的时候，亚美尼亚被分成了两块。西边就在奥斯曼土耳其帝国里，那个帝国很大很大；东边是在波斯，也就是现在的伊朗。帝国时代比较宽容，因为帝国一个最基本的统治基础，就是多民族多宗教。如果想成为一个纯粹的民主国家、宗教国家，就形不成帝国，分成各种各样的纯粹的小国，一起共存。奥斯曼土耳其在几百年的时间内，都是一个对宗教比较宽容的国家，包括犹太人在那都可以做到比较高的官，亚美尼亚人也没问题。

其次亚美尼亚人和犹太人都很会做生意。犹太人会做生意是因为他们没有祖国，没有土地。亚美尼亚人倒是有祖国，但是因为都是山也没有土地，所以亚美尼亚人就到奥斯曼土耳其帝国的各个地方做生意。他们会做生意而且拥有山地民族的勤勉努力，所以在美国也属于中产阶级偏上的移民，生活得相当不错。

但是在民族主义兴起后就出现了问题。土耳其出现了自己的民族主义，原来的土耳其人是由罗姆苏丹国来统治，结果后来土耳其革命了，青年土耳其党等民族主义党开始统治土耳其的时候，他们对于非土耳其民族，比如阿拉伯人、亚美尼亚人就有了不同的认识。阿拉伯人因为与他们共同信奉伊斯兰教，所以还好。可是土耳其在“一战”中主要是跟英、法、俄等基督教国家打仗，他们内心深处对于宗教又产生了偏见。民族主义加上宗教的矛盾，导致土耳其在俄国前线作战中，有一大部分亚美尼亚士兵由于受不了压迫而逃到俄国一方。而东亚美尼亚原来是在波斯，后来因为波斯跟俄国打仗，这块地方就被俄国抢走了，这部分亚美尼亚人在沙俄帝国的境内生活得还不错，至少宗教信仰相近，都是基督教的民族，他们在俄国不会受到很大的压迫。所以在俄国前线的亚美尼亚人不停地策反，使得土耳其人开始对亚美尼亚人产生极度的警惕，土耳其人越警惕，亚美尼亚人就越受压迫，越受压迫就越想叛变，导致在土耳其跟俄国前线的大量亚美尼亚士兵叛逃，于是土耳其人对亚美尼亚人产生了种族灭绝的想法。

战争时期会出现各种疯狂的想法，最后他们设计了一个非常残酷的方式，就是把整个奥斯曼土耳其境内的150万亚美尼亚人全部迁移到叙利亚阿勒颇一带。阿勒颇是叙利亚的古城，这几年因为战争已经残破得让人心痛不已。当时亚美尼亚人都被迁移到那儿去，像犹太人一样，一夜之间都被赶出家园，没有任何准备，什么都不能带，还被抢去财产。其实大量的人，尤其是男人出发之前就被枪毙了，剩下的人是永远也走不到叙利亚的，隔着千山万水，大部分人都会死在路上，有的被集体处决，有的被饥饿疾病折磨，导致了一次发生在20世纪的惨绝人寰的种族大屠杀。

如果不是还有一半亚美尼亚人留在俄国境内的话，这个民族就灭绝了。俄国境内的亚美尼亚人后来加入了苏联，成为它的加盟共和国，苏联解体的时候就独立成了现在的亚美尼亚。向叙利亚迁移的过程中也有很多亚美尼亚人逃掉，流散到世界各地。今天在美国看到的很多亚美尼亚人已经是新的移民了，说着带口音的英文。

现在的亚美尼亚比当时加入苏联时的亚美尼亚还要小。当时的苏联和土耳其都在抗击西方帝国主义，所以关系还比较好。土耳其开始战败的时候签的《色佛尔条约》中，是允许两边的亚美尼亚人成立一个大国家的，结果民族英雄凯末尔领导着土耳其人民站起来和西方列强做斗争并且战胜后签署了《洛桑条约》，取消了亚美尼亚的独立，于是这块地方还保留在土耳其内，苏联也把亚美尼亚的一大块土地给了土耳其，所以现在的亚美尼亚共和国是一个很小的地方，大概只有三百多万人口，但流散在世界各地的亚美尼亚人有八百多万，他们是一个有悲惨历史的民族。犹太人也很像，全世界大概共有两千万的犹太人，在以色列境内的犹太人大概只有400多万，而在美国的犹太人可能都远远超过400万人。

亚美尼亚人坚定了纪念这一天的信心，于是每到这一天，全世界各地的亚美尼亚人都会去土耳其使馆抗议。当然土耳其至今都不承认，在土耳其的主要城市里，都还有以指挥大屠杀的“土耳其英雄”的名字命名的街道。

土耳其政府今天还在，即使是承认了，它怎么处理做过的这些事情？怎么赔偿？罪犯怎么处理？都牵扯到很复杂的问题，但至少土耳其应该道个歉。不像纳粹似的被灭掉了，今天的德国政府是一个新的民主政府。当然不承认大屠杀也是土耳其一直不能加入欧盟的原因，也是很多西欧国家对它有意见的一个重要原因。近两年关系稍微好转，高层互访，毕竟历史已经过去一百多年了，但是亚美尼亚人心中这块痛一直存在。

三里屯

> 三里屯这条街见证了整个社会20年的变迁。我确实想着有一天，也许可能拍部电影叫“三里屯”，纪念一下我们混账的青春，以及整个中国的夜晚如何进化。

我回北京的时候，去了三里屯 village 的 pageone 书店看了看书，其实书店隔一条街就是三里屯酒吧街，但是现在看起来好像已经都很冷清，所以也没往那去。结果有一天，我看完电影出来已经挺晚了，看到酒吧那有人，不知怎么突然动了当年的小情怀，然后说到那儿去走走吧。其实我已经有十几年没有去过那了，好多酒吧的名字都还跟当年一样，“男孩女孩”“52号”等等。当然也有一些换了主人，曾经的“兰桂坊”也在，只是里边的内容好像变了很多，越来越有点像小型夜总会的感觉，放着大皮沙发，有点怪怪的，跟我当年熟悉的三里屯很不一样。

正当我怀着小情怀转悠的时候，突然碰见一个卖花的老太太，我们俩互相看着对方都傻了，这老太太就是20年前，我在三里屯玩耍时遇到的卖花老太太。过了20年，我们俩互相看着对方，特别亲切。她说：“那么多年都没来啦，你如何啊？我老在电视上看见你啊。”我也特别惊奇，我说：“20年过去了，您居然还在三里屯卖花儿。”她说：“对呀，我必须特别骄傲地告诉你，我已经卖了80万朵花儿了。我儿子结婚，就靠我卖花儿给他买了房。”这条街上已经没有什么认识的人了，这么多年没有来，就她一个熟人，于是我们俩就在那聊天儿，聊三里屯20年的变化。我就说：“您卖花儿最会观察人啊，尤其会观察男女，以便知道什么人是最有可能的潜在消费者，什么人就别费劲了，他肯定不会买。”我就问她：“这20年来，三里屯里边儿外边儿的变化我都看到了，那人的变化呢？”她就说：“哇，这变化太大了，天翻地覆。我最最喜欢的就是你们当初那拨儿年轻人。”

因为我们是第一拨儿在三里屯玩耍的人，我到现在都记得三里屯第一个酒吧叫“白房子”，因为它不知道叫什么名字合适，就是一白房子，我们感叹着“北京有酒吧了！”就特别愉快地到那儿玩儿去了，后来我们跟白房子的老板、老板娘都成了20年的好朋友，到现在都还有联系。当时一起玩儿的一群年轻人，有干影视的、互联网的，各行各业的人都有，特别有意思。

我们屯儿里的一大群年轻人每天在那儿干吗呢？大家每天都差不多下午才起床，洗洗漱漱就去三里屯集合。开始先打牌，那个时候特别流行打“锄大地”，人多的时候4个人一桌，分成好几桌，打到晚饭的时候，就在周围找地儿吃晚饭。有的时候就在白房子里吃晚饭，白房子的老板和老板娘是移民澳大利亚的模特，长得都又高又好看。两个人在澳大利亚奋斗了10年左右，攒了些钱，回到北京就在三里屯开了第一个酒吧。他们俩是上海人，做得一手好吃极了的上海炒面。有时候我们打牌打得激烈了就不走了，在白房子里吃上海炒面。而且经常有一群不知道哪来的女生在旁边看大家打牌，有的是别人的女朋友，但是大多数人都没女朋友。如果人丁比较兴旺，大家就出去吃饭，一大帮人前呼后拥到三里屯周围的饭馆。那时候开了几个挺有意思的饭馆，台湾的饭馆儿、泰国的饭馆等等。吃完饭以后就开始出去到处混，有时跑到迪厅里，那时候北京有几个大的迪厅，“JIEJIE”呀，还有什么和平，有的名字我都想不起来了，大家去迪厅也不是去跳舞，就是到里边儿混着。

那时候的男生都是清一色的打扮，春秋的时候，穿一个短的呢子大衣，戴着围巾，但是这个围巾又不像我上中学时候北京老炮儿戴的那种女生织的大毛围巾，大毛围巾得配合军大衣，而是戴格子围巾。大家不管真的假的，都装海归，言必称“啥时候回纽约？”时不常地嘴里蹦出各种英文来，特别虚荣，特别好玩儿。

后来白房子周围开了越来越多的酒吧，但是我们主要还是在白房子里待着。继续打完牌喝酒聊天，也不知道一大群男男女女怎么那么能混，经常混到早晨，天蒙蒙亮又去吃早餐，当然中间的时候还去吃消夜。那时候在三里屯南街有一个酒吧，是台湾人开的，里面有非常好吃的台湾卤肉饭、台湾卤蛋、卤豆腐干儿等吃的，我们经常在那吃夜宵。当时三里屯南街全是文艺酒吧，还有秦齐、秦勇他们开的一个酒吧，在里边儿全是音乐圈的人，后来王朔也在那儿开了个酒吧叫“王吧”，所以南街都是文艺圈的人，北街都是瞎混喝大酒的人。我们有时候也跑到南街去跟文艺圈儿里的人一块儿混混，来回来去就混到天亮，就一起去吃早点，再回家睡到下午起来。我过了一两年这种生活。

后来我玩儿锄大地都从初学者打到了全国冠军。当时联众是最大的棋牌网站，后来被腾讯打败了，联众将锄大地 1 万分以上的高手都聚集到北京来，面对面打偏职业的比赛，4 个人一队，分两桌，一个队的人拿完牌跟另外一队交换，这样就没有手气的问题，跟打桥牌差不多的规矩。最后决赛是单人打，我跟一个北大的哥们儿比赛，他还当过北大学生会主席，结果我得冠军，他得亚军。

这哥们儿那时候也跟我们混得特高兴，后来又创业，他还买了 2 万个特别便宜的比特币，搁现在就发财了。但是他是跟他的哥们儿一块儿买的，弄了一个特别复杂的密码，俩人各记一半儿，结果他这哥们儿在泰国出了车祸，去世了，有一半儿的密码就不知道了。最后他找了无数的人，找回了千儿八百个。本地的是能找回来的，但是在境外交易所的就没办法了，特别倒霉。

那时候的朋友到现在大多数都还有联系，大老板王中军、唐乐都在那跟大家一起混着，特别有意思。那时候也不势利，不管是卖服装的还是走私汽车的，都玩儿得特别高兴。

我问卖花的老太太："为什么觉得我们那代人最有意思？"

她说："你们那代人没心没肺呀，没什么特别的目的。我卖花儿主要是卖给男生，给女生买嘛，你们那会儿都特豪爽，谁赢了就把花儿全买了，给所有的歌迷，大家一块儿混的女生一人来一把。

"我经常观察你们，发现你们特别好玩，男生女生一大帮人有的一天到晚都混在一起。我到现在都还记得好几个女生的名字，但是后来都没联系了，这帮男孩还有联系，我也看不出来你们谁跟谁好，或者谁跟谁怎么着了，我就看你们大家都特高兴，互相之间都特好。每次把我的花儿都买了，然后发给大家，也不怕有人吃醋。

"现在的人就越来越没意思了，都一朵一朵地买，这一朵花也且不买呢，俩人且谈呢。现在人来酒吧，跟你们那会儿也不一样，经常看着这俩人像谈生意一样地谈这事。我还见过教授跟女生谈交易，各种各样的人在谈各种交易，直到觉得这俩人差不多了，才准备买一朵花。

"好没劲哪，生意远不如以前，你们那时候太有意思。"

我那时候天天三里屯待着没什么别的生活，因为 1996 年的时候我在南京万人体育馆开了作品音乐会，觉得自己人生可以了，也不写歌，一天到晚就那么瞎混着。后来觉得这样的日子实在太过分了，就出国了。

有一天刘欢问我："你们天天在三里屯混有意思吗？"我说："特别有意思。要不然你也混混去。"他说："行啊，我也跟你们去混一混吧。"

结果可不得了了，刘欢跟我去了三里屯，高高兴兴地刚一坐下，周围整条街上卖花的人、卖羊肉串的人等等所有人都开始飞跑，大家说：“刘欢来了，刘欢来了。”其他人也都从别的酒吧里出来，端着酒往白房子里挤，还来了一个操着北方口音的大汉说：“大哥，喝酒呗，敬一杯。”刘欢说：“哎呀，还是不要啦。”刘欢吓傻了，本来挺客气地跟人说“不喝了”，结果大汉来一句：“你有啥了不起的，不就是唱歌的吗？你一唱歌的有啥了不起的？”我一看刘欢有点儿急了，赶紧把刘欢叫出来，我说：“算了算了，咱别来这了，你来了也享受不到乐趣。”刘欢也特痛苦：“我想出来跟你们混会儿也没办法。”所以刘欢只能把大家请到家里喝酒。

那个时候也不是很乱，我在那混了几年，只看见过两三次打架的，还有一次把电影学院的女生给打了。那次我们一帮人正好坐在外头打牌，结果女生眼睛乌青着过来找我们说：“×，流氓打我。”我们一帮人扔了牌就冲过去，结果对方跑了。我们就问女生：“干吗打你啊？”她说：“过来就让我喝酒啊，说：‘走，大哥让你喝酒去。’我们当然不去了。”人家说：“你装什么装啊，这深更半夜的，都夜里 1 点了，在这儿有好女人吗？一个都没有！”又说：“去陪我大哥喝酒去。”女生坚持不去，结果挨了打。

这是中国进步的过程。那个时候大家觉得，夜里出来的姑娘不是好姑娘。其实不是，很多人都很好，就是出来跟大家一起玩儿。现在的三里屯绝对不会再发生这种事。

那天晚上跟卖花的老太太聊了好长时间，走之前我跟她说：“咱俩留个联系方式。”因为我 20 年前天天见她但是那会儿人也没电话，我说：“哪天我如果想拍部电影叫‘三里屯’或者写篇小说，我再来找您，咱俩好好聊聊。”她说：“行，这故事太多了。你们走了以后，又换了好几代人了，三里屯这条街见证了整个社会 20 年的变迁。”

我确实想着有一天，也许可能拍部电影叫“三里屯”，纪念一下我们混账的青春，以及整个中国的夜晚如何进化。

扫码听高晓松
回忆三里屯热闹往事

华人抗议（上）

> 华人是最最在乎孩子教育的，自己再苦再受屈辱都可以忍，大家拼了命移民，就是为了让孩子能够受到更好的教育。

从我的牙医朋友竞选市长以及在各种问题上的抗议可以看出来，这几年北美华人明显地在政治意识上有所提高，但是也还仅仅限于跟自己有关的事儿，比如说，上学分配名额。这里面有很多历史以及复杂的原因。要不要给各国的族裔以平等的上学的权利？其实这叫不叫平等？上学的权利，非裔有多少、亚裔有多少、白人有多少、拉丁裔有多少？如果硬性地按宗族分配比例看起来是平等的，实际呢？就像中国也一直在议论的，到底是以一个高考成绩来考大学呢，还是给各个地区以比例配额？按照比例配额看起来好像是平等的，那少数民族地区，老少边穷地区是否要照顾呢？

按说公平分配是要靠成绩。亚裔在美国移民中学习最好，是模范少数民族。所以要靠成绩的话，那学校里的亚裔就会太多了。如果给各个种族平等分配，那亚裔在这方面便受了伤害，可是若在其他方面有了平等有利的补偿，那大家是否欢迎？所以这是一个复杂的问题，不是简单的一句话就能说清楚的，到底什么是平等？什么是公平？举个简单例子，按照平等分配的原则，那在一支球队里，要不要给各个族裔不同的比例呢？亚裔要不要去打橄榄球呢？但是亚裔的长处就是学习，美国人的长处就是体育，其实还是应该更公平起见。所以在加州，亚裔因为入学的种族划分问题进行了一阵子抗议。

之后包括我朋友也参加了温哥华大规模抗议，是因为什么事儿呢？

我和温哥华的市长罗品信，吃过一顿很长的晚饭，聊了很多。他当时就讲到，觉得应该多花钱去给 homeless（无家可归者）建起临时住所，给他们更多的服务，让他们就算吸毒都能舒舒服服的，这样的话，虽然花了钱，但是降低了犯罪成本，因为惩治罪犯也要花很多的社会资源跟资金。当时我还赞扬了这个想法，觉得很有意思。

结果为无家可归者建立临时住所的事终于落实下来了，却同时爆发了大规模抗议。给无家可归者建立的临时住所叫"TMH"——Temporary Modular Housing，其实中国人就管这叫"板房"，把它拼起来最多能用 5 年。

温哥华市政府宣布的第一个 TMH 就放在了马宝区（Marpole），而华人占据马宝区一半的人口，而且政府直接就发了通知单让居民去开说明会。这跟正常的做法是不太一样的，这事儿如果发生在加州，一定先组织当地居民开听证会（Hearing），大家一起来讨论。但是这次没有开听证会，也没有做咨询，而是做了决定后才到居民区通知并且解释。之前居民并不知道要建在自己这儿，相当于是政府强行修建。于是华人居民就"炸"了，认为程序不合理，将市政府告到了省法院，但是败诉了，之后又向加拿大最高法院提起上诉。

马宝区的市政府决定将 TMH 建在学校的旁边，而华人是最最在乎孩子教育的，自己再苦再受屈辱都可以忍，大家拼了命移民，就是为了让孩子能够受到更好的教育。所以华人家长一听说在学校边上建起给 homeless 的避难所，当然就疯了，经常会在新闻上看到，无家可归者中出现精神有问题的人、吸毒的人、犯罪分子等等，对于孩子来说这个风险太大了，所以家长们就强烈抗议。

当地的“白左”维权组织对华人的举动特别不满意，双方对峙了好多次。“白左”肯定是支持救助所有的homeless的，但是“白左”也没把他们安置到自己家旁边，而是弄到华人区来了。当地一处工地的告示牌上，被华人用黑漆喷了字：Drugster Out，就是“瘾君子离开”，但是马上就有“白左”用红漆在上面写道：Kill Chink，“Chink”是极其侮辱华人的词语，我在西方这么多年没有听人用过，他们大概也只敢涂那上面，当面说就要打架了。这些涂鸦被加拿大的人拍下来传到Twitter上，大家开始指责罗品信市长的做法缺少沟通交流，说他是在分裂社区。加拿大本来就是个移民国家，温哥华市30%都是华人，如果这么撕裂的话，对于大家一起生活是非常不利的，这个利弊比救homeless要棘手得多。

继马宝区之后，政府又宣布马上要在Richmond修建TMH。Richmond在加拿大翻译成“列治文”，在弗吉尼亚州翻译成“里士满”，是温哥华华人最密集的城市，百分之五十多都是华人，类似于华人大本营。政府计划的TMH修建选址周边一共有6家托儿所、一所小学和老人公寓、体育馆、大量的居民楼，是人口最密集的地区，而且列治文是整个大中华地区最安全的地方之一。

2017年，温哥华地区无家可归者的统计表中表明整个列治文市，一共有70名无家可归者，其中只有29名没得到安置。也就是说政府没修建临时住所之前，列治文市的市民们，已经在主动救助当地的无家可归者，给他们提供住处、解决吃饭等等问题，其中绝大多数都是华人市民在为其提供帮助。在整个温哥华市，这已经算无家可归者很少的地区了，但是政府非要在列治文修一个救助所。而且还专门规定，流浪者住所里面有20%要留给第三级流浪者。按照加拿大的划分，有过犯罪记录、吸毒记录以及正在吸毒的流浪者都属于第三级流浪者。因此华人家长们更是义愤填膺，他们不是要反对市政府建救助所，只是不希望建在学校旁边，不希望建在学生、小孩多的地方旁边。

从另一个角度看，流浪者也完全可以跟政府去抗议：我本来只是无家可归的妇女、儿童、孤儿，为什么要建一个建筑把我和犯罪分子、吸毒分子强行放在一起呢？政府问我们的意见了吗？如果我是个流浪者，我不吸毒也没有犯罪前科，那我也不干。

那么，为了这些无家可归者们要花多少钱呢？

10 年前，加拿大 UBC（英属哥伦比亚大学，University of British Columbia，简称 UBC，又名“卑诗大学”）的一个大学生，把自己装扮成流浪汉，拍了部纪录片。他看到温哥华市是永远排在全球最宜居城市的前几位，但是这城市宜居到底是为谁宜居的？是为了富人宜居的吗？富人在哪儿都宜居。还是为了所有的市民，包括流浪者？为了研究这个，他将自己化装成流浪者去拍了部短片。

那时候还没有给流浪者盖真正的临时住房，于是他找到流浪者救助所。进去以后目瞪口呆，火鸡、香肠、面包什么好吃的都有，还有单独的泡澡间，晚上睡觉的地方窗明几净。他跟那摄影师说：“要不然你别当摄影师了，咱就真的当流浪者。你看这待遇多好！”不仅设施好，而且有各种各样好的待遇，衣服随便拿，随便换。他们去教堂领了一堆东西，还在其他流浪者的带领下把教堂的东西拿出去卖了，按其他流浪者的指示去换了毒品，到温哥华政府提供的官方毒品安全注射屋进行注射。在温哥华买毒品是犯法的，但只要是在政府提供的毒品安全注射屋里进行注射，就是不违法的。政府的想法当然很天真，买毒品本身是违法，但是政府也不过问了，为了防止艾滋病泛滥，吸毒者到专门的毒品注射屋来注射就不算违法，它们专门提供干净的针头。到那儿服务之好，工作人员明明知道他从来没吸过毒品，也不劝他，为他准备好各种工具，耐心地教他如何注射，结果他尝试了可卡因之后，还尝试了一下海洛因，摄影师都跟他急了，跟他说：“不要不要不要！”他说：“既然有这么好的生活，我真的要尝试一下流浪者的感受，我就试一下吧。”结果他尝试之后就晕了，开始暴躁、骂人、沮丧，各种反应都出来了，就被送回家去了。原本30天的拍摄计划，结果十几天就结束了他的体验之旅，最后实在是不行了。他回去就算了一笔账，10年前，温哥华在每个流浪汉身上花的钱是75000加元，加元跟美元的汇率差不多，而当时加拿大每人每年平均的工资只有28000加元，就是说要3个人不吃不喝地工作，才够养一个流浪汉，非常震撼。

全世界第一个毒品安全注射屋是在加拿大，后来居然就推广出去了，从温哥华到了欧洲，法国人在巴黎、斯特拉斯堡都建了毒品安全注射屋。加拿大人特别骄傲地说：“你看连法国人都在学习我们，我们在‘白左’的道路上超过了他们。”随着毒品安全注射屋越来越多，最开始还有很多反对的声音，加拿大前总理、保守党领袖斯蒂芬·哈珀也反对，从第一家到第二家，中间博弈了14年，但是几个月的时间，就从第二家开到了十几家、二十几家，现在全球遍地“开花”，可是依然能在公园里、游乐场、路边、商场等地方看到好多被抛弃的针头，其实并没有起到多大的作用。

华人抗议（下）

> 华人在西方还是有很长的路要走。要的不是融入主流社会，而是让自己的力量成为主流社会。

针对华人抗议这件事我专门给罗品信发了个短信。

我说：咱们两年前吃饭的时候，你说的给无家可归者修建临时住所的事儿，现在正在做，我也听到各种各样的议论，你有什么看法？我听到很多不同的声音，其中也有争议，你觉得最大的挑战是什么？你怎么看待华人社区目前的声音和抗议？怎么看待很多居民非常强烈地反对？

他给我回了很多，大意就是：还要修建 300 个临时住所，需要 12 块到 15 块很大的地，只有一块地上有反对，就是在华人社区，其实是因为他们收到了错误的信息。这是政敌的挑拨，其实这个项目非常好，没有问题。华人社区本来也在救助这些无家可归者，政府只是把他们挪过来而已，但是华人可能是比较害怕从市中心来的那些无家可归者中存在有精神问题或者吸毒的人，但是政府都安排好了，有很好的监控系统，警察也会给予保护。我们还是要把这个事儿坚定地执行下去，更多地修建无家可归者的临时住所。

华人的抗议经验其实是不太足的，比如大家一直说的口号“Right idea, wrong location”，意思就是说，你的主意是对的，但是地方放错了。我觉得这不是一个成熟的口号，如果主意是对的，为什么放在华人区就是错的呢？那放在哪儿是对的呢？既然主意是对的，那为什么不支持呢？这个口号反而给人有点自私的感觉。应该从最源头上跟他辩论，而不是上来就先往后退一步。这相当于一个国家要去打仗，结果有人说："这个仗是应该打的，这是正义的，但是你别让我去打。"这就不太好了，从口号就可以明显地看到华人在参政、议政以及民主政治中的抗议经验，是不够足的。

还有一句口号"No shorter around school"，意为不要在学校旁边建些有缺点的东西。其实我还是觉得应该就政策本身跟他们辩论，而不是简单地说"别在我家后院""别在学校周围"等等。因此就被市政府抓住了把柄，在对媒体的公开的发言里，将华人的口号理解成当地居民自私自利、没有爱心、冷漠，甚至是含有歧视。

这一轮的华人的抗议其实时机有误，不应该在加拿大的主流思潮都已经非常支持这个事儿的时候进行抗议，遭受媒体各种各样冷嘲热讽。其实不光是在加拿大，洛杉矶华人抗议的时候也一样，《洛杉矶时报》等媒体仿佛都觉得华人是一类不懂事儿的客人。问题关键是，这些华人不是客人，他们就是加拿大人。

曾经在一次政府的讨论会上，一位加拿大的华裔女士表现得特别好，当时温哥华的政府新闻发言人在会上主持，在这位华裔女士发言的过程中，主持人还说了一句："I am also chinese（我也是华人）。"当时就被这位华裔女士铿锵有力地回击说："I am Canadian（我是加拿大人）。"我觉得抗议中非常重要的思路就是你不能拿自己当外国人、当客人，否则别人当然就会说，你们这些客人不懂事。这些华人不是客人，是这里的纳税人，是加拿大人，当然要捍卫自己少数民族的利益了。而且不光是少数民族，这种事儿在哪儿发生当地的居民都会抗议。在洛杉矶好莱坞，如果想要拍场戏，周围所有的住户都要参加听证会，要经过他们的签字同意，才能开拍。

其实片场离这人家可能还有300米远，那也要经过人家同意。这跟少数民族、客人、主人都没关系，这就是在这里居住的人的权利，在美国叫作“NIMBY”（邻避运动），就是“Not in my back yard”。

洛杉矶有一条主要的高速公路叫710，几十年来也没修通，就差大概两里的路段就跟其他的高速连上了，但是由于当地的白人、富人不让修，不让高速路从那经过，一直没解决这个问题。所以这不是华人的问题，是所有人都会捍卫的权益。民主国家不是靠政府的命令而做到民主，而是靠所有的居民、纳税人，人民各自保护各自的利益，最后达成共识，才是一个民主国家应有的样子，这是人之常情。

华裔在北美是受教育水平最高、犯罪率最低的模范少数民族。收入最高的是印度人，其次是华裔，都统称亚裔吧。亚裔收入高，受教育水平也高，犯罪率又低，是不是就容易被别人认为是老实孩子，就好欺负呢？再加上亚裔通常不参政，躲得比较远，经常抱着“自己是客人”的心态，所以人家可能就要来欺负欺负你了。不然怎么不把这么好的一件事儿放在“白左”聚居的白人、富人区去呢？我这么说可能有点自私，其实放在哪儿大家都会抗议。还是回到最根本的问题，就是要不要修一个把所有流浪者都聚集起来的地方？

实际上其中已经出现了很多问题，比如说传染病开始多起来了，逐渐地死亡人数也开始增多，由于照顾不过来，死去的人平均1.7天才会被发现，还不如像从前一样分散在社区里，让大家各自尽自己的努力，把这一片的homeless照顾起来。

在西方，“邻避运动”早已经不是一个非常负面的话题。最开始“邻避”这个词出来的时候，是比较负面的，大家会觉得提出者比较自私，阻碍公共福利以及事业的发展。

邻避在西方整个的主流世界里有一些变化。在西方，差不多20世纪

70 年代就开始有邻避运动，最开始出现是因为垃圾填埋场产生了问题，选址在哪儿，哪儿的居民就强烈地抗议，被当时的主流媒体以及知识界的精英阶层指责为“完全非理性的、无知地拒绝相信科学的、狭隘自私的利益驱动”，是无知者在想办法去阻止原本可以带来巨大公共利益的政策。

中国在 20 世纪以及 21 世纪也有过几次邻避运动，是在厦门、漳州的沿海地方，对于大规模的化学工厂进行抗议。我记得当时也有很多主流的媒体，包括科学界人士说：“哎呀，你们不了解科学，你们自己无知，这其实是安全的。”但是我印象中那些抗议好像基本都成功了，在北美的居民强烈抗议，基本上也成功了，但是成功之后还是被戴上了“无知”的帽子。

后来越来越多的学者开始同情邻避的参与者，认为他们其实也不是毫无道理。最开始大家批评邻避运动参与者，有一个前提是“政府是对的”，大家认为政府是经过了科学的论证，政府的技术官僚是没问题的，所以才会指责这些邻避运动参与者。但是邻避运动从盲目地闹开始逐渐转化成非常理性地反抗。当地居民也以大量的事实、科学等依据来跟政府争执，强有力地证明了很多事情。于是慢慢大家发现，政府其实没有那么正确。比如说政府只考虑了垃圾填埋场的地点，当地居民据此提出了各种新的问题：垃圾如何通过高速公路运到本地？垃圾车几点运送？会不会在上下班时间与高峰期有冲突？一旦发生事故，垃圾在高速公路上泄漏如何处理？最后大家发现政府原来对这些事从未考虑，只是选了一个地址。政策的制定者，只是把它当作一个技术的问题处理，而民众其实更关心的是伦理问题。每一项技术的出台都关系着大量的伦理问题，不光是环保、邻避的问题，更多的人关心伦理的问题，是没有错的。于是主流媒体也开始认为邻避运动并没有那么负面。

第三阶段有更激进的观点，认为邻避运动是一种民权运动。民主就是这么制衡来的，就是听大家的。慢慢地相当多的知识分子开始认为“邻避运动”

是有正面意义的。甚至在阿拉巴马州，邻避运动和黑人民权运动在环保各方面都实现了合流。尤其是明尼苏达州的垃圾处理问题，在群众的强烈抗议下最后没有实现。当时官员们的论证是：“如果不做垃圾填埋场，明尼苏达州会被垃圾彻底埋掉，整个州全完蛋，你们这些自私的人。”结果过了几十年，垃圾并没有埋掉明尼苏达州。相反因为垃圾回收技术的飞快进步和人们节约意识的觉醒，垃圾的产量越来越低，远远没有达到原来政府预计的垃圾产出量。最后发现民众还帮州政府省了建造垃圾填埋场的钱。

所以说大家一定要理性地辩驳，要从“要不要把这些流浪者集中起来？怎么帮助流浪者？是让他们回归社会，还是让他们聚集在一起”这个高度跟政府据理力争。现在北美华人的抗议，基本上还处在比较初级的阶段，就是“别来影响我”，这当然就被各种媒体抓住了话柄，甚至有媒体说是因为当年鸦片战争，华人对毒品有巨大的恐惧，所以才这么强烈地抗争。在英文里头“Drug”这个词儿，其实没有太大贬义，但是在中国就把它翻成“毒品”。甚至有人怀疑华人是怕自己的房价下跌，在打各种小算盘。

加州 Irvine（尔湾）也发生了这样的事情。Irvine 最大的族群就是华人。《洛杉矶时报》也在暗戳戳地带节奏，说华人在歧视无家可归者。亚裔当然要奋起反击，就说“你们是在歧视华人新移民才这么选址”。大家都处在“针尖对麦芒”这个级别上讨论，再加上还有一些政治流氓在里边儿捣乱，专门给华人抹黑，鼓动二代华人反对自己父母。民主社会也是有很多民主流氓的。民主社会干了很多年，有很多招儿。再加上华人临时抱佛脚，祭出民主的武器，但是平时又不太参政，确实不太适应。

列治文将由一位市长跟 8 位议员来投票决定要不要建新的流浪者暂住中心。可是市长跟议员中并非华人占主导地位。列治文市人口不多，12000 多票就能当选议员。2016 年普查中列治文市的华人数量有 10 万多人，占总人口 52.5%，但是经过统计，上一次选举的时候，去投票的华人只有 3000 名，选举的时候不去参政议政，不为了自己的权利去奋斗，有了事情才站出来已经来不及了，所以华人在西方还是有很长的路要走。

可以稍微借鉴一下犹太人的道路，犹太人也是少数民族，受教育水平最高，也有很长时间受到主流社会排挤，但是犹太人非常愿意捐款，愿意参与社会政治，甚至在大学，掌握大量的精英的话语权，犹太人从被歧视被排挤的少数民族，一步一步变成能掌握美国经济命脉的强民族，今天除了少数疯子以外再没有人歧视犹太人了。我觉得犹太人的经历可以去学习，要团结，要的不是融入主流社会，而是让自己的力量成为主流社会。

亚裔作为模范少数民族，也会从这一次次的抗议中间领悟到一件事情，就是真的要参与本地的政治。不光是发生对自己有侵害的事情时要站出来，在对别人有侵害、对整个社会有危害的时候，也不要躲起来，不要躲到直到对自己有侵害的时候才站出来，那个时候帮助你的人就少得多了。亚裔当然觉得很委屈，他们几乎不对社会造成危害，就像我从来没有见过一个亚裔的无家可归者，连其他地方的移民都很少，因为移民到这是来奋斗更好的生活，如果要饭干吗跑这儿要饭？其实这些无家可归者绝大多数都是本地人。

亚裔在西方的融入是一个很难解决的问题，民主制度走到今天，在西方已经感觉到对大量的事情无能为力，不知道未来的解决方法在哪里，这种无限的平等，到底什么时候是个头呢？

写在最后

> 要经过多少挣扎，走过多少万里路，才终于能从看别人、看历史、看未来，最后变成看见自己。

之前已经不停地说了说心里话，其实我也经常躺在床上想：这最后一篇跟大家聊点儿什么呢？是聊点儿闲情呢，还是聊点儿鸡汤呢？心里话其实有很多，也不知道哪块儿算是最真心的话。

首先是感谢大家的陪伴。谢谢各位的厚爱。谢谢各位多年来对我的认可。

我从小其实就是一个倾诉欲特别旺盛的人，我说的倾诉欲倒不是表演欲，入行到现在有二十好几年了，其实一直比较拒绝上台去做个歌手、做个演员，以至于很长时间别人说“他是个歌手”，我还有点抵触。其实歌手挺光荣的，但是由于我自己不是特别喜欢到舞台上表演，所以长时间地选择做幕后。但是呢，我确实有很大的倾诉欲，这个倾诉欲主要是想跟人说话，用写歌的方式说话、用拍电影的方式说话、用写书的方式说话，后来就直接说话，一直说到现在。

可能是因为我小的时候比较孤单吧，我觉得有这么两种人有强烈的倾诉欲：一种是心里面确实有很多东西想跟大家分享，还有一种人就是比较害怕孤单，我就是后者。因为我小的时候成长得比较孤单，父母都不在身边，一个在德国，一个在美国，我小时候跟爷爷奶奶过了很长时间，后来又到北京跟外公外婆生活，读中学的时候进城在四中，基本就自己。由于我们家是知识分子的家庭，所以跟家人在一起的时候，也有一个毛病，就是比较冷淡，大家都很忙。吃饭的时候一人拿本书在那儿看，说话的时候也是说“哎，这本书里有点意思”，或者说这次从哪国回来，哪国有点儿有意思的事儿……即使聊天儿也不太聊彼此的生活，逢年过节聚的人多一点，大家也不聊生活，就连诗作句，起个头儿“一夜北风紧”，大家就开始往下接，大部分时候大家都很沉默，每个人忙自己的，几乎不太交心。

还记得我小时候跟我父亲的关系就很冷淡，据我母亲回忆我好像从来没问过父亲任何问题。到我长大了，二十几岁的时候，我实在忍不住，痛哭流涕地跟我爸说：“你要不要跟我谈谈心呢？你想不想听听我是怎么成长的？这些年我的内心是什么样的，我的梦想，我的所有的挣扎……”结果还是被拒绝了，很失望，他好像比较畏惧这种事儿，觉得大家还是淡一点比较好。

小的时候会觉得非常孤单，但是长大了有一个好处就是比较轻松。因为孤单地长大的孩子，对亲情、对亲密关系都没有那么大的依赖，所以长大了以后大家淡淡的，一年见个一面，我跟我父亲好几年见一面，中间最长的时候可能隔了10年，一直到他去世，也没有机会好好地倾诉过，平时的生活倒是比较轻松的，不像从小溺爱着长大的孩子，有各种强烈的亲情，长大了还是像个包袱一样背着。因为我没有，所以我认为那有可能是个包袱，而拥有的人可能觉得那是个幸福。

一个人总是这样的，在家庭里比较孤单，就特别需要在外面跟人倾诉。所以我从幼儿园开始，在学校里就特别能折腾，不停地给人讲这讲那。还记得到了中学的时候，我强烈地要主编校刊，那时候四中还没有校刊，我就申请了一个小校刊去当主编，在那里头跟大家倾诉，觉得特别爽。我还去跟老师们一块儿给学校的知识竞赛出题。在学校里组织诗社，语文老师们都给组织起来，我当社长，老师们、同学们一块儿写诗。但是，当你真的跟人倾诉了很久之后，就会发现其实内心没有很多想跟大家分享的了，没有火热的激情了。当然，“知和识”“艺和术”那些成长中外在的东西，那些见识、去过那么多地方，分享出来，还是觉得挺好玩的。

但内心深处那口井并没有那么多波澜。而发现这件事儿其实也说不出是高兴还是难过。虽然做了好几年视频节目，但是基本都讲别人的事儿，讲古代的事儿，讲外国的事儿，行业里的事儿——电影、音乐等等，各种各样的事情，仿佛跟自己也没啥关系，自己就是一个翻译者。

但是《闲情偶寄》其实不一样，是把好朋友悄悄聚起来开始说自己的事，而慢慢发现，原来我的成长是这么单薄。

有的时候我看到一个生活在小镇上的人写的散文，哪怕感悟的是一天的黄昏中走回家去，看到的那些平静的美好的生活，鸡鸣狗吠，人们行走，都觉得好有意思。有的人可能一生就在一个小镇上待着，但他有强大的心灵；而我是全世界到处跑，也没多少真正的自己内心深处积累的很深刻的东西。我甚至怀疑我从小喜欢到处跑，就跟自己的浅薄有很大的关系。我根本就沉不下心来坐在那儿踏踏实实地思考一件事儿，或者写很厚的一本书，或者哪怕不写，让自己去修行都做不到，这也是为什么我不能专注地在某一项手艺上，比如说专注地在音乐上或者电影上或者文学上进行深造。

我的成长中，很多朋友跟我说过：“高晓松，其实你的能量如果不这么分散，你的能量密度集中在一点，你一定能把它打透。”每次我都笑笑，说：“这东西，如人饮水，冷热自知，只有我自己知道这个东西是没得选择的，不是说人生还有另一个选择。”

人的一生，其实是独木桥，辽阔的大地其实是亿万人的独木桥拼起来的。独木桥上都是自己在走来走去，不管是你看别人觉得别人的道路拧巴，还是像我的朋友们看我觉得我的道路很拧巴，都无法选择。有人问：“你为什么不那样啊？”我没办法那样，我只能这样，这就是我的人生的所有的机缘，而且我也不相信假使我不做这些乱七八糟的事、不分散所有的精力，把自己的能量集中在某一点上，我就能够成为大师。因为我自己心里有多么地空虚，我是知道的。

这空虚跟空明不一样，有的人是修行的境界非常高，他的内心是空的，那叫空明或者空灵。有的人没修行，也是空的，就比如我，那就叫空虚。所以身为一个比较空虚的人，就需要到处乱跑，什么都干；真正的空明或者空灵的人，喜欢这个东西，他甚至不想有一粒灰尘进来，打破空明的心灵。我们这些空虚的人呢，是最好多点东西进来，最好随手这儿摘个果子，那儿抓把草，这儿补个小动物，那儿再弄一捧水……能填点什么就填点什么吧，把这些东西在心里稍微地搅拌搅拌，甚至不需要等它酝酿成熟，就开始倾诉了。

这就是我的“前半生”吧，也许科学会让大家都活到 150 岁，那就是我的前 1/3 人生吧，甭管多长，我之前的整个人生差不多就是这样了。

但是最近一两年，我自己也有很大的触动，因为我很少一个人坐在这里说话，我的主编、编辑也主动跟我说：“高晓松我觉得有观众的时候，你好像特别有情绪，一个人坐这儿说的时候就有点儿淡。”我说：“对啊，当然是这样。”让我被迫一个人坐在这儿的时候，仿佛回到了小时候弹琴的日子。小的时候弹琴虽然一个人坐那儿，但其实是不太孤单的，弹琴是在跟自己对话。这一年也是坐在窗前，每星期跟大家聊一阵子，如果慢慢地有一些改变的话，我觉得都不算太晚，就比如说我已经开始认识到自己很多的事情，开始认识了自己或者叫“看见了自己”。

《奇葩大会》的最后一期让我演讲，我只讲了 8 分钟，主要讲的就是这个问题。就是说一个人表达、忘我，最终如果能走到更深远的地方，能看见自己，哪怕是一个空虚的自己，一个庸俗的自己，但是一定是孤单的自己。这其实挺有意思，一个人坐在这儿聊天儿，慢慢地看见自己，和站在台上摄影机前跟一大堆观众面前的那种忘我状态是不一样的，所以我可能已经慢慢地过了那个忘我的状态、表达的状态，慢慢地进入到“看见了自己”的状态以后，是不是可以歇一阵子？因为“看见自己”好不容易，要经过多少挣扎，走过多少万里路，才终于能从看别人、看历史、看未来，最后变成看见自己。我还是挺珍惜目前这个状态的。所以我想歇一阵子，或者拿起笔来写点东西。因为没有每周要跟大家聊天儿的压力了，也没有要求自己每周必须要写 8000 字或是什么，那么是不是可以慢慢地写点东西？这个时候开始也不晚，虽然曾经出版过那么多的书，但是那都是倾诉。倾诉好的叫“忘我”，倾诉不好的就是一个表达而已。

我很感谢大家，而且大家喜欢来听我唠叨，应该是有很多共同点的，所以我猜大家也可以交成朋友，互相倾诉，一起来聊一聊。等我慢慢地把自己看清楚，等我慢慢地变得不是因为孤单而倾诉，是因为自己心里真的产生了很多内容而倾诉，不是从别的地方捡来的或者扔到这口锅里的东西，而是真正从自己这长出来的东西。曾经可能无意中种下的一些种子，叫它昔年种柳，总会长出些什么吧。但是由于一直在奔跑，所以一直没注意到，现在看来是不是能长出东西来呢？到那个时候，再来跟大家好好地分享。

所以谢谢各位的陪伴和信任，也谢谢一起生活在这个时代！

岁月长，衣衫薄，有缘再见。

图书在版编目（CIP）数据

矮大紧指北.2，闲情偶寄 / 高晓松著 .- 武汉：长江文艺出版社，2019.10（2020.5 重印）

ISBN 978-7-5702-1123-4

I. ①矮… II. ①高… III. ①随笔 - 作品集 - 中国 - 当代 IV. ① I267.1

中国版本图书馆 CIP 数据核字 (2019) 第 109936 号

矮大紧指北.2，闲情偶寄

高晓松　著

选题产品策划生产机构 | 北京长江新世纪文化传媒有限公司
总 策 划 | 金丽红　黎　波
责任编辑 | 张　维　　装帧设计 | 郭　璐　　媒体运营 | 刘　冲　刘　峥　洪振宇
助理编辑 | 白进荣　赵晨阳　　内文制作 | 张景莹　　责任印制 | 张志杰　王会利
法律顾问 | 梁　飞
总 发 行 | 北京长江新世纪文化传媒有限公司
电　　话 | 010-58678881　　传　　真 | 010-58677346
地　　址 | 北京市朝阳区曙光西里甲 6 号时间国际大厦 A 座 1905 室　　邮　　编 | 100028

出　　版 | 长江出版传媒 | 长江文艺出版社
地　　址 | 湖北省武汉市雄楚大街 268 号湖北出版文化城 B 座 9-11 楼　邮　　编 | 430070
印　　刷 | 三河市百盛印装有限公司
开　　本 | 710 毫米 ×1000 毫米　1/16　　印　　张 | 18
版　　次 | 2019 年 10 月第 1 版　　印　　次 | 2020 年 5 月第 4 次印刷
字　　数 | 225 千字
定　　价 | 45.00 元